José A. Ver

Linda Howard

Poder de seducción

Editado por HARLEQUIN IBÉRICA, S.A.
Núñez de Balboa, 56
28001 Madrid

© 1982 Linda Howard. Todos los derechos reservados.
PODER DE SEDUCCIÓN, N° 15 - 1.1.10
Título original: All That Glitters
Publicada originalmente por Silhouette® Books.
Este título fue publicado originalmente en español en 2004.

I.S.B.N.: 978-84-671-7872-2
Depósito legal: B-42865-2009
Editor responsable: Luis Pugni
Impresión y encuadernación: LIBERDUPLEX
08791 Sant Llorenç d'Hortons (Barcelona)
Imagen de cubierta: YURI ARCUS/DREAMSTIME.COM
Fecha impresión Argentina: 30.6.10
Distribuidor para México: CODIPLYRSA
Distribuidores para Argentina: interior, BERTRAN, S.A.C. Vélez
Sársfield, 1950. Cap. Fed./ Buenos Aires y Gran Buenos Aires,
VACCARO SÁNCHEZ y Cía, S.A.
Distribuidor para Chile: DISTRIBUIDORA ALFA, S.A.

UNO

—Constantinos ha llegado a Londres esta mañana —dijo Charles sin rodeos.

Jessica levantó la vista, desconcertada por un segundo; después comprendió a qué se refería y sonrió algo compungida.

—Tú ya me lo advertiste, Charles. Parece que tenías razón —no es que hubiese dudado de Charles ni por un momento: su instinto en materia de negocios era asombroso.

Charles había advertido a Jessica que, si utilizaba sus acciones en ConTech para oponerse al voto de Nikolas Constantinos, incurriría en la ira del principal accionista y presidente de la junta. Por lo visto, Charles no se había equivocado. La votación correspondiente al asunto Dryden se había celebrado el día anterior. Jessica, pese a las advertencias de Charles, había votado en contra de la absorción de la otra empresa, y su voto había decidido la mayoría. Menos de veinticuatro horas después, Constantinos había llegado a Londres.

Jessica no lo conocía personalmente y se consideraba afortunada por ello, habida cuenta de las cosas terribles que se decían sobre él. Según las habladurías, era un hombre implacable y despiadado en los negocios. Naturalmente, resultaba lógico suponer que no habría llegado a la posición que ocupaba mostrándose blando y pusilánime. Constantinos era multimillonario, un hombre poderoso. Jessica, en cambio, era una simple accionista. Se dijo que resultaría exagerado por parte de Constantinos descargar la artillería pesada sobre ella, aunque, al parecer, ningún problema era lo bastante insignificante para escapar a su atención.

Charles dijo que podría haber votado a favor de la absorción y haberse ahorrado así muchos problemas; pero una de las cosas que Jessica había aprendido de Robert durante sus tres años de matrimonio era a defenderse por sí misma, confiar en su intuición y no dejarse manipular. Jessica opinaba que aquella maniobra contra Dryden era poco limpia y por eso había votado en contra. Si Constantinos no podía aceptar que ella tenía derecho a ejercer su voto como le pareciese conveniente, tendría que aguantarse. Por mucho poder que tuviera, no la obligaría a echarse atrás; como Charles había descubierto, Jessica era muy obstinada cuando se le metía algo entre ceja y ceja.

—Debes tener mucho cuidado con él —le aconsejó Charles, interrumpiendo sus reflexiones—. Jessica, cariño, me parece que no eres consciente de la presión a la que puede someterte ese hombre. Puede perjudicarte de formas que ni imaginas. Tus amigos pueden perder su empleo; los bancos suspenderán sus tratos contigo... Su influencia puede extenderse a detalles tan poco importantes como una demora en la reparación de tu coche o la imposibilidad de encontrar plaza disponible en un avión cuando necesites viajar. ¿Empiezas a comprenderlo ya, cariño?

Jessica se quedó mirándolo, incrédula.

—Dios santo, Charles, ¿lo dices en serio? ¡Todo esto me parece absurdo!

—Lo lamento, pero hablo muy en serio. A Constantinos le gusta que las cosas se hagan a su manera, y posee dinero y poder suficientes para garantizar que así sea. No cometas el error de subestimarlo, Jessica.

—¡Pero eso es una barbaridad!

—Constantinos es, en ciertos aspectos, un bárbaro —afirmó Charles tajantemente—. Si te ofrece la opción de venderle tus acciones, te recomiendo encarecidamente que lo hagas. Será mucho mejor para ti.

—Pero Robert...

—Sí, ya lo sé —la interrumpió Charles; su voz había adquirido un tono más suave—. Piensas que Robert te confió esas acciones y que él también habría votado contra la absorción de Dryden. Robert era un hombre muy apreciado y especial, pero ha muerto y ya no puede protegerte. Tienes que pensar en ti, y no posees las armas necesarias para luchar contra Constantinos. Puede destruirte.

—Yo no deseo luchar contra él —protestó Jessica—. Sólo quiero actuar como he actuado siempre. Me parece una estupidez por su parte enojarse por lo de mi voto. ¿Por qué ha de tomarlo como algo personal?

—No lo toma como algo personal —explicó Charles—. No tiene por qué. Pero te has opuesto a él y no regateará medios para hacerte entrar en vereda. Y no creas que puedes apelar a su bondad para...

—Lo sé —interrumpió ella, sus suaves labios curvados en una sonrisa—. La bondad no es una de sus virtudes.

—Exacto —confirmó Charles—. No será muy caritativo contigo, cariño. Has votado en contra de sus decisiones muchas veces.

—¡Cielos! —exclamó ella cínicamente—. No me había dado cuenta. ¡Pero, al menos, soy coherente!

Charles se rió con desgana, aunque sus ojos azules brillaban llenos de admiración. Jessica parecía dominar siempre las situaciones, ver las cosas en su verdadera dimensión y reducir las crisis a meros contratiempos, pero él temía que esa vez se hubiese metido en un lío. No deseaba que sufriera; no deseaba volver a ver la expresión que había visto en sus ojos tras la muerte de Robert, una expresión de desesperación y de dolor imposible de consolar. Jessica se había sobrepuesto; era una mujer fuerte y luchadora, pero Charles siempre había intentado protegerla de todo daño. Ya había sufrido bastante en el transcurso de su joven vida.

Sonó el teléfono y Jessica se levantó para contestar con sus habituales movimientos gráciles y elegantes como los de un gato. Encajó el auricular entre la cabeza y el hombro.

—Residencia Stanton.

—Quisiera hablar con la señora Stanton, por favor —dijo una voz de hombre fría e impersonal. El fino oído de Jessica reparó en el leve acento extranjero. ¿Sería Constantinos ya?

—Yo soy la señora Stanton —respondió.

—Soy el secretario del señor Constantinos, señora Stanton. El señor Constantinos desearía verla esta tarde. ¿A las tres y media?

—¿A las tres y media? —repitió ella echando una ojeada al reloj. Eran casi las dos.

—Gracias, señora Stanton —dijo la voz con satisfacción—. Le diré al señor Constantinos que vendrá.

El clic del auricular hizo que Jessica se retirase el teléfono de la oreja y lo mirase con incredulidad.

—Vaya, menuda frescura —musitó depositando el auricular en su sitio. Era posible que el secretario hubiese interpretado su sorpresa como una confirmación, pero su intuición le decía otra cosa. Simplemente no habían esperado que ella protestase, y de nada le habría servido hacerlo.

—¿Quién era, cariño? —inquirió Charles con voz ausente, recogiendo los documentos que había llevado para que Jessica los firmase.

—El secretario del señor Constantinos. Me han

convocado ante su real presencia... a las tres y media de esta misma tarde.

Charles enarcó sus elegantes cejas.

—Pues te aconsejo que te des prisa.

—Tengo cita en el dentista a las cuatro y cuarto —dijo Jessica en tono preocupado.

—Cancélala.

Ella lo miró con frialdad y él se echó a reír.

—Te pido disculpas, cariño, y retiro mi sugerencia. Pero ten cuidado y recuerda que te conviene vender tus acciones en lugar de luchar contra Constantinos. Ahora tengo que irme, pero te llamaré más tarde.

—Bien, adiós —Jessica lo acompañó hasta la puerta.

A continuación subió apresuradamente para darse una ducha y se entretuvo eligiendo el vestido adecuado. No sabía qué ponerse, así que pasó unos minutos examinando su guardarropa; por fin, impacientándose, sacó un vestido de color beige y se lo puso. Era un vestido clásico y sencillo, el cual complementó con unos zapatos de tacón alto que la dotaban de estatura suficiente para no parecer una niña.

No era muy alta y, debido a su frágil constitución, solía parecer una jovencita de dieciséis años si no recurría a ciertos trucos para conferir madurez a su aspecto. Vestía prendas sencillas, de corte clásico, y llevaba tacones siempre que podía. Se recogió el largo cabello castaño rojizo en un moño a la altura de la nuca, un peinado sobrio que dejaba a la vista cada perfecta línea de su rostro y hacía menos obvia su juventud. Un exceso de maquillaje la habría hecho parecer una niña que intentaba hacerse pasar por adulta, de modo que se puso solamente una pizca de sombra de ojos, carmín y un toque de colorete. Se miró al espejo para asegurarse de que su peinado era impecable y su expresión, fría y reservada. No reparó en el atractivo de sus grandes ojos verdes de largas pestañas, ni en la provocativa curva de sus labios. El mundo de los flirteos y las aventuras sexuales estaba tan desarraigado de su subconsciente, que no se veía a sí misma como una mujer deseable. Era apenas una niña cuando Robert la tomó bajo su protección, una niña huraña, introvertida y recelosa, y él la convirtió en una adulta responsable; sin embargo, jamás intentó enseñarle nada del aspecto físico del matrimonio. A los veintitrés años, la virginidad de Jessica seguía tan intacta como el día de su nacimiento.

Cuando estuvo lista, consultó de nuevo el reloj y comprobó que disponía de tres cuartos de hora para llegar hasta el edificio de ConTech. Con el tráfico que había en Londres, necesitaría cada minuto de ese tiempo. Agarró rápidamente el bolso y se apresuró abajo para echar un vistazo a su perra, Samantha, que estaba preñada. Samantha se hallaba echada en su cama, durmiendo plácidamente pese a la grotesca hinchazón del vientre. Jessica se aseguró de que tenía agua en el plato; luego salió y se dirigió hacia el coche, un modelo deportivo de color verde oscuro.

Los semáforos le fueron favorables, de modo que Jessica salió del ascensor de la planta correspondiente de ConTech a las tres y veintinueve minutos exactamente. La recepcionista le indicó el camino hacia el área de dirección, y Jessica abrió la pesada puerta de madera de roble a la hora convenida.

Ante ella se extendía una amplia habitación, discretamente amueblada con sillas tapizadas en marrón y oro y una moqueta de color chocolate. Situada junto a unas enormes puertas dobles había una mesa de gran tamaño, tras la cual se hallaba sentado un hombre esbelto y moreno, que se levantó al ver entrar a Jessica.

Sus ojos negros y fríos la miraron de arriba abajo mientras cruzaba la habitación y se acercaba a él, y Jessica empezó a sentirse como si acabara de quebrantar alguna ley.

—Buenas tardes —dijo manteniendo un tono de voz neutro—. Soy la señora Stanton.

Los ojos negros del hombre la recorrieron de nuevo, casi con desprecio.

—Ah, sí. Haga el favor de tomar asiento, señora Stanton. Lamento que el señor Constantinos siga ocupado. Pero podrá recibirla en breve.

Jessica hizo una inclinación de cabeza, seleccionó una de las confortables sillas, se sentó y cruzó las piernas con elegancia. Procuró que no trasluciera expresión alguna a su rostro, pero interiormente sentía deseos de sacarle los ojos al joven. Su actitud la sacaba de quicio; tenía un aire de condescendencia que le hacía desear borrarle aquella expresión engreída de la cara.

Al cabo de diez minutos, se preguntó si tendría

que esperar allí indefinidamente hasta que Constantinos se dignase recibirla. Miró el reloj y decidió aguardar otros cinco minutos; después tendría que irse si quería llegar a tiempo a su cita con el dentista.

El interfono de la mesa rompió ruidosamente el silencio, y Jessica alzó los ojos mientras el secretario descolgaba uno de los tres teléfonos.

—Sí, señor —dijo secamente antes de colgar el auricular. Extrajo una carpeta de uno de los archivadores metálicos que había a su lado y después lo llevó al sanctasanctórum; regresó casi inmediatamente y cerró las puertas dobles tras él. Por lo visto, Constantinos aún tardaría en poder atenderla y los cinco minutos ya habían pasado. Jessica descruzó las piernas y se levantó.

El secretario enarcó fríamente las cejas, interrogándola sobre sus intenciones.

—Tengo que acudir a otra cita —explicó ella con tranquilidad, negándose a pedir disculpas por su marcha—. Quizá el señor Constantinos pueda llamarme cuando disponga de más tiempo.

En el semblante del secretario se dibujó una palpable expresión de indignado asombro mientras Jessica recogía su bolso y se disponía a irse.

—Pero no puede usted marcharse... —empezó a decir.

—Claro que puedo —lo interrumpió ella, abriendo la puerta—. Que tenga un buen día.

Caminó hasta el coche haciendo repiquetear con furia los tacones sobre el suelo, pero respiró hondo varias veces antes de poner el motor en marcha. Era absurdo permitir que la actitud de aquel hombre le alterase; podía tener un accidente, se dijo. Simplemente haría caso omiso de lo ocurrido, como había aprendido a hacer cuando la criticaron tras casarse con Robert. Había aprendido a ser fuerte, a sobrevivir.

Después de la visita al dentista, que duró poco tiempo, pues se trataba simplemente de la revisión anual, Jessica condujo hasta la pequeña tienda de ropa que su vecina, Sallie Reese, tenía en Piccadilly, y ayudó a Sallie a cerrar. Aprovechó para echar un vistazo a la ropa y eligió dos camisones de la nueva línea que acababan de recibir; debido, tal vez, a que no había tenido nada bonito mientras crecía, a Jessica le encantaba la ropa y no podía resistirse a comprarla, aunque en otras cuestiones fuese mucho más austera. No se ponía joyas ni se concedía caprichos, salvo en lo que al vestir respectaba. A Robert siempre le hacía gracia lo alegre que se mostraba su pequeña con un vestido nuevo, con unos pantalones vaqueros o unos zapatos; daba igual lo que fuera, mientras fuese nuevo y le gustara.

El recuerdo le hizo esbozar una sonrisita triste mientras le pagaba a Sallie el importe de los camisones; nunca dejaría de añorar a Robert, y se alegraba de haber podido ofrecerle un poco de risa y de alegría en los últimos años de su vida.

—Caray, ha sido un día ajetreadísimo —suspiró Sallie mientras hacía caja—. Pero se ha vendido bastante; la gente no ha entrado simplemente para mirar, como otras veces. Joel estará encantado; le prometí que podría comprarse ese estéreo del que se ha encaprichado si las ventas iban bien esta semana.

Jessica dejó escapar una risita. Joel era un adicto a los estéreos y llevaba dos meses suspirando por un magnífico equipo que deseaba poseer a toda costa; de lo contrario, se sentiría eternamente desgraciado. Al principio, Sallie se tomaba a broma sus funestas predicciones, pero finalmente accedió a comprar el estéreo nuevo. Jessica se alegraba de que sus amigos pudieran permitirse algunos lujos. La tienda de ropa había dado un vuelco a su economía, porque lo que Joel ganaba como contable no era suficiente para mantener a una familia joven en los tiempos que corrían.

Al morir Robert, Jessica se había sentido incapaz de seguir viviendo en el lujoso ático sin él, de modo que optó por mudarse. Compró una vieja casa de estilo victoriano que había sido reconvertida en un dúplex y se instaló en la parte vacía. Joel, Sallie y sus traviesas gemelas de cinco años, Patricia y Penélope, ocupaban la otra parte de la vieja casa; las dos mujeres se habían hecho, poco a poco, buenas amigas. Jessica vio cómo Sallie tenía que vigilar el presupuesto y hacerse la ropa ella misma, y fue su habilidad con la aguja lo que le dio la idea.

Los Reese no poseían el capital necesario para abrir un negocio, pero ella sí, y cuando encontró la pequeña y acogedora tienda de Piccadilly no se lo pensó dos veces. En menos de un mes, el establecimiento había sido remodelado y estaba en marcha con el nombre de *LOS TRAPITOS DE SALLIE* escrito en el letrero de la puerta. Patty y Penny iban al jardín de infancia y Sallie se ocupaba felizmente de la tienda. Confeccionaba algunas prendas ella misma y había ido ampliando el negocio hasta que fue necesario contratar a dos dependientas a jornada completa, así como a una modista que la ayudaba con las labores de costura. Antes de un año, Sallie había devuelto a Jessica su dinero y se sentía llena de satisfacción por lo bien que había salido todo.

Sallie estaba embarazada de su tercer hijo, pero Joel y ella ya no tenían que preocuparse por los gastos, así que estaba encantada con su embarazo. Rebosaba buena salud y optimismo, e incluso en momentos como aquél, cuando estaba cansada, sus mejillas aparecían sonrosadas y sus ojos chispeantes.

Una vez que hubieron cerrado, Jessica llevó a Sallie en el coche a recoger a Patty y Penny, que los viernes por la noche se quedaban con la canguro hasta última hora, dado que ése era el día en que Sallie cerraba la semana. Las gemelas pasaban la mayor parte del día en el colegio; Sallie tenía pensado quedarse con ellas en casa cuando llegase el verano. Para entonces, su embarazo estaría ya muy avanzado.

Cuando Jessica se detuvo delante de la casa de la canguro, las dos niñas corrieron hasta el coche dando chillidos.

—¡Hola, tía Jessica! ¿Nos has traído caramelos?

Era un regalo habitual de la noche de los viernes, y Jessica no lo había olvidado. Mientras las pequeñas la asediaban, Sallie se rió y fue a pagarle a la canguro y a darle las gracias. Cuando regresó, con los libros y los suéteres de las niñas, ella ya había instalado a éstas en el coche.

Sallie invitó a Jessica a cenar con ellos, pero ésta declinó la invitación porque no le gustaba molestar demasiado a la familia. Además, tenía el presentimiento de que Sallie deseaba estar a solas con Joel para celebrar la buena noticia de las ventas de la semana. Aquello aún era nuevo para ellos y les resultaba emocionante. Jessica no quería coartarlos con su presencia.

El teléfono empezó a sonar en cuanto abrió la puerta, pero ella se detuvo un momento a ver cómo se encontraba Samantha antes de responder. La perra seguía echada en su cesto; parecía muy tranquila y meneó la cola en señal de saludo, aunque no se levantó.

–¿Todavía no tienes ningún cachorro? –preguntó Jessica mientras se dirigía hacia el teléfono–. A este paso, chica, estarán completamente crecidos cuando nazcan –a continuación, descolgó el auricular del supletorio de la cocina–. La señora Stanton.

–Señora Stanton, soy Nikolas Constantinos –contestó una voz profunda, tan profunda que sus notas graves casi semejaban un gruñido; para sorpresa de Jessica, el acento sonaba más estadounidense que griego. Oprimió con fuerza el auricular mientras la recorría una súbita oleada de calor. ¡Qué estúpida!, se reprendió a sí misma. ¡Conmoverse al oír una voz con acento estadounidense, simplemente porque ella también era estadounidense! Adoraba Inglaterra y se sentía feliz viviendo allí; aquel acento enérgico, sin embargo, le arrancó una sonrisa.

—¿Sí, señor Constantinos? —se obligó a decir, y luego se preguntó si su tono habría parecido descortés. Pero no iba a mentir diciendo algo tan trillado como «cuánto me alegro de oírlo», dado que no se alegraba en absoluto; de hecho, la conversación se adivinaba desagradable en extremo.

—Quisiera concertar una cita con usted para mañana, señora Stanton —explicó él—. ¿A qué hora le iría bien?

Sorprendida, Jessica pensó que el propio Constantinos no parecía tan arrogante como su secretario; al menos, le había preguntado cuándo le iría bien, en vez de ordenarle que se presentara a una hora concreta.

—¿Mañana sábado, señor Constantinos? —preguntó.

—Ya sé que es fin de semana, señora Stanton —replicó la voz profunda, con una leve nota de irritación—. Pero, de todos modos, tengo trabajo que hacer.

Aquel comentario ya se acercaba más a lo que ella se había esperado.

—En ese caso, cualquier hora me viene bien. No tengo ningún compromiso para mañana.

—Muy bien. Mañana por la tarde, a las dos —Constantinos hizo una pausa, y luego dijo—: No me gustan los juegos, señora Stanton. ¿Por qué concertó una cita conmigo esta tarde si no tenía intención de presentarse?

Molesta, ella repuso con frialdad:

—Yo no concerté la cita. Su secretario me telefoneó y me indicó la hora a la que debía presentarme; luego colgó antes de que yo pudiera aceptar o negarme. Tuve que darme mucha prisa; hice un esfuerzo para llegar a tiempo y esperé todo lo que pude, pero debía acudir a otra cita. ¡Si mi esfuerzo no fue suficiente, le pido disculpas!

El tono de Jessica dejaba perfectamente claro que le traía sin cuidado lo que él pudiera opinar; no se detuvo a pensar si tal actitud era o no prudente. Le indignaba que aquel miserable secretario se hubiese atrevido a insinuar que ella había tenido la culpa.

—Comprendo —dijo él al cabo de un momento—. Soy yo quien debe pedirle disculpas, señora Stanton. Y mis disculpas son sinceras. No volverá a ocurrir. Hasta mañana pues —se oyó un chasquido cuando colgó el teléfono.

Jessica colgó el auricular con fuerza y permaneció allí un momento, dando golpecitos en el suelo con el pie para dominar su genio; después, su expresión se suavizó y prorrumpió en risas. ¡Desde luego, Constantinos la había puesto en su sitio! Casi empezaba a esperar con impaciencia aquella cita con el famoso Nikolas Constantinos.

Al día siguiente, cuando llegó la hora de vestirse para la cita, Jessica dedicó bastante tiempo a elegir lo que iba a ponerse. Se probó varias prendas y, finalmente, se decidió por un austero traje entallado de color amarillo pálido que le confería un aire serio y maduro, el cual combinó con una blusa de seda color crema. El amarillo pálido realzaba el tono rojizo de su cabello y el leve moreno de su cutis. Jessica no era consciente del aspecto que ofrecía... o se habría cambiado de ropa inmediatamente. De hecho, parecía una estatua dorada que hubiese cobrado vida; sus ojos, dos resplandecientes gemas verdes.

Estaba preparada para la cita; cuando entró en la oficina, a las dos en punto, el corazón le latía con impaciencia, le brillaban los ojos y tenía las mejillas sonrosadas. Al verla entrar, el secretario se levantó con una prontitud que indicó a Jessica que lo habían reprendido por su anterior conducta. Aunque sus ojos eran visiblemente hostiles, acompañó a Jessica al despacho.

—La señora Stanton, señor —anunció antes de salir y cerrar la puerta tras de sí.

Jessica avanzó por el despacho con sus característicos andares orgullosos y gráciles, y el hombre que estaba sentado detrás de la mesa se levantó despacio mientras ella se acercaba. Era alto, mucho más alto que el griego medio, y sus hombros se marcaban contra la tela de un traje gris oscuro de la mejor calidad, seguramente muy caro. Permaneció muy quieto, observándola mientras se aproximaba; al llegar a la mesa, ella le ofreció la mano. Él la tomó, pero, en lugar de estrechársela, como Jessica le había invitado a hacer, la alzó e inclinó la cabeza de cabellos oscuros. Posó los cálidos labios sobre sus dedos brevemente, antes de soltarle la mano y erguir nuevamente la cabeza.

Jessica contempló unos ojos negros como la noche bajo unas cejas perfectamente rectas. Una arrogante nariz afilada, pómulos prominentes, labios finos y un mentón cuadrado completaban un rostro de fisonomía clásica. Era un rostro que reflejaba siglos de herencia griega, el rostro de un guerrero espartano. Charles no se había equivocado; aquel hombre era implacable, pero Jessica no se sentía amenazada. Se sentía entusiasmada, como si se hallara en la misma habitación con un tigre al que podía controlar si obraba con cuidado. El corazón se le aceleró y sus ojos brillaron con más intensidad; para disimular su involuntaria reacción, sonrió y murmuró:

—¿Intentará engatusarme para que cambie mi voto en el sentido que usted desea antes de recurrir a la aniquilación total?

Sorprendentemente, él le devolvió la sonrisa.

—Tratándose de una mujer, siempre pruebo a engatusarla primero —contestó con un tono que parecía aún más profundo que el de la noche anterior, durante la breve charla telefónica.

—¿De veras? —Jessica fingió sorprenderse—. ¿Y suele darle resultado?

—Normalmente, sí —admitió él sin dejar de sonreír—. ¿Por qué me da la sensación, señora Stanton, de que usted será una excepción?

—Quizá porque es usted un hombre singularmente astuto, señor Constantinos —repuso ella.

Él soltó una carcajada y le hizo un gesto para que se sentara en la silla situada frente a la mesa.

—Por favor, señora Stanton, siéntese. Si vamos a discutir, hagámoslo cómodamente.

Jessica tomó asiento y dijo impulsivamente:

—Su acento es estadounidense, ¿verdad? ¡Hace que me sienta como en casa!

—Aprendí a hablar inglés en un campo petrolífero de Texas —explicó él—. Me temo que ni siquiera en Oxford pudieron borrar mi acento texano. ¡Aunque creo que mis profesores pensaban que era acento griego! ¿Es usted de Texas, señora Stanton?

—¡No, pero cualquier estadounidense reconoce la forma de hablar de Texas! ¿Cuánto tiempo estuvo usted allí?

—Tres años. ¿Y usted, señora Stanton, cuántos lleva en Inglaterra?

—Algo más de cinco, desde poco antes de casarme.

—Debía de ser poco más que una niña cuando se casó —observó él arrugando con extrañeza la frente—. Pensaba que sería usted mayor, que tendría unos treinta años, pero veo que no es así.

Jessica alzó su delicado mentón.

—Tenía dieciocho años cuando me casé —empezó a sentirse tensa, presintiendo una crítica como las que había soportado tantas veces en el transcurso de los anteriores cinco años.

—Poco más que una niña, como he dicho. Supongo que habrá infinidad de mujeres que se casan y tienen hijos a los dieciocho años, pero el hecho de que eligiera un marido que podía haber sido su abuelo la hace parecer aún más joven.

Jessica se retiró y contestó con frialdad:

—No veo razón alguna para hablar de mi matrimonio. Creo que el asunto que me ha traído aquí son las acciones.

Él volvió a sonreír, pero esa vez su sonrisa era la de un depredador; no había ni rastro de humor en ella.

—Tiene usted toda la razón —reconoció—. Sin embargo, creo que resolveremos esa cuestión con suma facilidad. Cuando vendió su cuerpo y su juventud a un anciano de setenta y seis años, dejó claro que el dinero ocupa una posición muy elevada en su lista de prioridades. Lo único que nos queda por discutir es la cantidad.

DOS

En sus años de experiencia, Jessica había aprendido a esconder su dolor detrás de una máscara de orgullo e indiferencia, una máscara a la que recurrió en ese momento, escondiendo sus sentimientos y sus pensamientos mientras se enfrentaba a Constantinos.

—Lo siento, señor Constantinos, pero creo que se ha hecho una idea equivocada de la situación —afirmó en tono distante—. No he venido aquí para aceptar un soborno.

—Ni yo se lo estoy ofreciendo, señora Stanton —replicó él con un brillo en los ojos—. Simplemente le propongo que me venda sus acciones.

—Esas acciones no están en venta.

—Claro que lo están —refutó él suavemente—. Estoy dispuesto a pagar un precio superior al de su valor en bolsa con tal de arrebatárselas de las manos. Le he hecho ciertas concesiones porque es una mujer, señora

24

Stanton, pero mi bondad tiene un límite. Le recomiendo que no intente pedir un precio mayor. Podría verse completamente excluida de la compañía.

Jessica se levantó con las manos ocultas detrás de la espalda, para que él no viera cómo se clavaba las uñas en las palmas.

—No me interesa ningún precio, señor Constantinos; ni siquiera deseo oír su oferta. Mis acciones no están en venta, ni ahora ni nunca, y menos para usted. Que tenga un buen día, señor Constantinos.

Pero Constantinos no era ningún sumiso secretario y no tenía intención de dejarla marchar hasta haber zanjado el asunto. Avanzó con ágiles zancadas para detenerla y Jessica vio que unos sólidos hombres le cerraban el paso.

—No, señora Stanton —murmuró él suavemente—. No puedo dejar que se marche cuando aún no hemos resuelto nada. He salido de mi isla y he volado hasta Inglaterra con el propósito expreso de reunirme con usted y poner coto a sus necias ideas, que están haciendo estragos en la compañía. ¿Creía que me dejaría intimidar por sus aires de superioridad?

—No sé si tengo aires de superioridad, pero su complejo de dueño y señor me pone los nervios de punta —contraatacó Jessica en tono sarcástico—. Soy la propietaria de esas acciones y ejerzo mi derecho a voto como creo conveniente. La absorción de Dryden era una maniobra poco limpia, por eso voté en contra. Y volvería a hacerlo. Otros accionistas obraron del mismo modo, pero veo que son mis acciones las que usted quiere comprar. ¿O es que soy la primera persona a la que piensa administrar su disciplina?

—Siéntese, señora Stanton —dijo él gravemente—, e intentaré explicarle los principios básicos de las finanzas y la expansión empresarial.

—No quiero sentarme...

—¡He dicho que se siente! —rugió él con voz súbitamente amenazadora. Jessica se sentó automáticamente; luego se despreció a sí misma por no haberle plantado cara.

—Yo no soy uno de sus lacayos —exclamó, aunque siguió sentada. Tenía el presentimiento de que Constantinos la sujetaría por la fuerza si intentaba marcharse.

—Lo sé, señora Stanton; créame, si fuese uno de mis empleados, hace mucho tiempo que habría aprendido a comportarse —repuso él con un tono cargado de ironía.

—¡Creo que sé comportarme perfectamente!

Él esbozó una sombría sonrisa.

—¿Sabe comportarse? ¿O simplemente es astuta y manipuladora? No creo que le resultara muy difícil seducir a ese anciano y conseguir que se casara con usted, y fue lo suficientemente inteligente como para elegir a un hombre que moriría en poco tiempo. Eso la dejó en una excelente posición, ¿no es cierto?

Jessica estuvo a punto de gritar, horrorizada por sus palabras; solamente sus años de aprendizaje en materia de autodominio la hicieron permanecer inmóvil y en silencio, aunque apartó la mirada de Constantinos. No podía dejar que él viera sus ojos, o comprendería lo profundamente vulnerable que era en realidad.

Él sonrió ante su silencio.

—¿Creía que no estaba al corriente de su historia, señora Stanton? Sé mucho sobre usted, se lo aseguro. Su matrimonio con Robert Stanton escandalizó a todos aquéllos que lo conocían y lo admiraban. No obstante, hasta que la vi, no había logrado comprender cómo pudo echarle el lazo. Ahora lo veo todo muy claro; cualquier hombre, incluso un anciano, haría lo que fuese por tenerla en su cama y disfrutar de su cuerpo a placer.

Jessica se estremeció ante el insulto y él reparó en el temblor que recorrió su piel.

—¿Acaso el recuerdo le resulta poco agradable? —inquirió Constantinos en tono quedo—. ¿Tuvo que dar a cambio más de lo que esperaba?

Jessica luchó por recobrar la compostura y erguir la cabeza, y al cabo de un momento lo consiguió.

—Mi vida privada no es asunto suyo —se oyó decir con frialdad, y sintió un fugaz estallido de orgullo por lo bien que había sabido reaccionar.

Los ojos negros de él se entrecerraron mientras la miraban; abrió la boca para seguir hablando, pero en ese momento sonó el teléfono y Constantinos maldijo entre dientes en griego. Después se alejó para contestar y se acercó el auricular al oído. Dijo algo en un griego rápido y áspero, luego hizo una pausa. Sus ojos se deslizaron hasta Jessica.

—Tengo una llamada urgente de Francia, señora Stanton. Será sólo un momento.

Pulsó un botón del teléfono y pronunció un saludo. Había cambiado de idioma con facilidad y se expresaba en un perfecto francés. Jessica lo observó un momento, aún aturdida por el dolor; después se dio cuenta de que estaba distraído y aprovechó la oportunidad. Sin decir palabra, se levantó y salió de la oficina.

Logró dominarse hasta que volvió a casa; una vez que estuvo a salvo, rodeada por las paredes de su hogar, se derrumbó en el sofá y empezó a sollozar débilmente. ¿Nunca se acabaría?, ¿nunca cesarían las críticas unánimes, los comentarios maliciosos sobre su matrimonio con Robert? ¿Por qué todos suponían automáticamente que era poco menos que una prostituta? Durante cinco años había soportado el dolor sin que nadie supiera cómo la laceraba por dentro; sin embargo, tenía la sensación de que ya no le quedaban defensas. ¡Dios santo, ojalá Robert no hubiese muerto!

Pese a los dos años transcurridos, no se acostumbraba a no poder compartir con él sus divertidas ocurrencias, a no tener su irónica y sofisticada sabiduría dándole fuerzas. Él jamás había dudado de su amor, a despecho de lo se había hablado de su matrimonio, y Jessica siempre contó con su afectuoso apoyo. Sí, Robert le había proporcionado seguridad financiera y le había enseñado a administrar el dinero que le dejó en el testamento. ¡Pero le había dado mucho más que eso! Los bienes materiales que le había legado eran insignificantes en comparación con sus demás regalos: cariño, seguridad, amor propio, confianza en sí misma. La había animado a desarrollarse como mujer joven e inteligente; le había enseñado a conocer el mundo de la bolsa y de las inversiones financieras, a confiar en su instinto cuando la acosaban las dudas. ¡El querido y prudente Robert! A pesar de todo, se habían burlado y reído de él por casarse con ella, y a ella la habían despreciado. Cuando un señor de setenta y seis años se casaba con una atractiva jovencita de dieciocho, los chismosos podían atribuirlo sólo a dos cosas: a codicia por parte de ella o a un deseo de revivir viejos apetitos por parte de él.

Pero no había sido así en absoluto. Robert era el único hombre al que Jessica había querido, y lo había amado profundamente, pero su relación fue más de padre e hija, o de abuelo y nieta, que de marido y mujer. Antes de su matrimonio, Robert había llegado incluso a especular sobre las ventajas de adoptarla, pero al final decidió que las dificultades legales serían menores si se casaba con ella. Deseaba que disfrutara de la seguridad que nunca había tenido: había crecido en un orfanato y se había visto obligada a ocultarse tras una muralla de huraña pasividad. Robert estaba decidido a que jamás volviera a tener que luchar por algo tan básico como la comida, la ropa o la intimidad; y el mejor medio de asegurarle esa vida consistía en tomarla como esposa.

El escándalo provocado por su matrimonio convulsionó a la sociedad londinense; se publicaron artículos maliciosos sobre ella en las columnas de cotilleos. Jessica se sintió sorprendida y horrorizada al leer las numerosas noticias referentes a los «ex amantes de la emprendedora señora S.». Su reacción había sido muy similar a la de Robert: erguir aún más la cabeza y no prestar oídos a los difamadores. Robert y ella sabían la verdad de su matrimonio, y él era la única persona en el mundo a la que Jessica había amado, la única persona que la había querido. El amor de ambos resistió la prueba, y ella siguió siendo virgen mientras duró el matrimonio. Robert jamás había insinuado que deseara lo contrario. Jessica era su única familia, una hija para él, aunque no fuese de su sangre; la instruyó, la guió y dispuso sus asuntos financieros de modo que nunca pudieran arrebatarle el control de los mismos. Confiaba en ella sin reservas.

Habían sido, sencillamente, dos personas que se hallaban solas en el mundo y se habían encontrado la una a la otra. Jessica era una huérfana que había crecido sin cariño de ninguna clase; él era un anciano cuya primera esposa había muerto años antes y que se veía solo y sin familia. Acogió a la recelosa jovencita, le dio consuelo y afecto, e incluso se casó con ella para garantizar que nunca volviera a carecer de nada. Ella, por su parte, sentía un inmenso cariño por aquel hombre mayor y bondadoso que le daba tantísimo y que tan poco exigía a cambio. Y Robert la había amado porque, gracias a ella, había habido alegría, juventud y belleza en los últimos años de su vida. La había ayudado a madurar y a desarrollar su aguda inteligencia con la cariñosa complacencia de un padre.

En vida de Robert, la falta de amigos no había molestado realmente a Jessica. Tenían unos cuantos amigos de verdad, como Charles, y con ellos les bastaba. Pero ahora Robert había muerto y Jessica vivía sola. Las venenosas críticas que seguía recibiendo se enconaban en su mente, la hacían sufrir y perder el sueño por las noches. La mayoría de las mujeres se negaban a dirigirle la palabra y los hombres la trataban como si fuera una mujer fácil. Era evidente que mantener una actitud reservada no bastaba para que cambiase la opinión que se tenía de ella. A poco que reflexionara, debía reconocer que, aparte de Charles y Sallie, no tenía amigos. Incluso Joel, el marido de Sallie, era un poco seco con ella, y Jessica sabía que no la veía con buenos ojos.

Solamente cuando las sombras del crepúsculo oscurecieron la habitación, Jessica se levantó del sofá y subió despacio las escaleras para meterse en la ducha. Se sentía entumecida y permaneció bajo el punzante chorro durante largo rato, hasta que el agua empezó a enfriarse; entonces salió, se secó y se puso unos viejos tejanos gastados y una camiseta. Con ademanes apáticos, se cepilló el pelo y se lo dejó suelto sobre los hombros, como lo llevaba normalmente en casa. Sólo cuando iba a salir sentía la necesidad de hacerse un peinado más austero, para parecer mayor, y esa noche no saldría a ninguna parte. Únicamente deseaba acurrucarse en algún rincón oscuro, como un animal, y lamerse las heridas.

Al entrar en la cocina, vio que Samantha se removía inquieta en el cesto; mientras Jessica la observaba, ceñuda, la perra emitió un agudo gemido de dolor y se tumbó. Jessica se acercó para acariciarle la sedosa cabeza negra.

—¡Parece que será esta noche, pequeña! Y ya era hora. Si no recuerdo mal, fue un sábado cuando te escapaste y te metiste en este lío, así que podemos considerarlo justicia poética.

A Samantha le traía sin cuidado la filosofía, pero lamió la suave mano que la acariciaba. Después agachó la cabeza y reanudó sus agudos gemidos.

Jessica se quedó en la cocina con la perra; a medida que iba pasando el tiempo y los cachorros no nacían, empezó a inquietarse. Samantha parecía pasarlo mal. ¿Acaso habría algún problema? Jessica no sabía con qué clase de Romeo de cuatro patas se había topado Samantha; ¿era posible que se hubiese apareado con un perro de una raza de mayor tamaño y los cachorros fuesen demasiado grandes para nacer? Desde luego, la perrita estaba muy hinchada.

Llamó por teléfono a Sallie, pero no le respondía

nadie, así que colgó. Sus vecinos habían salido. Tras morderse el labio un momento, indecisa, Jessica tomó la guía telefónica y buscó el número del veterinario. Ignoraba si podían trasladar a Samantha estando de parto, pero a lo mejor el veterinario hacía visitas a domicilio.

Encontró el número y alargó la mano hacia el teléfono, que empezó a sonar justo en el momento en que lo tocó. Jessica emitió un sobresaltado grito y dio un respingo hacia atrás. Después descolgó el auricular.

—La señora Stanton.

—Soy Nikolas Constantinos.

Claro que era él, pensó ella distraídamente. ¿Qué otro hombre podía poseer una voz tan profunda?

—¿Qué es lo que quiere? —le preguntó.

—Tenemos un asunto pendiente... —comenzó a responder él.

—Pues tendrá que seguir pendiente —lo interrumpió Jessica—. Mi perra está de parto y no me es posible hablar con usted —colgó y esperó un segundo; luego volvió a descolgar, oyó el tono del teléfono mientras buscaba de nuevo el número del veterinario y lo marcó.

Media hora más tarde, estaba llorando de frustración. No había podido localizar a su veterinario, ni a ningún otro, por teléfono, posiblemente porque era sábado por la noche. Estaba convencida de que Samantha iba a morir. La perra chillaba de agonía, temblaba y se estremecía por la fuerza de las contracciones. Jessica se sentía impotente y estaba tan angustiada que le corrían lágrimas por las mejillas.

Cuando sonó el timbre, acudió atropelladamente a abrir, alegrándose de tener compañía aunque su visitante no entendiese de perros. Quizá era Charles, que jamás perdía la calma, aunque sería de tan poca ayuda como ella. Abrió la puerta de golpe y Constantinos entró de inmediato, como si la casa fuese suya, y cerró la puerta tras de sí. Después se volvió hacia Jessica. Ésta atisbó una fugaz expresión sombría y furiosa en su semblante, una expresión que cambió de repente. Constantinos observó su figura vestida con vaqueros, su melena suelta y su rostro lleno de lágrimas, y pareció incrédulo, como si no acabase de creer que fuese realmente Jessica.

—¿Qué sucede? —inquirió mientras sacaba un pañuelo y se lo tendía.

Sin pensar, Jessica tomó el pañuelo y se secó las mejillas.

—Es... es mi perra —dijo con un hilo de voz, y tragó saliva para reprimir nuevas lágrimas—. Creo que no puede parir los cachorros, y no consigo contactar con ningún veterinario...

Él frunció el ceño.

—¿Seguro que la perra va a tener cachorros?

En respuesta, ella prorrumpió de nuevo en llanto, tapándose la cara con el pañuelo. Sus hombros temblaban con la fuerza de sus sollozos y, al cabo de un momento, notó que un brazo le rodeaba la cintura.

—No llore —murmuró Constantinos—. ¿Dónde está? A lo mejor puedo ayudarla.

«Claro, ¿por qué no?», se dijo Jessica. Ella misma tendría que haberlo pensado; todo el mundo sabía que los multimillonarios eran expertos en la cría de animales, pensó histéricamente mientras lo conducía hasta la cocina.

No obstante, pese a la incongruencia de la escena, Nikolas Constantinos se despojó de la chaqueta y la dejó en el respaldo de una silla; luego se quitó los gemelos de oro de los puños y se los guardó en el bolsillo. Por último, se subió las mangas de la camisa blanca de seda y se acuclilló al lado de la cama de Samantha; Jessica se arrodilló junto a él, porque Samantha solía mostrarse hosca con los desconocidos incluso cuando estaba de buen humor. Pero la perra no trató de morder a Constantinos; simplemente lo miró con ojos húmedos y suplicantes mientras él le pasaba cuidadosamente la mano por el cuerpo hinchado y la examinaba. Cuando hubo terminado, acarició con ternura la cabeza de Samantha y le murmuró unas suaves palabras en griego. Finalmente, dirigió a Jessica una sonrisa tranquilizadora.

—Todo parece normal. Veremos aparecer un cachorro de un momento a otro.

—¿De veras? —preguntó Samantha. Su interés aumentaba a medida que se aplacaba su miedo—. ¿Samantha se encuentra bien?

—Sí, ha llorado usted por nada. ¿La perra es primeriza?

Jessica asintió con la cabeza tristemente.

—Siempre la tengo en casa. Pero logró escabullirse y... Bueno, ya sabe usted cómo son estas cosas.

—Mmm, sí, sé cómo son —bromeó él amablemente. Sus ojos negros recorrieron la figura menuda de Jessica, para hacerle saber que su respuesta tenía un doble sentido. Era un hombre y la estaba mirando como un hombre miraba a una mujer; instintivamente, ella ignoró su elogio masculino. Pero, a pesar de eso, y a pesar de lo que Constantinos le había dicho esa tarde, Jessica se sentía mejor ahora que él estaba allí. Al margen de cómo pudiera ser, estaba claro que era un hombre capaz.

Samantha dejó escapar un breve y estridente chillido, y Jessica se giró hacia la perra. Nikolas le colocó un brazo sobre los hombros y la atrajo hacia sí, de modo que ella pudo sentir el calor de su cuerpo.

—Mire, ya empieza —murmuró—. Aquí tenemos el primer cachorro.

Jessica permaneció allí de rodillas, embelesada, con los ojos abiertos de par en par y maravillados como los de un niño, mientras Samantha paría cinco criaturitas húmedas que se retorcían mientras su madre las empujaba, una por una, contra la calidez de su vientre. Cuando se hizo patente que el quinto era el último, cuando todos los animalillos chillaban acurrucados contra el vientre de negro pelaje, mientras la madre permanecía echada, exhausta pero satisfecha, Nikolas se puso de pie y ayudó a Jessica a incorporarse, sosteniéndola un momento mientras recuperaba la sensación en las piernas dormidas.

–¿Es el primer parto que presencia? –inquirió él, alzándole el mentón con el dedo pulgar y sonriendo al ver la expresión deslumbrada de sus ojos.

–Sí. Ha sido... ha sido maravilloso, ¿verdad?

–Maravilloso –convino Nikolas. La sonrisa se desvaneció de sus labios mientras contemplaba el rostro de Jessica. Cuando volvió a hablar, lo hizo en tono bajo y neutro–. Todo solucionado; tus lágrimas se han secado y eres una mujer afortunada. Venía decidido a inculcarte buenos modales. Te recomiendo que no vuelvas a colgarme nunca el teléfono, Jessica. Me enfado... –encogió sus anchos hombros, como aceptando algo que no podía cambiar–. Me enfado con facilidad.

Vagamente, ella percibió que la había tuteado. La había llamado por su nombre de pila, y parecía haber arrastrado cada una de las sílabas. Movida por un impulso, le posó una mano en el brazo.

–Lo siento –se disculpó sinceramente–. No lo habría hecho de no haber estado tan preocupada por Samantha. Quería llamar al veterinario.

–Ahora lo sé; pero en ese momento pensé que simplemente deseabas librarte de mí. Y de forma bastante descortés, además. Ya estaba de mal humor porque me dejaste plantado esta tarde. Pero cuando entré y te vi... –entornó los ojos y la miró otra vez de arriba abajo– se me olvidó el enfado.

Ella se quedó mirándolo un momento sin comprender, antes de recordar que no llevaba maquillaje, que tenía el pelo suelto sobre los hombros y, lo peor de todo, ¡que iba descalza! ¡Era un milagro que Constantinos la hubiese reconocido! Había acudido dispuesto a vapulear a una sofisticada mujer de mundo y, en vez de eso, había encontrado a una chica despeinada y deshecha en lágrimas que ni siquiera le llegaba al hombro. Un súbito rubor tiñó sus mejillas.

Nerviosamente, se apartó de la cara un mechón de cabello.

—Mmm, debo de... debo de tener una pinta horrible —tartamudeó; él alargó la mano para acariciarle el cabello, haciendo que olvidase lo que estaba diciendo.

—No, no tienes una pinta horrible —le aseguró en tono ausente, observando cómo el pelo se deslizaba por sus morenos dedos—. Pareces inquietantemente joven, pero estás encantadora a pesar de las pestañas húmedas y los párpados hinchados —sus ojos negros volvieron a clavarse en los de ella—. ¿Has cenado ya, Jessica?

—¿Cenado? —inquirió ella distraída, antes de propinarse mentalmente un puntapié por no haber sabido reaccionar más deprisa. Querría haberle dicho que ya había comido.

—Sí, cenado —repitió él—. Ya veo que no. Ponte un vestido y cenaremos fuera. Aún tenemos asuntos que resolver y no considero prudente que conversemos en la intimidad de tu casa.

Ella no sabía con certeza qué había querido decir, pero sí sabía que sería un error pedirle que se lo explicara.

Aceptó la invitación de mala gana.

—Tardaré unos diez minutos —dijo—. ¿Quiere beber algo mientras me visto?

—No. Esperaré a que estés conmigo —respondió él.

Jessica corrió escaleras arriba y se lavó la cara con agua fría, después de lo cual se sintió infinitamente mejor. Mientras se maquillaba, se dio cuenta de que tenía los labios arqueados en una sonrisita que se negaba a desaparecer. Tras acabar de maquillarse, se echó un vistazo y se inquietó ante el aspecto que ofrecía. A causa del llanto, tenía los párpados hinchados; no obstante, con el rímel y la sombra, sus ojos parecían simplemente somnolientos. Sus írises brillaban, verdes, húmedos y oscuros; eran grandes ojos egipcios en los que se reflejaban pasiones satisfechas. Sus mejillas aparecían teñidas de color, sonrosadas de modo natural, porque el corazón le latía desbocado en el pecho, y notaba cómo el pulso palpitaba en sus labios, que seguían sonriendo.

Como era de noche, se recogió el pelo a la altura de la nuca y lo sujetó con un pasador dorado en forma de mariposa. Se pondría un vestido largo, y sabía exactamente cuál iba a ser. Las manos le temblaban un poco mientras lo sacaba del armario ropero; era un vestido de seda sin espalda, tan blanco que casi relucía. Se ceñía a sus senos como una segunda piel, y la falda caía en elegantes pliegues hasta sus pies. Tras ponerse los zapatos y colocarse un chal de gasa en el brazo, se hallaba lista. Sólo le quedaba guardar un peine y una barra de carmín en el pequeño bolso de noche; en el último momento, se acordó de meter también las llaves de la casa. Tuvo que bajar las escaleras con un paso más digno que el que había utilizado al subir, pues las delicadas tiras de los zapatos no estaban hechas para correr, y apenas había llegado a la mitad cuando Nikolas salió del salón y se situó al pie de las escaleras para esperarla. Sus ojos brillantes recorrieron cada centímetro del resplandeciente vestido de seda, y ella tembló al ver la expresión que asomaba en su mirada. Parecía... enfadado. O... ¿qué?

Cuando llegó al último escalón, se detuvo para mirar los ojos de Nikolas, pero fue incapaz de identificar qué emoción era la que brillaba en sus oscuras profundidades. Él le colocó la mano sobre el brazo y la ayudó a bajar el último escalón; luego, sin mediar palabra, tomó el chal dorado y se lo puso sobre los hombros desnudos. Jessica se estremeció involuntariamente al notar su contacto, y los ojos de él ascendieron de nuevo hasta los suyos; esa vez, ella apenas fue capaz de sostener su mirada, pues aún se hallaba turbada por su propia reacción al más leve roce de los dedos de Nikolas.

—Estás... bellísima —dijo él en tono quedo.

¿Qué había querido decir? Jessica se humedeció los labios, insegura, y las manos de él se cerraron sobre sus hombros; una rápida mirada le bastó para darse cuenta de que los ojos de Nikolas se habían detenido en su lengua. El corazón comenzó a latirle frenéticamente en respuesta a la expresión que había en ellos, pero él retiró las manos y dio un paso atrás.

–Si no nos vamos ahora, no nos iremos nunca –dijo, y ella entendió perfectamente a qué se refería. La deseaba. O eso... o sabía fingir muy bien. Cuanto más lo pensaba, más probable le parecía que estuviese fingiendo. ¿Acaso no había reconocido que siempre trataba de engatusar a las mujeres para salirse con la suya?

Debía de querer verdaderamente esas acciones, reflexionó Jessica, sintiéndose más cómoda ahora que había llegado a la conclusión de que Nikolas tan sólo se estaba mostrando romántico a fin de conseguirlas. Un Constantinos apasionado de verdad debía de resultar devastador para los sentidos de una mujer, se dijo; no obstante, sus propios sentidos se habían calmado al comprender lo que él se proponía; y de nuevo podía pensar con claridad. Supuso que tendría que venderle las acciones; Charles se lo había recomendado, y ahora ella sabía que no podría desafiar a aquel hombre indefinidamente. Durante la cena le diría que estaba dispuesta a vender.

Nikolas había apagado todas las luces; sólo había dejado encendida la de la cocina para Samantha. Cuando salieron, se aseguró de que la puerta quedaba bien cerrada.

–¿No vive contigo ninguna asistenta? –inquirió con el ceño fruncido, tomándole el brazo mientras caminaban hacia el coche.

—No —respondió ella en tono visiblemente divertido—. No ensucio ni como mucho, así que no necesito ninguna asistenta.

—Pero entonces te quedas sola por las noches...

—No me da miedo; tengo a Samantha. Aúlla cada vez que oye pisadas extrañas. Además, Sallie y Joel ocupan el otro lado de la casa, de modo que en realidad no estoy sola.

Él abrió la portezuela del potente deportivo que conducía y la ayudó a instalarse en el asiento del pasajero; después rodeó el vehículo hasta el lado del conductor. Jessica se puso el cinturón de seguridad, mirando con interés los numerosos cuadros e indicadores. Parecía la cabina de un avión. No era la clase de coche que había esperado encontrar. ¿Dónde estaba la limusina negra con el chófer uniformado?

Mientras Nikolas se instalaba en su asiento y se ajustaba el cinturón, Jessica le preguntó:

—¿Siempre conduce usted mismo?

—No, pero hay ocasiones en que no resulta deseable la presencia de un chófer —respondió él con una ligera sonrisa. El potente motor cobró vida con un rugido, y Nikolas se puso en marcha con un fuerte y fluido acelerón que empujó a Jessica contra el respaldo de su asiento.

—¿Vendiste la finca? —preguntó él inesperadamente; Jessica se preguntó cuánto sabía de ella. Más de lo que pregonaban los chismorreos maliciosos, era evidente. Pero Nikolas había conocido a Robert antes de que éste se casara con ella, así que era natural que supiera que tenía una casa en el campo.

—Robert la vendió un año antes de morir —respondió Jessica con firmeza—. Después de su muerte, dejé el ático; era demasiado grande y costoso para mí. Me basta con la mitad de mi casa.

—¿No habrías estado mejor en un pequeño apartamento?

—No me gustan los apartamentos. Además, he de pensar en Samantha. Necesita espacio para correr. El barrio es agradable, con muchos niños.

—Aunque no muy elegante —comentó él cínicamente; ella se indignó un poco, pero una súbita oleada de buen humor aplacó su indignación.

—No, a menos que los tendederos le parezcan elegantes —respondió antes de echarse a reír—. Pero es tranquilo, y me siento cómoda en él.

—Con ese vestido, tienes el aspecto de una mujer que debería estar rodeada de diamantes y visones, no de tendederos.

—¿Y qué me dice de usted? —preguntó ella animadamente—. ¿Vestido con una camisa de seda y un traje caro, y se arrodilla en el suelo para ayudar a una perrita a tener sus cachorros?

Nikolas le dirigió una breve mirada que reflejaba las lucecitas verdes del salpicadero.

—En la isla, la vida es mucho más sencilla que en Londres y París. Crecí allí, corriendo y brincando como un cervatillo salvaje.

Ella lo imaginó de niño, con sus ojos negros resplandeciendo mientras corría descalzo por las agrestes colinas de su isla. ¿Acaso el dinero, los años y la sofisticación habrían borrado la impronta de aquellos primeros años? No obstante, mientras pensaba en ello, Jessica comprendió que Nikolas seguía siendo un hombre feroz e indómito, pese a las camisas de seda que vestía.

La conversación cesó a partir de ese momento; cada uno se sumió en sus propios pensamientos y, sólo cuando Nikolas detuvo el coche delante de un restaurante discretamente iluminado, comprendió Jessica adónde la había llevado. Apretó los puños a causa de la oleada de aprensión que notó en el estómago, pero se obligó a relajar las manos. Nikolas no podía saber que ella siempre evitaba ir a lugares como aquél... ¿O sí lo sabía? No, imposible. Nadie sabía de su dolor; siempre había mantenido una firme fachada de indiferencia.

Respirando hondo, dejó que él la ayudara a salir del coche, la tomara del brazo y la acompañase hasta la puerta. No se dejaría incomodar por la situación, se dijo convencida. Charlaría con él, cenaría y asunto concluido. No tenía por qué prestar atención a otras personas con las que pudieran coincidir.

Después de salir a cenar unas cuantas veces con Jessica, ya casados, Robert comprendió cuán profundamente hería a su joven esposa la forma en que sus conocidos la rechazaban públicamente, así que dejaron de ir a los lujosos restaurantes que Robert siempre había frecuentado. Había sido en ese restaurante en particular donde un grupo de personas le había vuelto literalmente la espalda a Jessica. Robert la sacó amablemente de allí a mitad de la cena, antes de que perdiera el control de sí misma y se pusiera a llorar delante de todo el mundo. Pero de eso hacía ya cinco años y, aunque la idea de cenar en aquel sitio aún le producía pavor, Jessica irguió la cabeza orgullosamente y atravesó sin titubear las puertas que el portero uniformado les había abierto.

El maître vio a Nikolas y estuvo a punto de hacer una reverencia.

—¡Señor Constantinos, qué honor!

—Buenas noches, Swaine; quisiéramos un sitio tranquilo y reservado, por favor.

Mientras seguían al maître entre las mesas, Jessica se recobró lo suficiente como para dirigir una divertida mirada al hombre alto que la acompañaba.

—¿Una mesa apartada? —inquirió, y sus labios se curvaron en una sonrisa que reprimió—. ¿Para que nadie repare en el alboroto?

La cabeza de cabellos oscuros se inclinó hacia Jessica y ésta vio el brillo de su sonrisa.

—Creo que podremos resolverlo de una manera más civilizada.

Swaine los acomodó en la mesa más apartada que había disponible, siendo como era sábado por la noche. Quedaba parcialmente oculta detrás de unas plantas que a Jessica le recordaron una selva, casi podía oír el trino de los pájaros. Luego se reprendió a sí misma por semejante tontería.

Mientras Nikolas elegía el vino, ella se fijó en las otras mesas, casi temerosa de ver algún rostro conocido; había reparado en el silencio que los había precedido mientras se dirigían hacia la mesa, y en los cuchicheos que se oían una vez que habían pasado de largo. ¿Lo habría notado Nikolas? Quizá estaba siendo demasiado susceptible; tal vez la reacción de la gente se debía a la presencia de Nikolas, no a la suya. ¡Como multimillonario que era, llamaba más la atención que el resto de los mortales!

—¿No te gusta la mesa? —la voz de Nikolas interrumpió sus cavilaciones; Jessica se volvió hacia él rápidamente y descubrió que la estaba mirando con una expresión de irritación en sus duras facciones.

—Sí, la mesa está bien —se apresuró a responder.

—Entonces ¿por qué estás tan seria? —inquirió él.

—Malos recuerdos —dijo Jessica—. No es nada. Es que tuve... una experiencia desagradable en este sitio.

Él la observó un momento. Luego dijo con calma:

—Si estás incómoda, podemos irnos.

—Estoy incómoda —confesó ella—, pero no quiero irme. Creo que ya va siendo hora de dejar atrás mis estúpidas fobias. ¿Y qué mejor momento para hacerlo que ahora, cuando he de pelearme con usted y puedo olvidar los problemas del pasado?

—Es la segunda vez que aludes a una pelea entre nosotros —comentó él. Se inclinó hacia Jessica y alargó la recia mano morena para tocar el pequeño arreglo floral que había entre ambos—. Esta noche no habrá peleas. Estás tan hermosa que no quiero desperdiciar el tiempo que pasemos juntos discutiendo. Como empieces a discutir, simplemente te besaré hasta que te calles. Estás avisada, así que, si decides desafiarme como una gatita enfurecida, pensaré que quieres que te bese. ¿Qué te parece? ¿Mmm?

Ella lo miró fijamente, tratando de controlar sus labios, los cuales, a pesar de todo, se abrieron en una deliciosa sonrisa; finalmente se echó a reír, haciendo que todos se giraran para mirarlos. Jessica se inclinó también sobre la mesa y dijo en tono confidencial:

—¡Me parece, señor Constantinos, que seré tan dulce y encantadora como me sea posible!

La mano de él se retiró de las flores y agarró rápidamente la muñeca de Jessica. Acarició con el pulgar las azuladas venas del interior de su brazo.

—Siendo dulce y encantadora también conseguirás que te bese —bromeó Nikolas con voz ronca—. ¡Creo que, de un modo u otro, yo saldré ganando! Y te prometo que te besaré con fuerza como vuelvas a llamarme «señor Constantinos». Intenta llamarme Nikolas. No te resultará tan difícil. O llámame Niko, como hacen mis amigos.

—Si ése es tu deseo —ella le sonrió. Era el momento adecuado para hablarle de las acciones, antes de que llevara demasiado lejos su farsa romántica—. Pero quiero decirte que he decidido venderte mis acciones, así que no tienes por qué ser simpático conmigo si no quieres. No cambiaré de opinión aunque te pongas desagradable.

—Olvídate de las acciones —murmuró él—. No hablemos de ellas esta noche.

—Pero si me has invitado a cenar para eso —protestó ella.

—Cierto, aunque sin duda habría utilizado cualquier otro pretexto si ése fallaba —Nikolas esbozó una sonrisita perversa—. La joven aniñada y con el rostro lleno de lágrimas me resultaba muy tentadora, sobre todo porque sabía que detrás de esas lágrimas se ocultaba una mujer fría y sofisticada hasta la exasperación.

Jessica meneó la cabeza.

—Creo que no me has entendido, Nikolas. Las acciones son tuyas. No tienes por qué seguir con esta farsa.

Por un momento, los párpados de Nikolas se cerraron, ocultando el brillo negro de sus ojos, y su mano apretó la muñeca de Jessica.

—Muy bien, dado que insistes en el asunto, hablemos de las malditas acciones y acabemos de una vez. ¿Por qué has decidido venderlas?

—Mi asesor financiero, Charles Welby, ya me había dicho que era preferible venderlas antes que enfrentarme a ti. Estaba dispuesta a vender, pero me irritó tu conducta, así que me negué a hacerlo por pura cabezonería. No obstante, Charles tiene razón, como siempre; no puedo luchar contra ti. Ni quiero verme envuelta en problemas con la junta. No será necesario que pagues la cantidad astronómica que habías pensado. Con el precio de su valor en bolsa bastará.

Nikolas se enderezó. Le soltó la muñeca y dijo bruscamente:

—Ya te he hecho una oferta; no pienso echarme atrás.

—Pues tendrás que hacerlo, porque sólo aceptaré el precio de su valor en bolsa —Jessica lo miró con calma pese al estallido de cólera que vio en su rostro.

Nikolas dijo algo áspero y breve en griego.

—No comprendo cómo puedes rechazar una suma semejante. Es una estupidez.

—¡Ni yo comprendo cómo conservarás tu fortuna si te empeñas en hacer tratos tan absurdos! —repuso ella.

Por un momento, los ojos de Nikolas la atravesaron como cuchillos. Después, un estallido de risa brotó de su garganta y echó la cabeza hacia atrás, lleno de puro placer.

Ajeno a los numerosos ojos que los miraban con interés, se inclinó hacia delante otra vez para tomar la mano de Jessica.

—Eres absolutamente encantadora —susurró con voz ronca—. Sólo por el hecho de haberte conocido ha valido la pena perder la absorción de Dryden. Creo que no regresaré a Grecia tan pronto como había planeado.

Jessica se quedó mirándolo con los ojos abiertos como platos. Parecía hablar en serio; ¡sí, se sentía atraído por ella! Notó en su interior un cosquilleo de alarma, que llenó de calor su cuerpo mientras sostenía la depredadora mirada de aquellos ojos negros como la noche.

TRES

Con la llegada del vino, la penetrante mirada de Nikolas dio a Jessica una bienvenida tregua, aunque fue momentánea. En cuanto volvieron a quedarse solos, él dijo arrastrando la voz:

–¿Te incomoda que me sienta atraído por ti? Creía que para ti sería algo normal despertar el deseo de un hombre.

Jessica trató de retirar la mano, pero los dedos de él la sujetaban con firmeza y se negaban a soltarla. Alzó la cabeza para mirarlo, con sus ojos verdes relampagueando.

–No creo que te sientas atraído por mí –dijo con aspereza–. Creo que aún intentas ponerme en mi lugar porque no me inclino ante ti ni te beso los pies. Ya te he dicho que esas acciones son tuyas. Haz el favor de soltarme la mano.

–Te equivocas –aseguró Nikolas, apretándole la

mano hasta hacerle daño; Jessica hizo una mueca–. Todos los nervios de mi cuerpo han estado gritando desde el momento en que entraste en mi despacho esta tarde. Te deseo, Jessica; y no creas que cediéndome esas acciones vas a conseguir que desaparezca de tu vida.

–¿Y cómo lo conseguiré? –inquirió ella tensando los labios–. ¿Qué precio habré de pagar para que me dejes en paz?

Una expresión de ira casi salvaje cruzó el semblante de Nikolas; después sonrió, y su sonrisa le heló la sangre a Jessica. Los ojos, negros como la noche, recorrieron su rostro y sus senos.

–¿Precio? –murmuró–. Tú sabes cuál sería el precio para que te dejase en paz... con el tiempo. Quiero saciarme de ti, marcarte con mis caricias tan profundamente que jamás serás libre, para que cuando otro hombre te acaricie, pienses en mí y desees que yo estuviese en su lugar.

El pensamiento, la imagen que evocaba, resultaba demoledor. Jessica abrió los ojos de par en par y lo miró horrorizada.

–No –dijo con voz espesa–. ¡Oh, no! ¡Eso jamás!

–No estés tan segura –se burló él–. ¿Crees que no sería capaz de acabar con cualquier resistencia que pudieras oponer? Y no estoy hablando de forzarte, Jessica; estoy hablando de deseo. Puedo hacer que me desees, que ansíes con tal intensidad que te haga el amor que llegues a pedírmelo de rodillas.

–¡No! –Jessica meneó la cabeza, aterrorizada por

la idea de que Nikolas pudiera llegar realmente a forzarla. No se lo permitiría. Nunca. Había soportado un infierno en vida porque todos la veían como una fulana aprovechada, pero jamás se rebajaría a ser una mantenida, una querida, como se había dicho de ella–. ¿No lo comprendes? –susurró entrecortadamente–. No quiero tener relaciones de ninguna clase contigo ni con ningún otro hombre.

–Eso me parece muy interesante –dijo él, mirándola con los ojos entrecerrados–. Comprendo que tus deberes maritales para con un anciano te resultaran repulsivos, pero es imposible que todos tus amantes fueran tan malos. Y no me vengas con que fuiste al matrimonio pura como la nieve, porque no te creeré. Una inocente jamás se vendería a un viejo. Y, además, hay muchos hombres que afirman haberte... conocido.

Jessica tragó saliva para reprimir una súbita sensación de náusea y alzó de golpe la cabeza. Con la faz pálida y los verdes ojos inflamados, dijo:

–Al contrario, ¡Robert era un ángel! Fueron los otros hombres quienes me dejaron un regusto amargo en la boca. Y creo, señor Constantinos, que usted, pese a su dinero, me produce el regusto más amargo de todos.

Jessica se dio cuenta inmediatamente de que había ido demasiado lejos. La expresión de él se tornó rígida y ella sólo dispuso de un segundo de advertencia antes de que la mano que aferraba sus dedos se tensara y tirase de ella, hasta que quedó inclinada sobre la mesa. Nikolas se adelantó a su vez y se acercó a ella, sofocando un grito de asombro con la presión de su boca. Le dio un beso fuerte, intenso y penetrante; ella nada pudo hacer contra la intrusión de su lengua.

Podía oír vagamente los murmullos que aumentaban a su espalda, notó una ráfaga de luz contra sus párpados, pero el beso se prolongó más y más, y Jessica era incapaz de interrumpirlo. La embargó el pánico y un gemido de angustia brotó de su garganta. Sólo entonces Nikolas retiró su atormentadora boca, aunque siguió sujetando a Jessica y contemplando su semblante pálido y sus labios temblorosos. Por fin, la soltó con cuidado y ocupó de nuevo su silla.

–No vuelvas a provocarme –dijo entre dientes–. Te lo advertí, Jessica. Y ese beso ha sido suave comparado con el próximo que te daré.

Jessica no se atrevía a alzar la vista para mirarlo; permaneció sentada con los ojos fijos en la copa de vino, temblando de pies a cabeza. Sentía ganas de abofetearlo, pero lo que más deseaba era salir corriendo y esconderse. La ráfaga de luz que había notado era el flash de una cámara, estaba segura de ello, y se encogió por dentro al pensar en el festín que se daría la prensa del corazón con aquella foto. Se notó el estómago revuelto y luchó contra las náuseas, tomando la copa con una mano temblorosa y sorbiendo el vino frío y seco hasta que volvió a recuperar el dominio de sí misma.

Un camarero que parecía más bien incómodo llegó

con la carta y Jessica hizo acopio de toda su capacidad de concentración para elegir la comida. Había pensado dejar que Constantinos pidiera por ella. De hecho, él parecía esperar que así lo hiciera; pero para Jessica resultaba ahora fundamental aferrarse a ese pequeño reducto de independencia. Necesitaba aferrarse a algo mientras sentía cómo todos los ojos la escrutaban desde cada uno de los rincones de la sala, mientras tenía sentado delante a un hombre a cuyo lado los tigres devoradores de hombres parecían dóciles criaturas.

—No conseguirás nada enfurruñándote —dijo Nikolas, interrumpiendo sus pensamientos con voz suave y cavernosa—. No te lo permitiré, Jessica. Y, al fin y al cabo, sólo ha sido un beso. El primero de muchos. ¿Te gustaría venir a navegar conmigo mañana? Según el pronóstico del tiempo, hará un día cálido y soleado, y podrás conocerme mejor mientras nos tumbamos al sol.

—No —respondió ella terminantemente—. No quiero volver a verte nunca más.

Él se echó a reír en el acto, inclinando hacia atrás la cabeza de brillantes cabellos morenos, con su blanca dentadura reluciendo en la penumbra como la de un animal salvaje.

—Pareces una niñita enfadada —murmuró—. ¿Por qué no pataleas y gritas diciendo que me odias? Así tendría el placer de domarte. Disfrutaría mucho peleando contigo, haciéndote rodar por el suelo hasta que se te acabaran las fuerzas y te quedaras quieta debajo de mí.

—No te odio —respondió Jessica, recobrando parte de su compostura pese a las inquietantes palabras de Nikolas. Incluso se las arregló para mirarlo con frialdad—. No malgastaré energía odiándote, porque estás de paso. Una vez que te haya vendido las acciones, no volveré a verte. Y no creo que derrame muchas lágrimas llorando tu ausencia.

—No puedo permitir que sigas engañándote —repuso él en tono burlón—. No estoy de paso; he cambiado de planes... y tú figuras en ellos. Me quedaré en Londres algún tiempo, el que haga falta. No te resistas, cariño; sólo conseguirás perder un tiempo que podríamos emplear mejor haciendo otras cosas.

—Debes de tener un ego enorme —observó Jessica mientras daba un sorbo de vino—. Pareces incapaz de creer que sencillamente no me gustas. Muy bien, si es el único medio que tengo para librarme de ti, cuando me lleves a mi casa subiremos a mi habitación y podrás satisfacer tus pequeñas necesidades. No supondrá mucho esfuerzo, y merecerá la pena con tal de perderte de vista —mientras dichas palabras brotaban de sus labios, la propia Jessica casi estuvo a punto de saltar de asombro. Dios santo, ¿cómo podía mostrarse tan tranquila e indiferente al tiempo que decía unas cosas tan horribles? ¿Qué diablos haría si Nikolas aceptaba la propuesta? No tenía ninguna intención de acostarse con él.

El rostro de Nikolas había adquirido una expresión dura mientras ella hablaba, y sus ojos se habían entrecerrado hasta semejar dos finas rendijas. Jessica sintió el impulso de alzar los brazos para protegerse la cara, pese a que él no movía ni un solo músculo. Finalmente, Nikolas habló, mascullando las palabras entre dientes.

—Esto me lo vas a pagar, mi fría zorrita. Cuando haya acabado contigo, te arrepentirás de haber abierto la boca; me pedirás disculpas por cada una de las palabras que has dicho. ¿Que suba contigo a tu habitación? ¡No creo que espere tanto tiempo!

Tenía que salir de allí, tenía que alejarse de él. Sin pensar, Jessica agarró su bolso y dijo:

—Necesito ir al lavabo...

—No —respondió él—. No irás a ningún sitio. Seguirás ahí sentada hasta que acabemos de cenar, y luego te llevaré a tu casa.

Jessica permaneció sentada muy quieta, mirándolo con rabia, aunque su hostilidad no parecía incomodarlo. Cuando les hubieron servido la cena, Nikolas empezó a comer como si la situación fuese perfectamente tranquila y normal. Ella masticó unos cuantos bocados, pero el tierno cordero y las zanahorias hervidas formaban una bola en su garganta y no podía tragarlos. Tomó un trago de vino y, de nuevo, captó el flash de una cámara. Soltó la copa rápidamente, palideciendo, y miró hacia otro lado.

Nikolas no perdió detalle de lo ocurrido, a pesar de que, aparentemente, no estaba prestando atención.

—No te dejes incomodar por ellos —le aconsejó con calma—. Hay periodistas por todas partes. No lo hacen con mala intención; simplemente buscan algo con que llenar sus revistuchas.

Jessica no respondió, pero se acordó del flash que había relampagueado antes, mientras Nikolas la besaba con tanta brutalidad. Se sintió enferma al pensar que aquella foto sería publicada en todas las revistas de sociedad.

—No parece que te importe ser blanco de chismorreos —se obligó a decir; si bien su voz era algo tensa, logró hablar sin prorrumpir en lágrimas.

Nikolas se encogió de hombros.

—No hay ningún mal en ello. Si a alguien le interesa con quién ceno o quién se para junto a mi mesa para conversar un momento, no tengo nada que objetar. Cuando deseo intimidad, no voy a sitios públicos.

Jessica se preguntó si habría sido alguna vez objeto de las maliciosas habladurías que ella había tenido que soportar; aunque los periódicos siempre hablaban de él cuando cerraba un trato o viajaba a tal o cual país para asistir a un congreso, y a veces incluían alguna vaga alusión a su última «acompañante», Jessica no recordaba haber leído nada acerca de su vida privada. Nikolas había dicho que vivía en una isla...

—¿Cómo se llama la isla en la que vives? —preguntó, pensando que era un tema de conversación inocuo. Necesitaba desesperadamente algo que le permitiera ganar tiempo para calmarse.

Una perversa ceja negra se arqueó hacia arriba.

—Vivo en la isla de Zenas, que significa regalo de Zeus, o, traducido más libremente, regalo de los dioses. He utilizado el nombre griego del dios. En su versión romana se llama Júpiter.

—Ya —dijo ella—. ¿Cuánto tiempo llevas viviendo allí?

La ceja se arqueó aún más.

—Nací allí. La isla es de mi propiedad.

—Ah —naturalmente que era de su propiedad. ¿Por qué iba un hombre como él a vivir en la isla de otro? Y Jessica había olvidado un detalle del que se acordó en ese momento; Nikolas le había dicho que se había criado en la isla, como un cervatillo salvaje—. ¿Es una isla muy grande? ¿Vive alguien más o es tu refugio privado?

Él sonrió con aire burlón.

—Mide unos dieciséis kilómetros de largo por siete de ancho. Hay una pequeña aldea de pescadores, y los aldeanos apacientan sus rebaños de cabras en las colinas. Mi madre pasa todo el año allí; ya no le gusta viajar. Naturalmente, también está el personal que atiende la finca. Calculo que, en total, habrá unas doscientas personas en la isla, además de cabras, gallinas, perros y unas cuantas vacas.

Parecía un sitio encantador; por un momento, Jessica olvidó sus problemas mientras imaginaba cómo sería una vida tan plácida y sencilla. Sus ojos brillaron mientras preguntaba:

—¿Qué tal sobrellevas ausentarte de allí?

Nikolas se encogió de hombros.

–Tengo muchos negocios que reclaman mi tiempo y mi atención. Aunque siempre consideraré la isla mi hogar, no soy ningún ermitaño. El mundo moderno también posee sus atractivos –alzó la copa de vino hacia Jessica, y ella comprendió que para él gran parte del atractivo del mundo moderno estaba en sus mujeres. Naturalmente, en una pequeña isla griega las jóvenes debían de estar sometidas a una estricta vigilancia hasta que se casaban, y un hombre rico como Nikolas necesitaba satisfacer sus necesidades más básicas.

El gesto que él hizo con la copa de vino la impulsó a fijarse en su propia copa, y comprobó que estaba casi vacía.

–¿Puedo tomar más vino?

–No –prohibió él suavemente–. Ya has tomado dos copas y apenas has probado la comida. Si sigues bebiendo, te emborracharás. Acábate la cena, ¿o es que acaso no te gusta? ¿Pido que la devuelvan a la cocina?

–No, la comida es excelente, gracias –¿qué otra cosa podía decir? Era la verdad.

–Entonces ¿por qué no comes?

Jessica lo miró con seriedad; luego decidió que ya era mayorcito y que, sin duda alguna, podría soportar la verdad.

–No lo estoy pasando bien –dijo–. Me has trastornado el estómago.

La boca de él se curvó en un gesto de sombrío humor.

—Tú no has trastornado el mío, ¡pero sí que has trastornado mi organismo en otros muchos aspectos! Después de haberte conocido, absuelvo completamente a Robert Stanton de toda acusación de necedad. Eres una mujer encantadora, aun cuando me insultas.

Jessica jamás le había hablado a nadie de su relación con Robert, pero en ese instante sentía deseos de gritar en voz alta que lo había amado, que todo lo que se decía de ella era falso. Sólo sus años de práctica guardando las distancias impidieron que abriera la boca y soltara un frenético grito de dolor. Aun así, se permitió decir:

—Robert era el hombre menos necio que he conocido nunca. Sabía exactamente lo que hacía en todo momento.

Nikolas entornó los ojos.

—¿Me estás diciendo que sabía que te habías casado con él por su dinero?

—No he dicho nada semejante —replicó ella con brusquedad—. No pienso hablar de mi matrimonio contigo; no es asunto tuyo. Si has terminado ya de cenar, quisiera irme a mi casa.

—Yo ya he terminado —dijo Nikolas, dirigiendo una significativa mirada al plato de ella—, pero tú apenas has empezado. Necesitas comer para absorber el vino que has tomado, y no nos iremos hasta que termines.

—Sería capaz de tragarme el plato entero sin masticarlo con tal de librarme de tu compañía —musitó

Jessica mientras alzaba el tenedor y pinchaba un trozo de carne.

Él esperó hasta que ella se introdujo la carne en la boca y empezó a masticar. Entonces dijo:

—Necesitarás algo más para librarte de mí. Si no recuerdo mal, me has invitado a subir a tu habitación cuando vayamos a tu casa. Para satisfacer mis «pequeñas necesidades», creo que dijiste. Acepto tu invitación.

Jessica tragó el bocado y pinchó otro pedazo de carne.

—Me habrás malinterpretado —dijo fríamente—. Jamás te dejaría entrar en mi casa, y menos en mi habitación.

—Mi apartamento servirá igualmente —respondió él con un brillo en los ojos—. O la calle, si te pones difícil.

—Vamos a ver —dijo ella bruscamente, soltando el tenedor de golpe—. Esto ya ha ido demasiado lejos. Quiero que lo entiendas con claridad: ¡no estoy disponible! Ni para ti ni para ningún otro hombre. Y, como me toques, gritaré hasta que todo Londres me oiga.

—Si puedes —murmuró Nikolas—. ¿Es que no me crees capaz de sofocar tus gritos, Jessica?

—¿Ah, sí? —ella enarcó las cejas—. ¿Eres un violador, acaso? Porque sería una violación, no te quepa duda. No me estoy haciendo la estrecha; hablo completamente en serio. No te deseo.

—Me desearás —dijo él con absoluta seguridad.

Ella sintió deseos de gritar, presa de la frustración. ¿Podía ser tan duro de entendederas y tener un ego tan invulnerable que, sencillamente, era incapaz de creer que no deseaba acostarse con él? Muy bien, si tan convencido estaba de que no gritaría, iba a llevarse toda una sorpresa como intentara propasarse con ella.

Con un rápido movimiento, Jessica se puso de pie, decidida a no permanecer allí sentada ni un momento más.

—Gracias por la cena —dijo—. Creo que será mejor que me vaya a casa en un taxi. Le diré a Charles que te llame el lunes para dejar cerrado el asunto de las acciones.

Nikolas se levantó también, soltando con calma la servilleta.

—Yo te acercaré a tu casa —aseguró—, aunque tenga que llevarte hasta el coche a rastras. Bueno, ¿quieres salir del restaurante de una manera digna o prefieres que te cargue sobre mi hombro? Antes de que decidas, permíteme decirte que nadie acudirá a auxiliarte. El dinero tiene sus ventajas, ¿sabes?

—Sí, lo sé —convino ella en tono gélido—. Permite a algunas personas comportarse como matones sin miedo a sufrir represalias. Muy bien, ¿nos vamos?

Él esbozó una sonrisa triunfante y dejó un billete encima de la mesa. A pesar de su enojo, Jessica se sorprendió al ver la cantidad que había dejado. Alzó la mirada a tiempo de observar cómo Nikolas hacía una seña al maître y, cuando llegaron a la puerta, ya tenían su chal preparado. Nikolas lo tomó y se lo colocó cuidadosamente sobre los hombros; sus manos se detuvieron en ellos un momento mientras le rozaba la piel con los dedos.

Una cegadora ráfaga de luz indicó a Jessica que también aquello había sido fotografiado. Involuntariamente, se apretó contra Nikolas en un intento de esconderse. Las manos de él se tensaron sobre sus hombros; con el ceño arrugado, bajó la mirada hacia el rostro repentinamente lívido de ella. Luego miró en torno hasta que localizó al fotógrafo y, aunque no dijo nada, Jessica oyó que alguien musitaba una disculpa a sus espaldas. Nikolas le pasó el brazo alrededor de la cintura y la llevó afuera.

Una vez que Jessica estuvo bien instalada en el asiento del pasajero, él se giró hacia ella.

—¿Por qué tiemblas cada vez que ves el flash de una cámara?

—No me gusta la publicidad —musitó.

—Que te guste o no carece de importancia —dijo él en tono quedo—. Siempre estarás sometida a ella debido a tus actos, y a estas alturas ya deberías haberte acostumbrado. Tu matrimonio causó bastante revuelo.

—Lo sé —respondió Jessica—. Me han llamado «puta» en la cara y han dicho cosas aún peores de mí a mi espalda, pero eso no significa que tenga que acostumbrarme. Tenía dieciocho años y la prensa se ensañó conmigo. Nunca lo he olvidado.

—¿Creíste que tu matrimonio con un anciano con el prestigio de Robert Stanton pasaría inadvertido?

–dijo Nikolas casi gruñendo–. ¡Por amor de Dios, Jessica, prácticamente suplicaste que se ensañaran contigo!

–Eso descubrí –musitó ella con un nudo en la garganta–. Robert y yo dejamos de aparecer en público en cuanto se hizo evidente que jamás me aceptarían como su esposa, aunque a él, personalmente, no le importaba. Dijo que así descubriría quiénes eran amigos suyos de verdad; apreciaba mucho a esos amigos sinceros y nunca deseó que las cosas fuesen de otra forma, al menos que yo supiera. Robert era infinitamente bondadoso –concluyó en tono sereno, pues descubrió que los recuerdos de Robert contribuían a calmar su estado de ánimo. Su difunto marido veía la vida tal como era, con absoluta claridad, sin engaños ni ilusiones, haciendo gala de un inagotable sentido del humor.

¿Qué pensaría acerca del depredador que permanecía sentado al lado de Jessica en ese momento?

Nikolas condujo en silencio y ella reclinó la cabeza en el asiento y cerró los ojos, agotada y exhausta. Había sido un día muy largo, y lo peor aún había de llegar, a menos que él decidiera comportarse con un mínimo de decencia y la dejara en paz. Pero por alguna razón, Jessica dudaba que Nikolas Constantinos siguiera otros dictados que satisfacer sus propias apetencias, así que se preparó para la batalla.

Cuando él detuvo el coche en el sendero de entrada de la casa, Jessica advirtió con alivio que Sallie y Joel ya habían regresado y seguían levantados, pese a que el reloj le indicaba que eran las diez y media. Nikolas paró el motor y se guardó las llaves en el bolsillo; después se bajó del coche y lo rodeó para abrirle a ella la portezuela. Se inclinó y la ayudó a recogerse la larga falda, antes de alzarla, prácticamente, para sacarla del vehículo.

—No soy una inválida —se quejó Jessica con aspereza mientras él le deslizaba un brazo alrededor de la cintura y la apretaba contra su costado.

—Por eso precisamente te sujeto —explicó Nikolas, y el soplo de su profunda risa acarició su cabello—. No quiero que eches a correr.

Jessica observó, indignada pero impotente, cómo él sacaba las llaves de su bolso, abría la puerta y la conducía al interior con el férreo brazo pegado a su espalda. Ella no se inmutó y se dirigió a la cocina para comprobar cómo se encontraba Samantha. Se agachó y rascó a la perrita detrás de las orejas, recibiendo a cambió un cariñoso lametón en la mano. Uno de los cachorros gimió, al verse molestado, y recibió también una caricia de la cálida lengua; luego Jessica se sobresaltó al notar que dos fuertes manos se cerraban sobre sus hombros y la obligaban a incorporarse.

Ya estaba bien; se había hartado de aquel hombre y de su arrogancia. Estalló de ira, golpeándole en el rostro y retorciendo el cuerpo entre sus brazos mientras él trataba de sostenerla contra sí.

—¡No, maldita sea! —gritó Jessica—. ¡Te he dicho que no quiero!

Samantha se levantó al instante y emitió un gruñido al ver cómo maltrataban a su ama, pero los cachorros comenzaron a chillar, alarmados, cuando su madre se separó de ellos, de modo que la perra se giró de nuevo hacia sus crías. Para entonces, Nikolas ya había tomado en brazos a Jessica y atravesó con ella la puerta de la cocina, cerrando ésta con el hombro. Su respiración ni siquiera se alteró mientras mantenía sujetos los frenéticos brazos de Jessica, lo cual enfureció aún más a Jessica. Arqueó la espalda y empezó a patalear con el fin de liberarse, le golpeó con fuerza el amplio pecho y, al ver que sus esfuerzos eran inútiles, abrió la boca para gritar. Nikolas le llevó rápidamente la cabeza contra su hombro, amortiguando el grito con su cuerpo. Resollando con furia, ella dejó escapar un chillido ahogado mientras él la soltaba de repente.

Unos suaves almohadones amortiguaron su caída y, un momento después, su cuerpo quedó cubierto por el duro peso de Nikolas, que se echó sobre ella y la sujetó.

—Estate quieta, maldición —ordenó él entre dientes, estirando el largo brazo sobre la cabeza de Jessica. Por un escalofriante momento, ella temió que pensara abofetearla y contuvo la respiración, pero no cayó ningún golpe. En vez de eso, Nikolas encendió la lámpara situada junto al sofá y una tenue luz bañó la habitación. Ella no había sabido dónde estaban hasta que paseó la vista por los confortables y tranquilizadores confines de su sala de estar. Giró la cabeza para mirar con desconcierto el furioso rostro que se cernía sobre ella.

—¿Qué es lo que te pasa? —rugió él.

Jessica parpadeó. ¿No había intentado pegarle? ¡Pero la había maltratado, de eso no había duda! Incluso en ese momento, sus pesadas piernas la oprimían contra el sofá, y Jessica sabía que tenía la falda por encima de las rodillas. Se removió inquieta debajo de Nikolas, y él ejerció más presión a modo de advertencia.

—¿Y bien? —gruñó.

—Pensé que... que... ¿No ibas a pegarme? —inquirió Jessica arrugando la frente—. Creí que intentarías agredirme, y Samantha también lo creyó.

—Maldita sea, Jessica —respondió él bruscamente—. No sabes lo tentadora que resultas... y lo exasperante... —se interrumpió, deslizando sus ojos negros hacia los labios de ella. Jessica se retorció y apartó la cabeza. De sus labios escapó un «no» entrecortado y casi inaudible, pero Nikolas le colocó las manos en las mejillas y la obligó a mirarlo otra vez. Estaba a escasos centímetros de sus labios y ella empezó a protestar nuevamente, pero ya era demasiado tarde. Su recia boca se apretó contra la suavidad de la de Jessica, obligándola a separar los labios, llenándola con su aliento aún impregnado de un regusto a vino. Luego siguió la lengua, que exploró y acarició el interior de su boca, jugueteando con su propia lengua, haciendo que sus sentidos zozobraran.

Jessica se sentía aterrorizada por la presión que el

enorme y recio cuerpo de Nikolas ejercía sobre el suyo, y por un instante sus finas manos forcejearon inútilmente contra los fuertes hombros. Pero su boca era cálida y no le hacía ningún daño; nunca la habían besado así. Por un momento, sólo por un momento, se prometió a sí misma, permanecería entre sus brazos y le devolvería el beso. Deslizó las manos por sus fuertes hombros hasta entrelazarlas alrededor de su cuello, con su lengua respondiendo tímidamente a la de Nikolas; a partir de entonces, ya no tuvo la opción de devolverle o no sus caricias. Él se estremeció, la apretó entre sus brazos hasta hacerle daño, y su boca enloqueció, devorándola, absorbiendo con avidez hasta el último ápice de su aliento. Musitó algo con voz espesa, y ella, en su aturdimiento, tardó un momento en darse cuenta de que había hablado en francés. Cuando Nikolas tradujo lo que acababa de decir, Jessica notó que el rostro se le congestionaba e intentó apartarlo de sí, pero seguía impotente contra su fuerza.

Él deslizó una mano por la espalda de ella y comenzó a desabrocharle con destreza el vestido. Mientras su boca abandonaba la de Jessica y recorría con feroz avidez su cuello, ella logró emitir un «no» ahogado, al que Nikolas no prestó ninguna atención. Sus labios siguieron bajando, depositando feroces besos en su hombro y su clavícula, lamiendo el sensible punto del hueco del hombro hasta que ella casi olvidó su creciente miedo y tembló de placer, crispando las impotentes manos sobre las costillas de

Nikolas. Impaciente, él acabó de desabrocharle el vestido, decidido a desnudarla por completo hasta la cintura, y en el interior de Jessica el pánico estalló con la fuerza de un volcán.

Con un grito estrangulado, se retorció frenéticamente entre sus brazos, sujetándose el vestido con una mano mientras intentaba retirar a Nikolas de sí con la otra. Él dejó escapar un rugido de frustración y apartó el brazo de ella, buscando la tela del vestido con la mano libre. Jessica notó que el corazón se le detenía en el pecho; con un esfuerzo sobrehumano, se las arregló para soltarse y empezó a darle golpes en la espalda.

–¡No! –gritó con voz casi histérica–. ¡No, Nikolas, por favor! ¡Te lo suplico!

Él acalló sus palabras con la contundente presión de su boca, y ella comprendió, embargada por un puro terror, que no podría controlarlo. Un sollozo brotó de su garganta al tiempo que soltaba el vestido para golpear a Nikolas con ambas manos.

–¡No! No...

Él retiró los labios de los de ella, y Jessica gimió:

–¡Por favor, Nikolas! ¡No!

Los salvajes movimientos de las manos de Nikolas cesaron; permaneció muy quieto, respirando entrecortadamente. Ella temblaba entre sollozos, con su menudo semblante empapado de lágrimas. Él emitió un hondo gruñido gutural y se levantó del sofá; después se arrodilló y descansó la cabeza de negros cabellos sobre el cojín, al lado de Jessica. El silencio se hizo de nuevo en la habitación, mientras ella trataba de reprimir el llanto. Con movimientos dubitativos, posó la mano sobre la cabeza de Nikolas, deslizando los dedos sobre el espeso cabello, sin comprender aquella súbita necesidad de confortarlo, pero incapaz de resistir el impulso. Él se estremeció con su caricia, y Jessica pudo oler el fresco sudor de su cuerpo, el aroma masculino de su piel, y comprendió hasta qué punto se había excitado. Pero se había detenido; no la había forzado, después de todo, y Jessica notó que la hostilidad que había sentido empezaba a desvanecerse. Pese a su inexperiencia, sabía que debía de haber sido una tortura para él estar tan excitado y verse obligado a parar de una forma tan brusca, por lo cual le estaba profundamente agradecida.

Al fin, Nikolas levantó la cabeza; ella emitió un jadeo ahogado al contemplar la expresión grave y tensa de su semblante.

—Arréglate el vestido —ordenó él con voz espesa—, o será demasiado tarde.

Jessica se apresuró a abrocharse el vestido y a alisarse la falda. Habría querido incorporarse, pero le resultaba incómodo teniéndolo tan cerca, así que permaneció recostada sobre los almohadones hasta que Nikolas se movió.

—Tal vez sea mejor así —dijo él al tiempo que se pasaba una cansada mano por el pelo. Luego se puso de pie—. No veníamos preparados, y sé que no habría podido contenerme si... ¿Qué es lo que tanto te asusta, Jessica? ¿El riesgo de exponerte a un embarazo no deseado, quizá?

Cuando Jessica respondió, lo hizo con voz ronca.

–No... No es eso. Es que... me asustaste –se incorporó y se seco las húmedas mejillas con la palma de las manos.

Nikolas la miró y, con gesto grave, sacó el mismo pañuelo que había utilizado para enjugarle las lágrimas cuando un rato antes se había presentado en su casa. ¿Cuánto hacía de eso? ¿Unas cuantas horas?

Ella aceptó el pañuelo de batista y se limpió las mejillas. Después se lo devolvió.

Él dejó escapar una breve y áspera risotada.

–¿De modo que te asusté? Quería hacerte muchas cosas, pero asustarte no era una de ellas. Eres una mujer peligrosa, cariño; posees un mortífero encanto –Nikolas inhaló profundamente y empezó a abotonarse la camisa; sólo entonces reparó Jessica en que se había quitado la chaqueta y tenía la camisa desabrochada y fuera del pantalón. No recordaba habérsela desabrochado, pero solamente ella había podido hacerlo, pues él tenía las manos demasiado ocupadas acariciándola.

Nikolas aún tenía una expresión rígida y tensa, y Jessica dijo apresuradamente:

–Lo siento, Nikolas.

–Yo también lo siento, cariño –sus ojos negros se giraron hacia ella, y una sonrisita tensa asomó a su semblante–. Pero ya me llamas Nikolas, de modo que algo hemos conseguido –se introdujo la camisa en el pantalón y después se sentó en el sofá, a su lado–. Quiero volver a verte, y pronto –añadió tomándole la mano–. ¿Vendrás a navegar conmigo mañana? Prometo no presionarte; no te asustaré como te he asustado esta noche. Te daré tiempo para que me conozcas, para que comprendas que conmigo no corres ningún peligro. Quienquiera que provocó en ti ese miedo a los hombres merecería que lo fusilaran. Pero conmigo no será igual. Ya lo verás –dijo alentándola.

¿Ningún peligro? ¿Que no correría ningún peligro con un hombre como él? Jessica lo dudaba mucho, pero Nikolas había sido más amable de lo que esperaba, y ella no deseaba hacerlo enfadar, de modo que atemperó sus palabras al responderle:

–Me parece que no, Nikolas. Mañana, no. Es demasiado pronto.

La boca de él se tensó, formando una ominosa línea; luego suspiró y se puso en pie.

–Te llamaré mañana, y no intentes hacer alguna tontería como esconderte de mí. Te encontraría y no te gustarían las consecuencias. No toleraré que vuelvas a escabullirte de mí otra vez. ¿Me comprendes?

–¡Comprendo que me estás amenazando! –repuso ella enérgicamente.

Él sonrió burlón.

–No correrás ningún peligro mientras no pongas a prueba mi paciencia, Jessica. Te deseo, pero puedo esperar.

Ella alzó la cabeza.

—Pues la espera puede ser larga —se sintió obligada a advertirle.

—O muy corta —le advirtió él a su vez—. Como te he dicho, te llamaré mañana. Piénsate lo de ir a navegar. Te gustaría.

—Nunca he ido a navegar. No sé nada de barcos. Hasta es posible que me maree.

—Será divertido enseñarte todo aquello que no sepas —dijo Nikolas, refiriéndose no solamente a los barcos. Se inclinó sobre ella y posó un cálido beso en sus labios; luego se retiró antes de que ella pudiera responder o resistirse—. No hace falta que me acompañes hasta la puerta. Buenas noches, Jessica.

—Buenas noches, Nikolas —se le hizo raro desearle buenas noches como si aquellos recientes momentos de pasión y de terror no hubiesen tenido lugar. Observó cómo recogía del suelo la chaqueta y después salía de la habitación, con su esbelto cuerpo moviéndose con la gracia feroz de un tigre. Cuando se hubo marchado, la casa le pareció demasiado silenciosa y vacía.

Tuvo la desoladora sensación de que Nikolas Constantinos iba a dar un vuelco a su vida.

CUATRO

A pesar de que estaba tensa cuando se metió en la cama, Jessica durmió profundamente y se despertó llena de optimismo. Había sido una tonta al dejar que aquel hombre la pusiera tan nerviosa; trataría de eludirlo en el futuro. Charles podía encargarse de todos los detalles referentes a la venta de las acciones.

Tarareando una melodía, dio de comer a Samantha y felicitó a la orgullosa madre por los cachorritos; después se preparó una tostada. No había adquirido el hábito inglés de tomar té, así que bebió un café. Acababa de servirse la segunda taza cuando Sallie llamó a la ventana de la puerta trasera. Jessica se levantó para abrirle y reparó en la expresión preocupada que ensombrecía el rostro habitualmente risueño de su amiga.

—¿Sucede algo? —le preguntó—. Espera, antes de que contestes, ¿te apetece una taza de café?

Sallie hizo una mueca.

—¿Café? ¡Aún no te has civilizado! No, Jess, creo que deberías ver esto. Es un artículo cargado de mala intención, y precisamente ahora que la gente empezaba a olvidarse de ese desagradable asunto. Habría preferido no traértelo; de hecho, Joel insistió en que no debía hacerlo; pero, de todos modos, te habría saltado a las narices cuando salieras a la calle, y creí preferible que te enteraras en privado.

Sin decir nada, Jessica alargó la mano para tomar el periódico, aunque ya sabía de qué se trataba. Sallie había abierto el diario por las páginas de sociedad, en las que figuraban dos fotografías. Una, por supuesto, mostraba a Nikolas besándola. Considerándolo fríamente, llegó a la conclusión de que era una buena foto. En ella aparecían Nikolas, fuerte y moreno, y ella, con su constitución más menuda, besándose por encima de la mesa del restaurante. La otra foto había sido tomada cuando se marchaban y Nikolas le había puesto las manos en los hombros: la miraba con una expresión que la hizo estremecerse. En la cara de él se apreciaba una clara expresión de deseo; al recordar lo que había sucedido cuando la había llevado a casa, Jessica se preguntó de nuevo cómo Nikolas había sido capaz de parar al verla asustada.

Pero Sallie estaba señalando la columna que acompañaba a las fotografías, y Jessica se sentó para leerla. Estaba escrita con un estilo ingenioso y sofisticado, aunque en un determinado momento la articulista había dado rienda suelta a la bilis. Jessica notó una sensación de náuseas mientras leía por encima el texto impreso.

Anoche se vio a la conocida Viuda Negra de Londres envolviendo en su tela a otra desvalida y embelesada víctima. Nikolas Constantinos, el esquivo multimillonario griego, parecía hallarse completamente cautivado por los encantos de La Viuda. ¿Es posible que ésta haya dilapidado ya el dinero que le dejó su difunto esposo, el apreciado Robert Stanton? Sin duda, Nikolas puede ayudarla a mantener el estilo de vida al que está acostumbrada, aunque, según indican todas las fuentes, puede que La Viuda no lo tenga tan fácil para cazarlo como lo tuvo con su primer marido. No podemos sino preguntarnos cuál de los dos acabará ganando. La Viuda no parece detenerse ante nada, pero lo mismo cabe decir de su presa. Seguiremos los acontecimientos con interés.

Jessica soltó el periódico encima de la mesa y fijó la mirada en el vacío; no debía dejarse incomodar por las habladurías. Es más, ya debería haberse acostumbrado, después de cinco años. No obstante, parecía que, lejos de endurecerse, se estaba volviendo cada vez más sensible a las críticas. Antes tenía a Robert para animarla, para mitigar el dolor y hacerla reír, pero ya no tenía a nadie. Debía soportar a solas todo el dolor.

La Viuda Negra... Le habían puesto ese apodo

después de la muerte de Robert. Antes, por lo menos, la llamaban por su propio nombre. Los hirientes comentarios siempre habían sido malintencionados, aunque sin llegar hasta el extremo de la difamación. Ella, de todas maneras, no habría emprendido ninguna acción legal. La publicidad generada por un juicio habría sido aún más desagradable, y ella deseaba llevar una vida tranquila, con sus pocos amigos y sus pequeños placeres. Incluso habría regresado a Estados Unidos... de no ser por los intereses financieros de Robert. Había preferido quedarse para velar por ellos y hacer uso de los conocimientos que su marido le había transmitido. Robert lo habría querido así, y ella lo sabía.

Sallie la observaba con preocupación, de modo que Jessica se obligó a respirar honda y temblorosamente para poder hablar.

—Un texto escrito a mala idea, ¿eh? Casi había olvidado lo maliciosos que pueden llegar a ser... Pero no cometeré el error de dejarme ver otra vez. No vale la pena.

—Pero no puedes estar toda la vida escondiéndote —protestó Sallie—. Eres muy joven. ¡Es injusto que te traten como si fueras una... una leprosa!

Una leprosa... ¡Qué pensamiento tan espantoso! Pero Sallie no estaba tan lejos de la verdad, si bien nadie había obligado aún a Jessica a marcharse de la ciudad. Todavía era bien recibida en unos pocos hogares.

Sallie optó por cambiar de tema; aunque Jessica

había intentado fingir indiferencia, su rostro había palidecido y adquirido una expresión de angustia. Su amiga señaló la foto del periódico y preguntó:

—¿Qué me dices de este bombón, Jess? ¡Es guapísimo! ¿Cuándo lo conociste?

—¿Qué? —Jessica agachó la mirada y dos puntos de color tiñeron sus mejillas mientras contemplaba la foto en la que se veía a Nikolas besándola—. ¡Ah!... Pues la verdad es que lo conocí ayer mismo.

—¡Caramba! ¡Es de los que van deprisa! Parece un tipo fuerte y dominante, y tiene una reputación increíble. ¿Cómo es?

—Fuerte, dominante e increíble —Jessica suspiró—. Justo como acabas de decir. Espero no tener que volver a verlo nunca más.

—¡Tú eres tonta! —exclamó Sallie indignada—. De verdad, Jess, lo tuyo es increíble. La mayoría de las mujeres lo darían todo por salir con un hombre como éste, guapo y rico, y a ti, sin embargo, no te interesa.

—Me dan miedo los hombres ricos —contestó Jessica afablemente—. Ya has visto una muestra de lo que dirían de mí. No quiero pasar por lo mismo otra vez.

—¡Oh! Lo siento, cariño —se disculpó Sallie—. No lo tuve en cuenta. Pero es que... ¡piénsalo! ¡Nikolas Constantinos!

Jessica no quería pensar en Nikolas; deseaba olvidar todo lo sucedido la noche anterior. Después de observar la cara pálida y ensimismada de su amiga, Sallie le dio una palmadita en el hombro y se marchó. Jessica siguió un rato allí sentada, con la mente en blanco; cuando al fin se levantó para depositar la taza y el plato en el fregadero, la situación pareció desbordarla repentinamente y dejó que las lágrimas fluyeran sin tratar de reprimirlas.

Una vez que hubo cesado el ataque de llanto, se sintió exhausta; se encaminó hacia la sala de estar para echarse en el sofá, pero recordó cómo Nikolas había estado tumbado allí con ella, así que prefirió sentarse en una silla. Puso los pies en alto, apoyándolos en una butaca, y se envolvió las piernas con la bata. Se sentía muerta, vacía por dentro; cuando sonó el teléfono, se quedó mirando el aparato durante varios instantes, como atontada, antes de levantar el auricular.

–Diga –respondió en tono lánguido.

–Jessica. ¿Has...?

Se retiró el auricular del oído al oír la voz profunda y volvió a colgarlo con desgana.

Cuando sonó el timbre de la puerta, un rato después, Jessica siguió sentada donde estaba, decidida a no responder, pero al cabo de un momento oyó que Charles la llamaba en voz alta y se levantó.

–Buenos días –lo saludó mientras él la observaba con detenimiento. Parecía rendida.

–He leído el periódico –dijo Charles suavemente–. Sube a lavarte la cara y a vestirte. Después me hablarás de ello. Quería haberte llamado ayer, pero tuve que ausentarme de la ciudad. Vamos, cariño, sube de una vez.

Jessica hizo lo que se le pedía; se lavó la cara con

abundante agua fría y se desenredó el cabello. Después se quitó el camisón y la bata y se puso un bonito vestido de tirantes blanco con florecitas azules. A pesar de su aturdimiento, se alegraba de la llegada de Charles. Con su frío intelecto, su abogado sería capaz de escucharla y de ayudarla a entender sus propias reacciones. Charles era capaz de analizar los sentimientos de una piedra.

—Mucho mejor —dijo él con aprobación al verla aparecer en la sala de estar—. Bueno, está claro que mis temores eran infundados. Es evidente que Constantinos se sintió cautivado por ti. ¿Mencionó el asunto de Dryden?

—Sí —respondió Jessica, e incluso consiguió dirigirle una sonrisa—. Voy a venderle las acciones. Pero no creas que todo fue coser y cantar. Nos llevamos como el perro y el gato. Al lado de los comentarios que hizo sobre mi matrimonio, esa columna de sociedad es una minucia. Le di plantón y le colgué el teléfono... dos veces. Esta mañana llamó y no quise hablar con él. Será mejor que no vuelva a verlo nunca más, si tú puedes ocuparte de todos los detalles de la venta de las acciones.

—Claro que puedo —se apresuró a responder Charles—. Pero estoy seguro de que subestimas a ese hombre. A juzgar por la foto del periódico, tú lo atraes más que tus acciones de ConTech.

—Sí —admitió Jessica—, pero es inútil. No podría soportar otra vez esa clase de publicidad. Y Constantinos atrae a periodistas y fotógrafos a docenas.

–Cierto. No obstante, cuando desea que algo no se publique, no se publica. Tiene un poder enorme.

–¿Acaso pretendes ponerte de su parte, Charles? –preguntó Jessica con asombro–. ¿No comprendes que su atracción es meramente temporal, que tan sólo busca una aventura?

Charles se encogió de hombros.

–Como la mayoría de los hombres –dijo Charles cínicamente–. Al principio.

–Bueno, pues a mí no me interesa. Por cierto, las acciones se venderán al precio de su valor en bolsa. Me ofreció mucho más, pero no quise aceptar.

–Veo aquí los principios de Robert –comentó Charles.

–No me dejaré comprar.

–Ni yo esperaba que lo hicieras. Me habría gustado presenciar vuestra reunión por un agujerito; debió de ser muy entretenida –Charles le sonrió; su rostro sereno y aristocrático reflejó el cínico humor que se ocultaba detrás de sus modales elegantes y controlados.

–Mucho, aunque casi acabó en asesinato –de repente, Jessica se acordó y sonrió de forma natural por primera vez desde que había leído la desagradable crónica de sociedad–. Charles, Samantha tuvo anoche los cachorros. ¡Cinco!

–Ha tardado lo suyo –observó él–. ¿Qué piensas hacer con cinco ruidosos cachorros en la casa?

–Los regalaré cuando tengan edad suficiente. En el barrio hay muchos niños; no será difícil buscarles dueño.

—¿Tú crees? ¿Alguna vez has intentado regalar unos cachorros de padre desconocido? ¿Cuántas hembras hay?

—¿Cómo voy a saberlo? —dijo ella, echándose a reír—. No nacen llevando collares azules y collares rosas, ¿sabes?

Charles le sonrió burlón y la siguió hasta la cocina, donde Jessica le mostró orgullosa los cachorros, que permanecían acurrucados en un pequeño montón. Samantha observaba a Charles atentamente, lista para morderlo si se acercaba demasiado a sus pequeños, pero él, que conocía bien el carácter de la perra, se mantuvo a distancia prudencial. Charles era demasiado escrupuloso para ser amante de los animales, cosa que Samantha percibía.

—Veo que no has hecho té —comentó fijándose en la cafetera—. Pon a calentar el agua, cariño, y cuéntame más detalles de tu reunión con Constantinos. ¿De verdad se caldeó mucho el ambiente, o lo decías en broma?

Suspirando, Jessica llenó una tetera con agua del grifo y la colocó en la hornilla.

—La reunión fue decididamente poco amistosa. Hostil, incluso. No te dejes engañar por esa fotografía, Charles; Constantinos hizo eso para castigarme y obligarme a cerrar la boca. No sé si... —iba a decir que no sabía con seguridad si podía fiarse de él o no, pero la interrumpió el sonido del timbre; Jessica se detuvo en seco y notó que un escalofrío le recorría la espalda–. Dios mío –tragó saliva–. Es él. ¡Lo sé! Le colgué el teléfono y debe de estar hecho una furia.

–Seré valiente e iré a abrir la puerta mientras tú preparas el té –sugirió Charles, poniendo un pretexto para llegar hasta Constantinos antes de que éste pudiera disgustar aún más a Jessica. La habitual expresión de angustia había desaparecido de los ojos de ésta, pero aún seguía dolida y vulnerable, y era incapaz de defenderse de alguien como Constantinos.

Jessica comprendió por qué Charles se había ofrecido para ir a abrir la puerta; era el hombre más diplomático del mundo, se dijo mientras sacaba tazas y platos para servir el té. Y uno de los más amables. Siempre intentaba protegerla y ahorrarle sinsabores.

Se detuvo de pronto, pensando en ello. ¿Por qué no se habría ofrecido Charles para reunirse con Constantinos y cerrar el acuerdo de las acciones? ¿Por qué la había dejado ir a ella? Cuanto más lo pensaba Jessica, más impropio de Charles le parecía. Una fugaz sospecha relampagueó en su mente, pero la descartó de inmediato. Dicha sospecha, sin embargo, persistía. ¿La habría enviado Charles deliberadamente al encuentro de Constantinos? ¿Acaso se había propuesto hacer de casamentero? ¡Qué horror! ¿Cómo se le había podido ocurrir semejante cosa? ¿No sabía que, aunque era probable que Nikolas Constantinos la deseara como amante, nunca se plantearía la cuestión del matrimonio? ¡Y, desde luego, Charles la conocía lo bastante como para saber que ella jamás se conformaría con menos!

¿Matrimonio? ¿Con Nikolas? Jessica empezó a temblar tan violentamente que tuvo que soltar la bandeja. ¿Qué le ocurría? Lo había conocido el día anterior... ¡y estaba pensando en que únicamente se conformaría con ser su esposa!

Se debía tan sólo a que le resultaba atractivo físicamente, pensó con desesperación. Pero era muy honesta consigo misma y de inmediato comprendió que intentaba cerrar los ojos a la verdad. Había conocido a muchos hombres apuestos y atrayentes, pero jamás había deseado a ninguno como a Nikolas la noche anterior. Y no se habría mostrado tan receptiva a las caricias de éste si su mente y sus emociones no hubiesen respondido de igual forma. Era un hombre feroz, implacable y arrogante hasta decir basta, pero percibía en él una admiración masculina hacia su feminidad que derribaba todas sus barreras.

Nikolas la deseaba, eso era evidente. Y también ella se sentía peligrosamente atraída hacia él; incluso corría el riesgo de enamorarse. Comprender tal cosa supuso un mazazo que superaba incluso la desagradable impresión que se había llevado al leer la maliciosa crónica de sociedad.

Pálida, temblando, clavó los ojos en la hirviente tetera, preguntándose qué iba a hacer. ¿Cómo podía evitar a Nikolas? No era de los que aceptaban un «no» por respuesta; ni ella misma estaba segura de poder darle una negativa, de todos modos. Pero estar con él sería abocarse a un dolor todavía mayor, porque Nikolas jamás le propondría matrimonio y ella no se contentaría con menos.

Finalmente, el agudo silbido de la tetera la devolvió a la realidad; se apresuró a apagar el fogón y vertió el agua sobre el té. Ignoraba si Nikolas querría té, aunque sospechaba que no, de modo que llenó una taza de café para él y otra para ella; después, sin detenerse a pensar en lo que hacía, agarró la bandeja y la llevó hasta el salón antes de perder el valor.

Nikolas estaba repantigado en el sofá como un enorme felino, mientras que Charles había preferido una silla. Ambos se levantaron al verla entrar, y Nikolas se adelantó para quitarle de las manos la pesada bandeja y depositarla sobre la mesita baja. Jessica lo miró con cautela, pero no parecía enojado. La observaba atentamente, con unos ojos tan penetrantes que ella casi se estremeció. Él notó su reacción al momento, y sus labios se curvaron en una media sonrisa. Le colocó la mano en el brazo y la obligó amablemente a sentarse en el sofá. Luego se acomodó a su lado.

—Charles y yo hemos estado hablando de la situación —dijo con calma.

Ella lanzó una mirada desesperada a Charles, pero éste se limitó a sonreír sin que Jessica pudiese deducir nada de su expresión.

—¿De qué situación? —inquirió, procurando aparentar calma.

—Del lugar en que nuestra relación te pondrá ante la prensa —explicó tranquilamente mientras Jessica le pasaba a Charles la taza de té. Milagrosamente, se las arregló para no dejar caer la taza y el plato, aunque una sacudida recorrió todo su cuerpo. Cuando Charles hubo rescatado su té, ella giró el pálido rostro hacia Nikolas.

—¿De qué estás hablando? —susurró.

—Creo que lo sabes muy bien, cariño. No eres nada estúpida. Daré ciertos pasos para dejar claro a todos los observadores que no necesito que la prensa me proteja de ti, y que más intrusiones en mi vida privada provocarán mi... irritación. No tendrá que preocuparte el peligro de volver a aparecer en una maliciosa columna del diario dominical; de hecho, cuando haya convencido a la prensa para que haga lo que yo quiero, probablemente todos te brindarán su comprensión.

—Eso no es necesario —contestó Jessica, bajando las pestañas mientras le ofrecía una taza de café. Estaba confusa; no se le había ocurrido que Nikolas pudiera utilizar su influencia para protegerla. En vez de sentirse agradecida, adoptó una actitud de fría reserva. No deseaba estar en deuda con él ni verse sometida a su influencia. El periódico se había equivocado. ¡Nikolas era la araña, no ella! Si lo dejaba, la envolvería en los sedosos filamentos de su tela hasta dejarla indefensa.

—Yo decidiré lo que es necesario —repuso Nikolas—. Si anoche me hubieras dicho por qué te disgustaba tanto ese maldito fotógrafo, habría impedido que se publicaran tanto las fotos como la columna. Pero dejaste que se interpusiera tu orgullo, y mira lo que has tenido que soportar sin motivo alguno. Ahora estoy al tanto de la situación y actuaré como considere oportuno.

—Sé razonable, Jessica —terció Charles con suavidad—. No tienes por qué ser objeto de chismorreos maliciosos; los has soportado durante cinco años. Ya va siendo hora de que esto se acabe.

—Sí, pero... —ella se detuvo, pues había estado a punto de decir: «Pero no quiero que se acabe gracias a él». Conocía el temperamento de Nikolas y no estaba segura de querer ponerlo a prueba. Respiró hondo y comenzó de nuevo—: O sea, no veo ninguna necesidad de intervenir, porque lo sucedido anoche no volverá a repetirse. Tendría que ser estúpida para meterme de nuevo en una situación semejante. Simplemente, llevaré una vida lo más discreta posible; no tengo necesidad de frecuentar lugares donde la gente me reconozca.

—Me niego a permitir tal cosa —dijo Nikolas en tono grave—. A partir de ahora, estarás a mi lado cuando salga o vaya a alguna fiesta. La gente te conocerá y sabrá cómo eres en realidad. Ése es el único medio seguro para acallar las habladurías: permitir que los demás te conozcan y descubran que les caes bien. Eres una muchachita simpática, pese a tu detestable carácter.

—¡Vaya, muchas gracias! —ironizó Jessica, y Charles se sonrió.

—Me daría cabezazos contra la pared por haberme perdido vuestra reunión —comentó el abogado, y Nikolas esbozó una sonrisa de lobo.

—La primera no fue tan interesante como la segunda —informó a Charles sardónicamente—. Y esta tercera tampoco ha empezado muy bien. Seguro que tardaré todo el día en vencer su estúpida terquedad.

—Sí, me doy cuenta —Charles guiñó el ojo y depósito la taza vacía sobre la bandeja—. Os dejaré, pues; tengo trabajo que hacer.

—Llámame mañana y zanjaremos lo de las acciones —dijo Nikolas al tiempo que se ponía en pie y le ofrecía la mano.

Las sirenas de alarma de Jessica se dispararon al instante.

—Lo de las acciones ya está zanjado —dijo con feroz determinación—. ¡Sólo aceptaré el precio de su valor en bolsa! ¡Ya te lo he dicho, Nikolas, no firmaré los documentos como intentes comprarme con una suma ridículamente alta!

—Seguro que tendré que darte una zurra antes de que acabe el día —respondió Nikolas de buen humor, aunque había firmeza en sus ojos. Charles se rió en voz alta, algo desacostumbrado en él, y Jessica lo miró enojada mientras Nikolas lo acompañaba hasta la puerta. Los dos hombres cruzaron unas palabras en tono quedo, lo que aumentó las sospechas de Jessica. Tras marcharse Charles, Nikolas regresó y se plantó delante de ella, con las manos en las caderas, mirándola con una expresión implacable en su rostro de duras facciones.

—Hablo en serio —estalló Jessica, levantándose para mirarlo cara a cara y hacer frente al abrasador brillo de sus ojos.

—Yo también —murmuró Nikolas mientras alzaba distraídamente la mano y acariciaba el hombro desnudo de ella con un dedo. Era un roce ligero y delicado como el de una mariposa. Jessica se quedó sin respiración y permaneció muy quieta, hasta que la caricia de aquel dedo le hizo perder el control y empezó a temblar. El dedo se desplazó desde el hombro hasta el cuello, ascendió luego hasta la barbilla y la obligó a levantar la cabeza para mirarlo.

—¿Has decidido ya si quieres navegar en barco conmigo? —preguntó él deslizando los ojos hasta los labios de Jessica.

—Pues... sí. O sea, sí, lo he decidido... y no, no quiero ir —explicó confusamente, y en los labios de Nikolas se dibujó una sonrisa irónica.

—En ese caso, sugiero que vayamos a dar un paseo en coche. Necesito hacer algo para distraerme. Sabes muy bien lo que sucederá si nos quedamos aquí todo el día, Jessica, pero eres tú quien debe decidir.

—No te he invitado a quedarte, ¡y menos todo el día! —lo informó ella indignada, alejándose de él.

Nikolas bajó el brazo y se limitó a observarla atentamente mientras las mejillas de Jessica se teñían de color.

—Me tienes miedo —dijo él con un ligero deje de sorpresa. Pese a su fachada valerosa y desafiante, había atisbado un fugaz destello de verdadero terror en sus ojos, y arrugó la frente—. ¿Qué es lo que tanto te asusta de mí, Jessica? ¿Me temes sexualmente? ¿Tus experiencias con otros hombres han sido tan malas que tienes miedo de que te haga el amor?

Ella se quedó mirándolo como aturdida, incapaz de formular una respuesta. Sí, le tenía miedo, más miedo del que jamás le había tenido a nadie. Era un hombre tan incontrolable, tan anárquico... No, anárquico no. Establecía sus propias normas y poseía una increíble influencia; prácticamente ningún poder conocido podía tocarlo. Jessica ya sabía que era emocionalmente vulnerable a él y que no poseía armas para combatirlo.

Pero Nikolas aguardaba una respuesta; sus marcadas facciones se endurecieron mientras ella retrocedía involuntariamente.

Jessica tragó saliva y susurró con voz frenética:

—No... no lo comprenderías, Nikolas. Creo que contigo una mujer estaría en buenas manos, por así decirlo, ¿verdad?

—Me gusta pensar que sí —respondió él arrastrando las palabras—. Pero si no es eso, Jessica, ¿qué es lo que tanto te asusta de mí? Te prometo que no voy a darte una paliza.

—¿De verdad?

El trémulo susurro apenas había escapado de los labios de Jessica cuando él avanzó, recorrió con dos ágiles zancadas la distancia que los separaba y la capturó mientras ella profería un grito de alarma e intentaba escapar. Nikolas le rodeó la cintura con el brazo izquierdo y la atrajo con fuerza hacia sí; luego utilizó la mano derecha para agarrar un mechón de su cabello rojizo y tiró firmemente hasta que Jessica alzó la cara para mirarlo.

—Ahora —gruñó él—, dime por qué tienes miedo.

—¡Me haces daño! —gritó Jessica; la furia había disipado, en parte, su miedo instintivo. Empezó a darle patadas en los tobillos y Nikolas dejó escapar una ahogada maldición. Le soltó el cabello y la tomó en brazos. Luego se sentó en el sofá y sujetó a Jessica mientras ésta se retorcía sobre su regazo. La lucha era penosamente desigual; al cabo de un momento, ella se rindió, exhausta, apoyándose sin resistirse contra el duro e inflexible brazo que sentía detrás de la espalda.

Nikolas emitió una risita.

—No sé de qué tendrás miedo, pero está claro que no temes luchar conmigo. Ahora, gatita salvaje, dime qué es lo que te preocupa.

Jessica estaba cansada, demasiado cansada para enfrentarse a él; y, de todos modos, había empezado a comprender que luchar contra Nikolas era inútil. Estaba decidido a salirse con la suya. Suspirando, apretó la cara contra su hombro e inhaló el cálido aroma masculino; Nikolas estaba un poco sudoroso después del intenso forcejeo.

¿Qué podía decirle? ¿Que lo temía físicamente

porque jamás había estado con un hombre?, ¿que su miedo era el miedo instintivo de una mujer virgen? Nikolas no la creería; preferiría dar crédito a los rumores acerca de los numerosos amantes que había tenido. Tampoco podía decirle que lo temía emocionalmente, que era demasiado vulnerable a su poder, porque entonces él utilizaría esa información contra ella.

De pronto, se le ocurrió una idea. El propio Nikolas se la había servido en bandeja. ¿Por qué no dejar que creyese que la habían tratado tan mal que ya temía a todos los hombres? Nikolas parecía muy receptivo a esa posibilidad...

—Prefiero no hablar de ello —musitó con el rostro aún apretado contra su hombro.

Los brazos de Nikolas la apretaron con más fuerza.

—Tienes que hacerlo —dijo enérgicamente, acercándole los labios a la sien—. Tienes que exteriorizar tus sentimientos, para así poder analizarlos y comprenderlos.

—No... no creo que pueda hacerlo —respondió ella sin aliento, pues no podía respirar bien debido a la presión de los brazos de Nikolas—. Dame tiempo, Nikolas.

—Si es necesario, te lo daré —dijo él contra su cabello—. No te haré daño, Jessica; quiero que lo sepas. Puedo ser muy considerado cuando consigo lo que quiero.

Sí, probablemente decía la verdad; pero estaba

interesado en una simple aventura, mientras que ella empezaba a comprender que su corazón se hallaba aterradoramente abierto a él, que podía ser suyo si así lo quería. Pero no, Nikolas no quería su corazón. Deseaba únicamente su cuerpo, no los tiernos sentimientos que Jessica podía ofrecerle.

Las manos de él se movían inquietas; una recorría su espalda y sus hombros desnudos, la otra le acariciaba el muslo y la cadera. Deseaba hacerle el amor; Jessica notaba cómo su cuerpo temblaba de deseo.

—No, Nikolas, por favor. No puedo... —gimió.

—Yo podría enseñarte —musitó él—. No tienes idea de cómo me pones. ¡Los hombres no somos de piedra!

Pero él sí que lo era; puro granito. Jessica arqueó su cuerpo menudo para escapar.

—¡No, Nikolas! ¡No!

Él abrió los brazos, como quien suelta un pajarillo, y ella se escurrió hasta el suelo, donde permaneció sentada como una niña pequeña, con la cabeza recostada sobre el sofá.

Él exhaló un intenso suspiro.

—No te quedes ahí mucho tiempo —le aconsejó con su voz ronca y profunda—. Sube y haz lo que tengas que hacer antes de ir a dar ese paseo. Tengo que salir de aquí o no podré seguir esperando.

No tuvo que decírselo dos veces. Jessica corrió escaleras arriba con piernas temblorosas, se cepilló el pelo y se dio un poco de maquillaje. Después se puso unos discretos zapatos de tacón. El corazón le latía desbocado cuando bajó de nuevo para reunirse con Nikolas. Apenas lo conocía, pero ya ejercía un aterrador poder sobre ella. Y Jessica nada podía hacer para evitarlo.

Al verla acercarse, él se levantó y la atrajo hacia sí con un diestro brazo; después, su recia boca poseyó la de ella con un beso lento, casi perezoso. Cuando la soltó, estaba sonriendo, y Jessica supuso que tenía motivos para sonreír, pues su respuesta al beso había sido tan ferviente como involuntaria.

—Tendrás un éxito arrollador en sociedad —predijo Nikolas mientras la conducía hasta la puerta—. Todos los hombres caerán rendidos a tus pies si sigues ofreciendo un aspecto tan cautivador y ruborizándote de esa forma tan deliciosa. No sé cómo haces para ruborizarte, pero el cómo no importa mientras los resultados sean tan encantadores.

—No puedo controlar el color de mis mejillas —dijo ella, molesta. Detestaba que Nikolas la creyera capaz de ruborizarse falsamente—. ¿Preferirías que tus besos no surtieran ningún efecto en mí?

Él bajó los ojos hacia ella y le dirigió una sonrisa capaz de derretir el hielo.

—Al contrario, cielo. Si es la excitación lo que hace que tus mejillas se ruboricen, me parece perfecto. Así sabré cuándo estás excitada y te llevaré de inmediato a un lugar íntimo.

Jessica se encogió de hombros con indiferencia.

—Antes de llevarme a ese lugar íntimo para devorarme, cuando veas que me ruborizo, asegúrate de que no estoy enzarzada en una pelea. La ira provoca en mí la misma reacción, según me han dicho.

—Quiero que me hables de todo aquello que pueda enojarte —dijo Nikolas, y su voz se endureció—. Insisto en ello, Jessica. No permitiré que se vuelva a publicar basura como la que he leído esta mañana. ¡Lo impediré aunque para ello tenga que amordazar a todos los cronistas de sociedad de Londres!

Para horror de Jessica, la amenaza parecía ir en serio.

CINCO

Cuando sonó el timbre, Jessica se quedó muy quieta. Nikolas le posó la mano en la cintura y le dio un suave apretón; después la empujó firmemente hacia la puerta. Ella se resistió de forma involuntaria y Nikolas la miró, con su recia boca curvándose en una cáustica sonrisa.

—No seas tan miedica —dijo burlón—. No dejaré que las fieras te devoren, así que ¿por qué no te relajas y lo pasas bien?

Jessica meneó la cabeza, sin habla. En los pocos días transcurridos desde que había conocido a Nikolas Constantinos, éste se había adueñado de su vida y la había vuelto del revés, cambiándola por completo. Esa mañana, Nikolas había dado a su secretaria la lista de invitados a la fiesta que pensaba celebrar en su ático por la noche, y, naturalmente, todos los que figuraban en dicha lista habían aceptado asistir.

¿Quién rechazaría una invitación de Constantinos? Esa tarde, a las cuatro en punto, Nikolas había llamado a Jessica para sugerirle que se pusiera un traje de noche y anunciar que pasaría a buscarla dos horas más tarde. Ella había supuesto que irían a cenar fuera otra vez y, aunque se sentía algo reacia, comprendía la futilidad de luchar contra Nikolas. Él no le habló de la fiesta, no le dijo nada sobre el tema hasta que hubieron llegado al ático.

A Jessica le enfureció que Nikolas hubiese hecho todo aquello sin consultarlo antes con ella, y apenas le dirigió la palabra desde que llegaron al ático, cosa que a él no pareció molestarle lo más mínimo. Sin embargo, debajo de la ira de Jessica, imperaba un sentimiento de angustia y desesperación. Sabía que, con Nikolas respaldándola, nadie se atrevería a mostrarse abiertamente frío u hostil con ella; pero era tan sensible que, en realidad, no importaba que los demás ocultaran o manifestaran a las claras su antipatía. Ella sabía que dicha antipatía estaba ahí, y sufría por ello. La presencia de Andros, el secretario de Nikolas, no contribuiría precisamente a facilitarle las cosas. El secretario disimulaba con cuidado delante de Nikolas, pero mostraba ostensiblemente su desprecio hacia Jessica cuando su jefe no miraba. Resultó que Andros era primo segundo de Nikolas; quizá por eso no temiera perder su puesto.

—Estás muy pálida —observó Nikolas, y detuvo la mano sobre el pomo antes de abrir la puerta. Se inclinó y le dio un beso intenso, dejando deliberadamente que sintiera su lengua, y luego se enderezó para abrir la puerta antes de que ella pudiera reaccionar.

Jessica sintió ganas de darle una patada y se prometió a sí misma hacerlo pagar por aquel acto arrogante, pero, de momento, se prepararía para recibir a los pequeños grupos de invitados que iban llegando. Miró de soslayo a Nikolas y vio que en sus duros y masculinos labios había una pequeña mancha de carmín. Se ruborizó, sobre todo cuando algunas de las mujeres repararon también en la mancha y se fijaron en el carmín que ella llevaba, para comprobar si el color coincidía.

A continuación, Nikolas alargó uno de sus fuertes brazos y apretó a Jessica contra su costado, presentándola como «su querida amiga y socia, Jessica Stanton». Lo de «querida amiga» hizo que en muchos rostros apareciesen expresiones de complicidad, y Jessica pensó con furia que podría haberla presentado como «mi amante», pues así había interpretado todo el mundo sus palabras. Naturalmente, ésa era la intención de Nikolas, pero ella no pensaba someterse dócilmente a sus deseos. Al oír lo de «socia», sin embargo, todos los presentes se mostraron muy educados y abandonaron el abierto desdén que Jessica había percibido por un momento. «Amante» era una cosa y «socia», otra muy distinta. Con unas cuantas palabras bien escogidas, Nikolas había dejado claro que interpretaría cualquier insulto a Jessica como un insulto a su propia persona.

Para sorpresa y recelo de Jessica, Nikolas le presentó a una rubia elegantemente vestida que era periodista. Por la leve presión de los dedos de él, Jessica supo que se trataba de la columnista de sociedad que había escrito el malicioso artículo aparecido en el diario dominical. Saludó a Amanda Waring con una actitud controlada que no dejaba traslucir ninguna emoción, aunque tuvo que hacer acopio de todo su autodominio para conseguirlo. La señorita Waring la miró con hostilidad durante una fracción de segundo, antes de adoptar una falsa sonrisa y soltar las formalidades de rigor.

La atención de Jessica volvió a centrarse en Nikolas cuando una impresionante pelirroja deslizó un brazo alrededor del cuello de él y se puso de puntillas para darle un beso lento en los labios. No fue un beso largo ni profundo, pero anunciaba a voces la intimidad que existía entre ambos. Jessica se puso rígida al notar que una inesperada y desagradable oleada de celos la abrasaba por dentro. ¿Cómo se atrevía aquella mujer a tocarlo? Temblando, tuvo que reprimir el impulso de apartarla de Nikolas de un tirón. Aun así, habría sido capaz de montar una escena si el propio Nikolas no se hubiese quitado del cuello el brazo de la pelirroja al tiempo que daba un paso atrás. Después dirigió a Jessica una mirada de disculpa, si bien su intención quedó estropeada por el leve brillo de diversión que iluminaba sus ojos.

Nikolas se sacó deliberadamente el pañuelo del

bolsillo para limpiarse el carmín marrón claro de la pelirroja, cosa que no había hecho con el de Jessica. Después tomó la mano de ésta y dijo:

—Cariño, quisiera presentarte a una vieja amiga, Diana Murray. Diana, te presento a Jessica Stanton.

Unos preciosos ojos de color azul oscuro se volvieron hacia Jessica, aunque la expresión que había en ellos era de ferocidad. A continuación, los suaves labios se entreabrieron en una sonrisa.

—Ah, sí, me parece que he oído hablar de usted —ronroneó Diana.

Jessica notó que, a su lado, Nikolas se quedaba repentinamente inmóvil, como una pantera al acecho. Ella le apretó la mano y respondió en tono sereno:

—¿De veras ha oído hablar de mí? Qué interesante —luego se volvió para ser presentada al acompañante de Diana, que hasta entonces había estado observando la escena con gesto cauteloso, como si no deseara verse involucrado.

Pese a la bomba que acababa de soltar Nikolas, o quizá debido a ella, los murmullos de conversación llenaban el salón. Andros iba de un grupo a otro, asumiendo discretamente algunos de los deberes del anfitrión y liberando así a Nikolas de gran parte de dicha tarea. Durante un rato, éste paseó a Jessica entre los distintos grupos de invitados, charlando afablemente y animándola a tomar parte en las conversaciones, mientras dejaba claro, con la posesiva mano que mantenía en todo momento sobre su brazo o en su espalda, que Jessica era suya y que contaba con su apoyo. A continuación, la dejó sola, cosa que a ella le pareció una crueldad, y se fue a hablar de negocios.

Por un momento, Jessica se sintió embargada por el pánico y miró a su alrededor, buscando un lugar apartado donde sentarse. Entonces se encontró con la mirada fría y risueña de Andros, y supo que el secretario esperaba que hiciera el ridículo. Haciendo un esfuerzo para dominar sus vacilantes nervios, se obligó a acercarse a un grupo de mujeres que se estaban riendo mientras hablaban de una comedia teatral del momento. Sólo cuando se unió al grupo se dio cuenta Jessica de que en él se hallaba Amanda Waring. De inmediato se hizo un breve silencio entre las mujeres.

Jessica irguió el mentón y dijo con calma:

—¿No interpreta el papel principal esa actriz que causó tanta sensación en Estados Unidos el año pasado? ¿Penélope no sé qué?

—Penélope Durwin —dijo una mujer regordeta de mediana edad un momento después—. Sí, la nominaron para el premio a la mejor actriz, pero al parecer le gusta más el teatro que el cine.

—¿No es usted estadounidense? —preguntó Amanda Waring con una vocecita aterciopelada, observando a Amanda con sus gélidos ojos.

—Nací en Estados Unidos, sí —respondió Jessica. ¿Derivaría la conversación en una entrevista?

—¿Tiene pensado volver a vivir allí?

Jessica reprimió un suspiro.

—De momento, no. Me gusta Inglaterra y me siento bien aquí.

La conversación se interrumpió durante un tenso momento y luego Amanda volvió a romper el silencio.

—¿Hace mucho que conoce al señor Constantinos?

Fueran cuales fuesen sus sentimientos personales, Amanda era, ante todo y sobre todo, una columnista de prensa, y Jessica constituía un buen material. ¡Más que bueno, fantástico! Dejando aparte su conocida reputación, era, por lo visto, la actual amante de uno de los hombres más poderosos del mundo, un esquivo y sexy multimillonario griego. Todo lo que dijera tendría interés periodístico.

—No, no hace mucho que lo conozco —contestó Jessica en tono neutro; a continuación, otra voz irrumpió en el círculo.

—Con un hombre como Nikolas, no se necesita mucho tiempo, ¿verdad, señora Stanton? —ronroneó una voz suave y abiertamente hostil. Jessica se estremeció al oírla y se volvió para mirar a Diana, la cual la observaba con sus increíblemente bellos ojos azules.

Jessica la miró durante unos instantes sin decir nada y el silencio se hizo tan denso que resultaba casi sofocante. Todas las integrantes del grupo esperaban para ver si se produciría una escena. Jessica ni siquiera pudo sentir ira; tan sólo podía compadecerse de aquella hermosa criatura que la miraba con tan intensa malicia. Era evidente que Diana adoraba a Nikolas Constantinos, y Jessica sabía cuán indefensa se hallaba una mujer ante los encantos y el poder de Nikolas.

Cuando el silencio se volvió casi insoportable, respondió en tono suave:

—Lo que usted diga —luego se giró hacia Amanda Waring—. Nos conocimos el sábado pasado —dijo, ofreciéndole más información de lo que había pretendido; no obstante, sería una necedad por su parte dejar que el antagonismo de Amanda persistiera, cuando podía ganarse a la periodista con tanta facilidad.

La estratagema dio resultado. Los ojos de la señorita Waring se iluminaron y las demás mujeres volvieron a unirse a la conversación, para preguntarle si tenía planeado visitar la isla del señor Constantinos. Habían oído decir que era fabulosa; Constantinos se marcharía pronto de Inglaterra; ¿se iría ella con él? Mientras respondía a las preguntas, Jessica reparó en que Diana se alejaba del grupo e, interiormente, suspiró aliviada, pues había tenido la sensación de que aquella mujer estaba decidida a provocar una escena.

A partir de ese momento, todo resultó más fácil. Las mujeres parecieron relajarse un poco cuando descubrieron que Jessica era una jovencita discreta, de exquisitos modales, que no actuaba en absoluto como si codiciara a sus maridos. Además, Nikolas Constantinos estaba allí para controlarla, lo cual les tranquilizaba. Aunque se mantenía aparte con los hombres, charlando de negocios, muy a menudo desviaba sus ojos negros hacia la figura menuda de Jessica, como si la estuviera vigilando. Y, desde luego, su mirada de alerta convencía a cualquier varón de que no resultaría prudente acercarse a ella.

Solamente en una ocasión, cuando salió un momento para retocarse el peinado y el maquillaje, Jessica se sintió intranquila. Vio que Diana hablaba muy seriamente con Andros y, mientras los observaba, el secretario le lanzó una fría mirada de desprecio que le produjo un escalofrío. Corrió hacia el dormitorio de Nikolas y permaneció allí un momento, tratando de calmar su corazón acelerado, diciéndose que no debía preocuparse por una simple mirada. ¡Por Dios bendito, ya debería estar acostumbrada a recibir miradas como aquélla!

Unos golpecitos en la puerta la sacaron de sus cavilaciones y se giró para abrir. Al hacerlo, se encontró con Amanda Waring.

—¿Me permite un momento? —inquirió la periodista con calma.

—Sí, cómo no; sólo me estaba retocando el peinado —contestó Jessica al tiempo que retrocedía para dejarla entrar.

Vio que Amanda observaba con atención el mobiliario, como si esperase encontrar sábanas de satén negro y espejos en el techo. En realidad, Nikolas tenía unos gustos bastante espartanos, y el espacioso dormitorio aparecía casi vacío de muebles. Naturalmente, la enorme cama dominaba la habitación.

—Quería hablar con usted, señora Stanton —empezó a decir Amanda–. Deseaba asegurarle que nada de lo que me ha dicho aparecerá en mi columna; el señor Constantinos ha dejado bien claro que puedo perder mi empleo, y no soy ninguna tonta. Me doy por avisada.

Jessica emitió un jadeo de sorpresa y se apartó del espejo en el que se había estado retocando el peinado. Horrorizada, se quedó mirando a Amanda y luego se recompuso lo suficiente para preguntar con frialdad:

–¿Qué ha hecho el señor Constantinos?

Los finos labios de Amanda se contrajeron.

–Estoy segura de que usted lo sabe –respondió con rencor–. Mi director me dijo esta mañana que, como volviera a aparecer una sola palabra más sobre La Viuda Negra en mi columna, no sólo perdería mi trabajo, sino que pasaría a engrosar la lista negra. Bastó una llamada del señor Constantinos al editor del periódico para ello. La felicito. Ha ganado usted.

Jessica tensó los labios y elevó el mentón con altivez.

–Debo pedirle disculpas por la conducta de Nikolas, señorita Waring –dijo en tono tranquilo y neutro, decidida a no permitir que la periodista reparase en lo confusa que se sentía interiormente–. Aunque le garantizo que yo no le pedí que hiciera tal cosa. No es un hombre que se ande con sutilezas, ¿verdad?

Pese a la frialdad que se reflejaba en sus ojos, Amanda esbozó una sonrisa de buen humor.

–No, no lo es –convino.

–Lamento que haya sido tan cruel. Comprendo que usted tiene que hacer su trabajo, y yo, desde luego, soy un blanco tan legítimo como cualquier otro –prosiguió Jessica–. Tendré que hablar con él...

En ese momento, Nikolas entró en el dormitorio y miró a Amanda Waring con frialdad.

–Señorita Waring –dijo en tono severo.

Jessica comprendió de inmediato que Nikolas había visto a la periodista entrar en el cuatro después que ella y había acudido a rescatarla. Antes de que pudiera decir algo que ofendiera aún más a Amanda, Jessica se acercó a él y habló con calma.

–Nikolas, ¿es cierto que has amenazado con hacer que despidan a la señorita Waring si publica algo sobre mí?

Él agachó la cabeza para mirarla, y sus labios se torcieron en un rictus cínico.

–Sí, es cierto –admitió, y después su mirada se desvió hacia Amanda–. No permitiré que vuelvan a hacerle daño –dijo sin alterarse, aunque su tono era mortalmente serio.

–Gracias, Nikolas, pero soy perfectamente capaz de cuidar de mí misma –dijo Jessica con cierta aspereza.

–Claro, claro que sí –repuso él indulgentemente, como si le estuviera hablando a una cría.

Furiosa, ella alargó la mano hacia la de Nikolas y le clavó las uñas.

–Nikolas... no. No me quedaré de brazos cruzados viendo cómo manipulas a los demás en mi beneficio. No soy una niña o una idiota; ¡soy una mujer adulta, y no permitiré que me traten como si fuese tonta!

Unos diminutos destellos de fuego dorado iluminaron los ojos negros de Nikolas; bajó la mirada hacia Jessica y le cubrió los dedos con la mano libre para impedir que siguiera clavándole las uñas. Pudo parecer un gesto cariñoso, pero sus dedos se cerraron sobre los de ella con dureza y contundencia.

—Muy bien, cariño —murmuró mientras se acercaba la mano de Jessica a los labios. Tras depositarle un suave beso en los dedos, irguió la arrogante cabeza de cabellos oscuros y miró a Amanda.

—Señorita Waring, no me importará que diga en su columna que la encantadora Jessica Stanton ha actuado como anfitriona de mi fiesta, pero no toleraré más referencias a La Viuda Negra ni a la situación financiera de la señora Stanton. Para su información, acabamos de cerrar un acuerdo muy favorable para la señora Stanton, de modo que no necesita ni necesitará nunca el apoyo económico de otras personas.

Amanda Waring no era una mujer que se dejara intimidar con facilidad. Irguió el mentón y dijo:

—¿Puedo publicar lo que ha dicho?

Nikolas sonrió.

—Dentro de lo razonable —dijo, y ella le devolvió la sonrisa.

—Gracias, señor Constantinos. Señora Stanton

—añadió al cabo de un momento girándose hacia Jessica.

Amanda salió de la habitación, Nikolas miró a Jessica, con aquellos diminutos destellos dorados aún refulgiendo en sus ojos.

—Eres una gatita salvaje —dijo perezosamente, arrastrando las palabras—. ¿No sabes que ahora tendrás que pagar por lo que has hecho?

Jessica no se dejó asustar.

—Te lo merecías, por haber actuado como un matón —dijo con calma.

—Y tú te mereces todo lo que va a pasarte, por ser una jovencita tan provocativa —contestó Nikolas, atrayéndola con facilidad hacia sus brazos. Ella trató de soltarse, pero se vio impotente contra su enorme fuerza.

—Suéltame —dijo sin aliento, retorciéndose para escapar de él.

—¿Por qué? —musitó Nikolas, agachando la cabeza para apretar sus ardientes labios contra el hombro de ella—. Estás en mi dormitorio, y bastaría un leve tirón para bajarte el vestido hasta los tobillos. Jessica, seguramente sabías que ese vestido haría hervir la sangre de un santo de escayola, y yo jamás he dicho que sea tal cosa.

A Jessica le habría hecho gracia la frase si el roce de la boca de Nikolas sobre su piel no estuviese provocando oleadas de placer en sus venas. Se alegraba de que le gustase el vestido. Sí, era provocativo; ella lo sabía y se lo había puesto deliberadamente, igual que una polilla jugueteaba con las llamas que acabarían abrasándole las alas. Era un vestido precioso, de gasa color verde mar y esmeralda, que revoloteaba alrededor de su cuerpo menudo formando ondas, y el cuerpo del vestido, que carecía de tirantes, se sujetaba gracias al delicado frunce situado encima de los senos.

Nikolas tenía razón, bastaría un simple tirón para quitárselo; aunque ella, desde luego, no había planeado quedarse a solas con él en su dormitorio. Vio cómo agachaba la cabeza de nuevo y retiró la boca justo a tiempo.

—¡Nikolas, basta! Tienes que atender a tus invitados. ¡No puedes retirarte a tu habitación como si nada!

—Sí que puedo —replicó él, agarrándole la barbilla con su fuerte mano y obligándola a girar la boca hacia la suya. Antes de que Jessica pudiera volver a protestar, abrió los labios encima de los de ella, llenándola con su cálido aliento. Su lengua avanzó, animándola a responder y, al cabo de un momento, ella olvidó sus protestas y se puso de puntillas para apretarse contra el recio cuerpo de Nikolas y ofrecerle por completo la dulzura de su boca. Él la aceptó sin dudar, sus besos fueron volviéndose más profundos y feroces mientras la saboreaba ansiosamente. Jadeó contra la boca de Jessica y comenzó a deslizarle la mano por las costillas. Sólo cuando los fuertes dedos de Nikolas se cerraron sobre uno de sus senos, Jessica comprendió cuáles eran sus intenciones, y de nuevo el miedo extinguió el fuego de su propio deseo. Se estremeció y empezó a retorcerse para escapar de su abrazo; Nikolas la apretó con fuerza, ejerciendo una dolorosa presión y haciendo que su cuerpo se arqueara contra él mientras la devoraba con la boca.

Jessica se puso rígida y gritó con voz ronca:

—¡No, por favor!

Nikolas maldijo en griego y volvió a apresarla entre sus brazos cuando ella intentó escapar; no obstante, en lugar de seguir acariciándola a la fuerza, simplemente la apretó contra sí un momento, de manera que Jessica pudo sentir el atronador palpitar de su corazón.

—No te forzaré —dijo Nikolas al fin, besándole la sien con suavidad—. Has sufrido malas experiencias y puedo comprender tu miedo. Pero quiero que entiendas, Jessica, que cuando estés conmigo no quedarás insatisfecha. Puedes confiar en mí, cariño.

Ella negó débilmente con la cabeza.

—No, no lo comprendes —musitó—. Nikolas, yo... —iba a decirle que nunca había hecho el amor, que era el miedo a lo desconocido lo que le acobardaba, pero él le puso un dedo sobre los labios.

—No quiero saberlo —gruñó—. No quiero que me digas cómo te han tocado otros hombres. Creía que podría soportarlo, pero no puedo. Me siento demasiado celoso; no quiero oírte hablar nunca de otro hombre.

Jessica meneó la cabeza.

—¡Oh, Nikolas, no seas tan bobo! Déjame decirte...

—No —la interrumpió él, agarrándola por los hombros y zarandeándola con fuerza.

Enfurecida, Jessica se zafó de él y echó la cabeza hacia atrás.

—Está bien —dijo con aspereza—. Si quieres hacer como los avestruces, adelante: entierra la cabeza en el suelo. ¡A mí me trae sin cuidado lo que hagas!

Nikolas la miró con enojo un momento; luego, sus anchos hombros se relajaron y sus labios se curvaron en una risa apenas contenida.

—Sí que te importa —la informó en tono socarrón—. Simplemente, todavía no lo has admitido. Veo que tendré que acabar con tu terquedad igual que acabaré con tu miedo, de la misma forma. Unas cuantas noches de sexo convertirán en una cariñosa y dócil gatita al animal salvaje que eres ahora.

Jessica lo esquivó para dirigirse hacia la puerta con la cabeza muy alta. Antes de salir, se giró y dijo:

—No sólo eres tonto, Nikolas. Eres un arrogante.

Oyó a su espalda la suave risa de él mientras regresaba a la fiesta, y reparó en las miradas de complicidad de varias personas. Diana parecía furiosa; le volvió la espalda, enfurruñada. Suspirando, Jessica se preguntó si Nikolas invitaría a Diana a muchas de sus fiestas. Esperaba que no, aunque tenía la sensación de que sus esperanzas no se cumplirían.

A partir de aquella noche, Nikolas tomó por completo las riendas de la vida de Jessica. Casi cada noche la llevaba a alguna fiesta o reunión, o a cenar a los restaurantes más elegantes y exclusivos. A ella apenas le quedaba tiempo libre para estar con Sallie, aunque ésta, que era una mujer joven y práctica, se alegraba de que su amiga saliera más y de que la prensa no publicara artículos maliciosos sobre ella. Amanda Waring mencionaba a menudo el nombre de Jessica junto al de Nikolas, e incluso llegó a insinuar que la prolongada estancia del griego en Londres se debía enteramente a los encantos de la señora Stanton, pero sin hacer ninguna alusión a La Viuda Negra o a la reputación de Jessica.

Incluso Charles estaba encantado con que Nikolas hubiese tomado las riendas, solía decirse Jessica pensativamente. Sentía como si un amigo de toda confianza la hubiese abandonado y la hubiese arrojado a la guarida del león. ¿Comprendía realmente Charles lo que Nikolas quería de ella? Seguramente sí; al fin y al cabo, todos los hombres eran iguales. No obstante, parecía que Charles delegaba cada vez más en Nikolas a la hora de despachar detalles concernientes a los asuntos de Jessica; y, aunque ella sabía que Nikolas era prácticamente un genio de las finanzas, no veía con agrado aquella intrusión en su vida.

Sufrió una amarga decepción, aunque no se sorprendió, cuando, poco después de que Nikolas se hubiese hecho cargo de sus asuntos, Charles le entregó unos documentos para que los firmara, diciéndole que se trataba de cuestiones de escasa importancia. Jessica siempre había confiado en él sin reservas, pero esa vez su instinto la impulsó a leer cuidadosamente los documentos mientras Charles la observaba nervioso. En efecto, la mayoría de ellos se referían a asuntos poco importantes, pero, en mitad del montón, Jessica encontró el documento de la venta de las acciones de ConTech. Se habían vendido a un precio ridículamente alto, y no a su precio en bolsa, como ella había exigido.

Con calma, Jessica extrajo el documento y lo puso aparte.

—Éste no lo firmaré —le dijo a Charles tranquilamente.

Él no tuvo que preguntar a qué documento se refería. Le dirigió una sonrisa socarrona.

—Esperaba que no te dieras cuenta —confesó—. Jessica, no trates de luchar contra él. Quiere que recibas ese dinero; acéptalo.

—No me dejaré comprar —afirmó ella, irguiendo la cabeza para mirarlo directamente—. Y eso es lo que intenta hacer, comprarme. ¿No te habrás hecho ilusiones con respecto a sus propósitos, verdad?

Charles clavó los ojos en las puntas de sus impecables zapatos.

—No me hecho ninguna ilusión —murmuró—. Lo cual puede resultar o no triste. La realidad sin adornos tiene pocos atractivos. Sin embargo, siendo como soy una persona realista, sé que no tienes nada que hacer contra Constantinos en este asunto. Firma los documentos, cariño, y no despiertes al tigre que está dormido.

—No está dormido —repuso ella—. Está al acecho —después meneó la cabeza con decisión—. No, no firmaré los documentos. Antes que dejarle creer que me ha comprado, prefiero no vender las acciones. O venderlas a terceros. Al precio de su valor en bolsa nos las quitarán de las manos en un momento.

—No lo hagas —advirtió Charles—. Él no quiere que esas acciones vayan a parar a otras manos.

—Entonces, tendrá que pagarlas a su precio en bolsa —Jessica sonrió, con un brillo de satisfacción en sus ojos verdes. Por una vez, se dijo, tenía ventaja sobre Nikolas. ¿Cómo no se le había ocurrido antes amenazarlo con vender las acciones a terceros?

Charles se marchó con el documento sin firmar; Jessica sabía que informaría de ello a Nikolas inmediatamente. Esa noche había quedado con éste para asistir a una cena con sus asociados, y Jessica jugueteó con la idea de irse de la ciudad y darle plantón en lugar de discutir con él, pero eso sería una niñería y, probablemente, sólo serviría para demorar lo inevitable.

De mala gana, se duchó y se vistió, eligiendo con cuidado un vestido que tapase su cuerpo lo máximo posible. Sabía que la apariencia civilizada de Nikolas tenía un límite. No obstante, incluso el vestido más modesto que encontró resultaba provocativo a su manera. La sobria austeridad del tejido negro hacía un contraste perfecto con el pálido tono dorado de su piel. Mientras se veía reflejada en el espejo, pensó con cínica amargura en el apodo de La Viuda Negra y se preguntó si alguien se acordaría ya de él.

Como Jessica había temido, Nikolas llegó media hora antes de lo previsto, tal vez con la esperanza de sorprenderla mientras se estaba vistiendo y era vulnerable. Cuando le abrió la puerta, él entró y la miró con una expresión tan sombría en sus ojos negros, que ella se sobresaltó, pese a que había esperado verlo enfadado.

Nikolas cerró la puerta con estrépito y luego agarró a Jessica por la muñeca y la atrajo hacia sí, haciendo que se sintiera pequeña al lado de su tamaño y su fuerza.

–¿Por qué? –murmuró él suavemente, con la cabeza tan inclinada sobre Jessica que ésta podía sentir en el rostro el soplo cálido de su aliento.

Sabía que no era prudente resistirse a él. Eso sólo aumentaría su ira. De modo que se obligó a apoyarse obedientemente contra su cuerpo y respondió sin alterarse:

–Ya te dije cuáles eran mis condiciones, y no he cambiado de parecer. Tengo mi orgullo, Nikolas. No pienso dejarme comprar.

Los ojos negros de él la miraron con furia.

–No estoy intentando comprarte –rugió, y pasó las manos por su esbelta espalda con una caricia opuesta a la ira que Jessica percibía en él. Luego Nikolas cerró sus brazos alrededor de ella, apretándola contra su recio cuerpo, y agachó aún más la cabeza para depositar una serie de rápidos y suaves besos en sus labios–. Lo único que quiero es protegerte, ofrecerte seguridad para que no tengas que vender tu cuerpo nunca más, ni siquiera casándote con un anciano.

Al instante, Jessica se puso rígida entre sus brazos y le dirigió una mirada que despedía fuego.

–Nunca te fíes de un griego que acude a ti con regalos –contestó ásperamente–. ¡Lo único que quieres es asegurarse de ser el único comprador!

Los brazos de Nikolas la oprimieron hasta que le faltó la respiración. Ella empujó contra sus hombros, en protesta.

–Jamás he tenido que comprar a una mujer –murmuró con los dientes apretados–. ¡Ni voy a comprarte a ti! Cuando hagamos el amor, no será porque te haya pagado ningún dinero, sino porque me desees tanto como yo te deseo a ti.

Ella apartó la cabeza desesperadamente para rehuir su boca.

–¡Me estás haciendo daño! –resolló.

La presión de los brazos de Nikolas cesó al momento y ella respiró con dificultad, recostando la cabeza sobre su pecho. ¿Acaso no podría hacerle entender de ninguna manera su punto de vista?

Al cabo de unos instantes, Nikolas separó a Jessica de sí y extrajo del bolsillo interior de su chaqueta un papel doblado. Tras desdoblarlo, lo depositó encima de la mesa del vestíbulo y sacó un bolígrafo.

–Fírmalo –ordenó suavemente.

Jessica se colocó las manos detrás de la espalda, en el clásico y característico gesto de negativa.

—Sólo a su precio en bolsa —insistió, sosteniendo la mirada de Nikolas con calma—. Si tú no las quieres, estoy segura de que habrá otros compradores que adquirirán gustosamente esas acciones a su precio real.

Nikolas se enderezó.

—No me cabe duda —convino, sin abandonar su tono de voz suave y sereno—. Pero tampoco dudo que, como no me vendas esas acciones a mí, acabarás lamentándolo luego. ¿Por qué te obstinas tanto en la cuestión del dinero? El precio al que vendas las acciones no influirá para nada en el desenlace de nuestra relación. Eso ya está decidido.

—¿Ah, sí? —exclamó Jessica, apretando los puños con furia ante su arrogancia—. ¿Por qué no te vas y me dejas en paz? No deseo nada tuyo, ni tu dinero ni tu protección. ¡Y, desde luego, no te deseo a ti!

—No te mientas a ti misma —dijo él endureciendo la voz al tiempo que avanzaba hacia ella con largas zancadas y la rodeaba con sus brazos para oprimirla contra sí.

Jessica giró la cabeza hacia Nikolas para decirle que no estaba mintiendo; era la oportunidad que él necesitaba: agachó la cabeza de cabellos negros y apretó la boca contra la de ella. No fue un beso brusco; le acarició los labios con un seductor roce, invitándola a responder, aniquilando sus defensas, dejándola sin respiración y débil entre sus brazos.

Jessica cerró los ojos y entreabrió impotentemente los labios para recibir la dominante lengua de Nikolas. Dejó que la besara tan profundamente como deseaba, hasta que se derrumbó, sin fuerzas, contra su cuerpo. La ternura de Nikolas era aún más peligrosa que su cólera, porque la respuesta de Jessica a sus caricias iba tornándose cada vez más apasionada a medida que se iba acostumbrando a él y percibía que su rendición era inminente. Él no era un principiante en lo referido a las mujeres y sabía, tan bien como la propia Jessica, que la excitación que provocaba en ella era cada vez más fuerte.

—Ni me mientas a mí —musitó contra sus labios—. Me deseas y los dos lo sabemos. Te obligaré a admitirlo —su boca descendió nuevamente para cubrir la de Jessica, poseyéndola por completo, amoldando sus labios a los de ella a su antojo. Empezó a tocarle los pechos para establecer deliberadamente su dominio sobre ella, y arrastró con suavidad la yema de los dedos sobre la curva de cada seno dejando tras de sí una estela de ardiente calor.

Jessica emitió un quejumbroso gemido de protesta, que quedó amortiguado por los labios de Nikolas. Jadeó ante su asalto, esforzándose desesperadamente por respirar, y él le llenó la boca con su cálido aliento.

Nikolas deslizó una osada mano bajo el vestido de Jessica y cubrió la redonda curva de su seno con la palma. Al notar la íntima caricia, ella sintió que se ahogaba en la sensual necesidad que él le provocaba, y se rindió con un gemido, entrelazando brazos alrededor de su cuello.

Con un veloz movimiento, Nikolas se inclinó para tomarla en brazos y la llevó hasta el salón; una vez allí, la dejó en el sofá y se tumbó a su lado, sin dejar de darle los embriagadores besos que la mantenían bajo su sensual dominio. Ella se movía inquieta, con las manos sobre el cabello de Nikolas, tratando de acercarse más a él, atormentada por una necesidad y un vacío que no comprendía, pero que, al mismo tiempo, no podía ignorar.

Un brillo de triunfo centelleó en los ojos de Nikolas mientras cambiaba de postura para cubrirla con su cuerpo; Jessica abrió brevemente los ojos para leer la expresión de su semblante, aunque apenas pudo verlo a través de la brumosa neblina de deseo que enturbiaba sus sentidos. Ya nada le importaba; si Nikolas seguía besándola de aquel modo...

Él había explorado con los dedos sus senos cubiertos de satén, había martirizado los suaves pezones hasta que éstos comenzaron a palpitar, como prueba del efecto que sus caricias estaban ejerciendo en ella. Deslizándose hacia abajo, Nikolas probó aquellos deliciosos bocados con los labios y con la lengua, abrasándola con el calor de su boca. Jessica retiró las manos de la cabeza de él y las desplazó hasta sus hombros, enterrando los dedos en los músculos que se flexionaban con cada movimiento.

Un fuego dorado se propagó en su interior, derritiéndola por dentro, disolviéndola, y Jessica se dejó arrastrar hacia su propia destrucción. Deseaba saber más, deseaba más de él, y creyó que moriría a causa del placer que Nikolas le estaba proporcionando.

Él abandonó sus senos y ascendió de nuevo para besarla en la boca; esa vez, dejó que Jessica sintiera la presión de todo su cuerpo, la fuerza de su excitación.

—Deja que me quede contigo esta noche —le susurró entrecortadamente al oído—. Me deseas; me necesitas tanto como yo te deseo y te necesito a ti. No tengas miedo, cariño. Te trataré con mucho cuidado; deja que me quede —repitió; pese a su suavidad, aquellas palabras no eran una súplica, sino una orden.

Jessica se estremeció y cerró los ojos con fuerza, notando que la sangre le hervía en las venas a causa de la frustración. Lo deseaba, sí; debía reconocerlo. Pero Nikolas se había hecho ideas terribles sobre ella, y eso no podía perdonárselo. Apenas lo oyó hablar, comenzó a volver en sus cabales y recordó por qué no deseaba que le hiciera el amor; giró la cabeza para rehuir sus besos.

Si dejaba que le hiciera el amor, él sabría, en cuanto la poseyera, que sus acusaciones habían sido erróneas; no obstante, si se entregaba a él en esas circunstancias, se rebajaría y se convertiría en la clase de mujer que él la consideraba ahora, y sus principios eran demasiado elevados como para permitir eso. Nikolas no le ofrecía nada salvo satisfacción física y beneficios materiales, mientras que ella le ofrecía un corazón que había sido maltratado y que era demasiado sensible al dolor. Nikolas no deseaba su amor; ella, sin embargo, sabía que lo amaba, contra toda lógica y contra todo sentido de supervivencia.

Él la zarandeó suavemente para obligarla a abrir los ojos, y repitió con voz ronca:

—¿Dejarás que me quede esta noche, cariño? ¿Dejarás que te muestre lo dulces que serán las cosas entre nosotros?

—No —se obligó a responder Jessica, con la voz enronquecida por el esfuerzo que estaba haciendo. ¿Cómo reaccionaría Nikolas a una negativa en un momento así? Tenía un genio muy violento; ¿se pondría furioso? Jessica alzó la vista hacia sus ojos negros, de modo que él pudo apreciar claramente su miedo, aunque no acertara a adivinar la causa—. No, Nikolas. Todavía... no. Aún no me siento preparada. Por favor.

Él respiró hondo para dominar su frustración y ella se derrumbó con intenso alivio al comprender que no se había enfadado. Bruscamente, él apretó la cabeza de Jessica contra su hombro y le acarició el cabello; ella inhaló el cálido aroma masculino de su piel mientras se dejaba confortar.

—No debes tener miedo —insistió Nikolas en tono quedo—. Créeme. Confía en mí. Tiene que ser pronto; no podré esperar mucho más. No te haré daño, Jessica. Deja que te demuestre lo que siente una mujer al ser mía.

Pero eso ella ya lo sabía, se dijo Jessica con desesperación. La masculinidad de Nikolas la atraía irresistiblemente, pese a lo que le dictaba la razón. Le haría el amor de forma dulce y feroz, abrasándola hasta privarla de todo control, dejándola completamente desvalida ante su implacable dominio. Y después, cuando hubiese terminado, cuando su atención se viera atraída por otro desafío, ella quedaría reducida a cenizas.

Pero ¿cómo podría seguir resistiéndose a él, cuando cada día lo necesitaba más?

SEIS

Los tacones de Jessica repiquetearon sobre el suelo de mármol mientras ésta entraba en el edificio de ConTech; se esforzó por dominar su genio hasta que estuviera a solas con Nikolas, pero el decidido repiqueteo de sus tacones delataba su furia, de modo que trató de aminorar el paso. La tensión de sus suaves labios no presagiaba nada bueno. ¡Nikolas se iba a enterar!

—Buenas tardes, señora Stanton —saludó la recepcionista con una cordial sonrisa, y Jessica le devolvió el saludó automáticamente. En unas cuantas semanas, Nikolas había vuelto su mundo del revés; todos los empleados y directivos de ConTech la trataban con la mayor cortesía. Pero reconocer la enorme influencia de Nikolas no hacía que Jessica se sintiera más caritativa con él; ¡al contrario, lo que deseaba era estrangularlo!

Al salir del ascensor, vio que una conocida figura salía de la oficina de Nikolas; Jessica elevó el mentón conforme se acercaba a Diana Murray. Diana se detuvo para esperarla y Jessica no tuvo más remedio que saludarla educadamente.

—Cielos, pues sí que está ocupado Nikolas esta tarde —ronroneó Diana; sus bellos ojos observaban detenidamente a Jessica, en busca del más ligero atisbo de celos.

—¿De veras está muy ocupado? —dijo Jessica con calma—. No importa; me recibirá, de todas formas.

—Estoy segura de que sí. Pero mejor aguarda unos minutos —aconsejó Diana con un tono dulzón que hizo que a Jessica le dieran ganas de abofetearla. Prefería la abierta hostilidad de Diana a su empalagoso veneno—. Dale un poco de tiempo para calmarse. Ya sabes cómo es —luego se alejó por el pasillo, meneando las caderas con el toque justo de exageración. Seguramente los hombres encontraban a Diana irresistible, pensó Jessica con furia; se prometió a sí misma que Nikolas Constantinos vería cómo una tormenta estallaba sobre su arrogante cabeza si no se andaba con cuidado.

Jessica abrió la puerta de golpe y Andros levantó la vista de la mesa que jamás abandonaba. Como siempre que veía a Jessica, sus ojos manifestaron un frío desprecio.

—Señora Stanton, no creo que el señor Constantinos la esté esperando.

—No, no me está esperando —confirmó Jessica—. Haga el favor de decirle que he venido.

A regañadientes, Andros hizo lo que se le pedía; apenas había vuelto a depositar en su sitio el auricular del teléfono, Nikolas abrió la puerta y sonrió a Jessica.

—Hola, cariño. Qué agradable sorpresa; no esperaba verte hasta más tarde. ¿Has decidido firmar los documentos?

Aquella referencia a la compra de las acciones sólo sirvió para atizar el fuego de su ira; no obstante, Jessica se dominó hasta que entró en la oficina de Nikolas y él hubo cerrado la puerta tras de sí. Por el rabillo del ojo, vio cómo se acercaba a ella con el evidente propósito de estrecharla entre sus brazos, de modo que se alejó rápidamente de su alcance.

—No, no he decidido firmar nada –anunció Jessica con aspereza–. Sólo vengo para que me des una explicación acerca de esto. Buscó en su bolso y sacó unos documentos, sujetos con un clip a un sobre arrugado. Se los puso delante y él los tomó, frunciendo el ceño.

—¿Qué es esto? –preguntó Nikolas, observando el ensombrecido color verde de sus ojos y calibrando el alcance de su enojo.

—Dímelo tú –repuso ella–. Creo que eres el responsable.

Nikolas retiró el clip y examinó rápidamente los documentos, revisándolos uno por uno. No tardó más de un minuto; después volvió a prenderlos con el clip.

—¿Ocurre algo? Todo parece en orden.

—No me cabe duda de que, legalmente, todo está orden —replicó Jessica con impaciencia—. Ése no es el problema, y lo sabes muy bien.

—Entonces ¿cuál es el problema exactamente? —inquirió él, bajando las pestañas para ocultar la expresión de sus ojos; Jessica, sin embargo, sabía que la estaba observando y que veía cada matiz de su semblante. A continuación, también ella disimuló su expresión.

Nikolas se sentó de lado en una esquina de la mesa con el cuerpo relajado.

—No comprendo por qué estás tan disgustada —dijo con calma—. Dime exactamente qué es lo que no te gusta del acuerdo. Aún no está firmado; podemos introducir cambios. No quería que recibieras tu copia por correo —añadió pensativo—. Supongo que mi abogado trató de anticiparse a mis deseos. Me va a oír.

—Tu abogado me trae sin cuidado. ¡Y la forma en que he recibido esta basura es lo de menos, porque no pienso firmarla! —vociferó Jessica, con las mejillas enrojecidas por la ira—. ¡Eres el hombre más arrogante que he conocido en mi vida, y te odio!

El brillo de diversión que había iluminado los ojos de Nikolas se desvaneció de repente; cuando ella se dio media vuelta y echó a andar hacia la puerta, demasiado furiosa incluso para gritarle, él se bajó de la mesa y la detuvo antes de que hubiera dado tres pasos. Cuando le agarró el brazo, Jessica arremetió contra él con la mano libre. Nikolas alzó los brazos para detener el golpe; después le apresó también aquel brazo con destreza y la atrajo hacia sí.

—¡Suéltame! —espetó Jessica, tan furiosa que no le importaba que Andros la oyese. Se retorció y forcejeó, presionando contra la férrea barrera de sus brazos con la intención de soltarse; al cabo de unos instantes, incluso el vigor de su ira acabó agotándose. Cuando, finalmente, se estremeció y apoyó la cabeza en el hombro de Nikolas, él la tomó en brazos con facilidad, rodeó la mesa y se sentó en la silla con Jessica en el regazo.

Ésta se sentía débil, agotada por el ataque de ira y el forcejeo con Nikolas, de modo que se limitó a recostarse sobre su pecho. Sintió en la mejilla los latidos potentes y regulares de su corazón, y advirtió que su respiración ni siquiera se había acelerado. Simplemente la había sujetado hasta que ella se quedó sin fuerzas.

Nikolas alargó la mano hacia el teléfono y marcó un único número; después habló suavemente.

—No me pases ninguna llamada, Andros. No quiero que se me moleste bajo ningún pretexto —colgó el auricular y rodeó a Jessica con los brazos para apretarla contra sí—. Cariño —susurró contra su cabello—, no tienes por qué disgustarte tanto. No es más que un simple documento...

—¡De simple, nada! —lo interrumpió ella violentamente—. ¡Intentas tratarme como si yo fuera una fulana cara, pero no te lo permitiré! Si eso es lo que piensas de mí, no deseo volver a verte nunca más.

–No te considero una fulana –la tranquilizó Nikolas–. No piensas con claridad; crees que te he ofrecido dinero para que te acuestes conmigo, pero no era ésa mi intención.

–Oh, no, claro que no –se mofó ella con voz amarga. Forcejeó para incorporarse y alejarse del íntimo calor de su cuerpo, pero sus fuertes brazos se tensaron y le impidieron moverse. En los ojos de Jessica brillaron las lágrimas conforme se rendía y se relajaba sobre Nikolas, derrotada.

–No, no era mi intención –insistió él–. Simplemente deseo cuidar de ti, de ahí lo de la cuenta bancaria y la casa. Sé que la casa en la que vives ahora es tuya en propiedad, pero debes admitir que el barrio no es el mejor.

–No, no lo es, ¡pero allí vivo muy a gusto! Nunca te he pedido nada ni pienso pedírtelo ahora. No quiero tu dinero, y me has insultado pidiéndome que firme un documento en el que juro que jamás presentaré ninguna reclamación sobre tus propiedades por los «servicios prestados».

–Sería extremadamente estúpido si no diera los pasos necesarios para asegurar mis propiedades –señaló Nikolas–. No creo que fueras capaz de denunciarme para exigirme apoyo económico, cariño. Pero hay otras personas en las que debo pensar y tengo una responsabilidad que mantener. Mucha gente depende de mí para vivir, mi familia y mis empleados, y no puedo hacer nada que ponga en peligro su bienestar en el futuro.

–¿Todas tus queridas deben firmar una renuncia a cualquier reclamación posterior? –inquirió Jessica, enjugándose furiosamente la única lágrima que goteaba de su pestaña–. ¿Se trata de un documento estándar, en el que tan sólo hay que añadir el nombre y la fecha? ¿Cuántas mujeres viven en casas o apartamentos que tan generosamente les has proporcionado?

–¡Ninguna! –contestó Nikolas bruscamente–. No creo estar pidiéndote demasiado. ¿De veras creías que te situaría como mi amante sin protegerme contra posibles reclamaciones? ¿Por eso estás tan enfadada, porque me he asegurado de que no puedas reclamarme más dinero del que yo desee darte voluntariamente?

Nikolas había cometido el error de soltarle el brazo, y Jessica se giró furiosamente hacia él y le abofeteó la cara con tanta fuerza que la palma de la mano le ardió. Se echó a llorar y tragó saliva para intentar reprimir las lágrimas que corrían por sus mejillas; en un nuevo intento de escapar, empezó a luchar con Nikolas. Los resultados fueron los mismos: él se limitó a sujetarla y a impedir que le diera más golpes, hasta que ella quedó agotada y sin respiración. La ira y el dolor se mezclaban con su sentimiento de indefensión, de frustración, pues era incapaz de hacerle comprender lo equivocado que estaba respecto a ella. Finalmente, dejó de luchar contra las lágrimas. Con un dolorido sollozo, enterró la cara en el hombro de Nikolas y cedió a su tormenta emocional.

—¡Jessica! —exclamó él con los dientes apretados, aunque ella apenas lo oyó ni le prestó atención. Sabía que Nikolas estaría furioso por la bofetada que acababa de recibir. No era un hombre que permitiera que nadie, ya fuese hombre o mujer, le pegara y se saliera con la suya. Pero a Jessica en ese momento no le importaba.

Su delicado cuerpo temblaba con la convulsiva fuerza de su llanto. Jamás se acabaría. Jamás cesarían los chismorreos y las insinuaciones sobre su matrimonio. Aunque Nikolas no permitiera que los demás hablasen de ello, él mismo seguía creyéndose todas aquellas mentiras. Lo que no parecía comprender era que Jessica podía soportar que la insultaran los demás, pero no que la insultara él, porque lo amaba.

—Jessica —su voz era ahora más baja y suave, y la intensa fuerza que sus dedos ejercían sobre el brazo de ella se relajó. Jessica notó que le acariciaba la espalda pasándole las manos suavemente hacia arriba y hacia abajo, y se acurrucó más contra su cuerpo.

Con ternura, Nikolas la persuadió para que alzara el rostro, y luego le limpió las lágrimas y la nariz con su pañuelo, como si fuese una niña pequeña. Ella se quedó mirándolo con los ojos aún brillantes por las lágrimas, e incluso a través de éstas pudo ver la marca roja que tenía en la mejilla, allí donde lo había abofeteado. La tocó con dedos temblorosos.

—Lo... lo siento —dijo, disculpándose con voz espesa a causa del llanto.

Sin decir palabra, Nikolas giró la cabeza y le besó

los dedos; después se agachó más y alzó a Jessica hacia sí. Antes de que ella pudiera recobrar el aliento, él ya la estaba besando; su boca, ardiente, feroz y hambrienta como la de un indómito animal, empezó a saborearla, a morderla, a explorarla. Su mano buscó los senos de Jessica y luego siguió bajando, deslizándose por sus caderas y sus muslos hasta llegar a sus rodillas, introduciéndose con impaciencia bajo la tela de su vestido.

Horrorizada, Jessica comprendió que Nikolas había perdido el control, privado del dominio de su voluntad por su propia ira y por el forcejeo con ella, por el contacto del suave cuerpo que se retorcía y se tensaba contra él. Ni siquiera parecía dispuesto a darle ocasión de responder a su beso, y el miedo hizo que a ella se le acelerase el corazón, pues era consciente de que esa vez sería incapaz de detenerlo.

–Nikolas, no. Aquí, no. ¡No! Basta, cariño –susurró con voz feroz y tierna al mismo tiempo. No trató de resistirse, consciente de que, a esas alturas, eso sólo serviría para excitarlo aún más. Le estaba haciendo daño; recorría con las manos todo su cuerpo, tocándola allí donde ningún hombre la había tocado antes, tirándole de la ropa.

Jessica alzó las manos y enmarcó con ellas el rostro de Nikolas, repitiendo su nombre con suavidad, con urgencia, una y otra vez, hasta que, de pronto, él la miró a los ojos y ella comprendió que había conseguido captar su atención.

Un espasmo cruzó el semblante de Nikolas;

apretó los dientes y maldijo por lo bajo. Ayudó a Jessica a ponerse de pie, quitándosela del regazo, y luego se levantó como si se sintiera dolorido. Se quedó mirándola un momento, mientras ella retrocedía hasta la mesa en busca de apoyo; después maldijo de nuevo, se alejó unos cuantos pasos y permaneció de espaldas a Jessica mientras se masajeaba la nuca con gesto cansado.

Ella contempló su ancha y musculosa espalda en silencio, sin decirle nada, pues ignoraba si era prudente hacerlo. ¿Qué debía hacer ahora? Deseaba marcharse, pero las piernas le temblaban tanto que no estaba segura de poder caminar sin ayuda. Y tenía el vestido revuelto, arrugado y desabrochado en parte. Con dedos torpes y lentos, se arregló la ropa y luego miró a Nikolas, insegura. Tenía el aspecto de un hombre que luchaba consigo mismo, y Jessica no quería hacer nada que pudiera molestarlo. Pero el silencio se hizo tan denso entre ambos que se sintió incómoda, de modo que obligó a sus inseguras piernas a moverse, con la intención de recoger el bolso y salir de allí antes de que la situación empeorase.

—No te irás a ningún sitio —dijo él en voz baja, y Jessica se detuvo en seco. Entonces Nikolas se volvió hacia ella, con una expresión de cansancio en su rostro moreno—. Lo siento —dijo suspirando—. ¿Te he hecho daño?

Aquella disculpa era lo contrario a la reacción que Jessica había esperado; por un momento, fue incapaz de ofrecer una respuesta. Luego negó con la cabeza lentamente y él pareció relajarse. Se acercó a ella y le pasó un brazo alrededor de la cintura, apremiándola a apretarse contra él con suave insistencia. Sin resistirse, Jessica recostó la cabeza en el confortador hueco de su hombro.

—No sé qué decir —musitó Nikolas—. Deseo que confíes en mí; pero, en vez de eso, te he asustado.

—No digas nada —contestó Jessica, habiendo recobrado al fin el dominio de su voz—. No es necesario que empecemos de nuevo. No firmaré el documento, y no hay más que hablar.

—No era un insulto, sino una simple necesidad jurídica.

—Pero yo no soy tu querida —señaló ella—. Así que ese documento no es necesario.

—Aún no —convino Nikolas—. Como te dije, mi abogado se anticipó a mis deseos. Se equivocó —su tono de voz no presagiaba nada bueno para el pobre abogado, aunque Jessica le estaba agradecida a aquel hombre desconocido. Al menos, sabía con exactitud qué era lo que Nikolas pensaba de ella, y prefería saber la dolorosa verdad antes que vivir en un sueño.

—Tal vez sea mejor que no volvamos a vernos más —empezó a decir, pero él le oprimió el brazo con una sombría expresión en el semblante.

—No seas ridícula —contestó—. No te dejaré ir, de modo que no gastes saliva proponiéndolo. Prometo controlarme mejor en el futuro y, de momento, olvidaremos lo ocurrido.

Retirando la cabeza de su hombro, Jessica lo miró

con acritud. ¿De verdad pensaba que podría olvidar que la consideraba una de esas mujeres que se vendían por un precio? La revelación le hería el pecho como un cuchillo, pero igualmente dolorosa era la certidumbre de que no deseaba que Nikolas desapareciera de su vida. La idea de no volver a verlo nunca más hacía que se sintiera desolada. Estaba arriesgando su bienestar emocional, coqueteando con el desastre, pero no podía alejarse de él, del mismo modo que no podía obligarse a sí misma a dejar de respirar.

Transcurrieron varias semanas durante las cuales las cosas fueron más tranquilas, como si Nikolas se hubiese esforzado por comportarse lo mejor posible, y Jessica logró mantener a raya su dolor. Él insistía en que ella lo acompañase a todos los actos sociales a los que asistía y en que fuese la anfitriona siempre que organizaba una fiesta.

La tensión empezaba a afectar a Jessica. En una de las fiestas a las que los invitaron, se sintió agobiada y escapó a la frescura del oscuro jardín, donde inhaló profundamente para llenar sus pulmones del aire frío y dulce; en el cargado ambiente de la sala, se había sentido incapaz de respirar. Durante las semanas transcurridas desde que conociera a Nikolas, había aprendido a relajarse en las reuniones de sociedad, pero aún sentía la necesidad de estar sola de vez en cuando, cosa que había podido hacer en muy ra-

ras ocasiones. Nikolas poseía la fuerza de un volcán, expelía órdenes y arrastraba a los demás en el río de lava de su autoridad. Jessica no sabía con seguridad dónde estaba en ese momento, pero aprovechó su descuido para buscar la tranquilidad del jardín.

Esa misma noche, antes de asistir a la fiesta, habían tenido una acalorada discusión por la constante negativa de Jessica a venderle las acciones; la primera discusión desde la terrible escena en la oficina. Nikolas no estaba dispuesto a ceder lo más mínimo; estaba furioso porque ella seguía desafiándolo, e incluso había llegado a acusarla de intentar engañarlo para que aumentara la cuantía de su oferta. Consternada por su falta de comprensión y cansada de tanta batalla, Jessica había agarrado el documento y, después de firmarlo, lo había arrojado al suelo en un estallido de ira.

—¡Muy bien, ya lo tienes! —exclamó furiosa. Solamente cuando él se inclinó para recoger el papel, doblarlo y guardárselo en el bolsillo, ella reparó en el especulativo brillo de sus ojos, y comprendió que había cometido un error. Al firmar el documento entonces, después de que él la hubiese acusado de estar resistiéndose para lograr un precio más alto, sólo había conseguido que Nikolas se convenciera de que había estado haciendo precisamente eso: aguardando el momento adecuado y esperando que le ofreciera una cantidad más elevada. Pero ya era demasiado tarde para deshacer lo andado, y Jessica logró dominar las lágrimas que afluyeron a sus ojos, provocadas por el dolor que le causaban las sospechas de él.

Mientras daba un paseo por el sendero de grava blanca, se preguntó si la tranquilidad que había imperado últimamente en su relación habría quedado destruida sin remedio. Nikolas había dejado de presionarla para que hicieran el amor; de hecho, se mostraba cada vez más tierno, como si al fin estuviera empezando a sentir algo serio por ella.

Tal pensamiento hizo que Jessica se estremeciera, pues era como un sueño hecho realidad. Nikolas había dominado su impaciencia natural y la había mimado de mil maneras, y ella ya no trataba de luchar contra el amor que sentía por él. Ni siquiera deseaba hacerlo; hasta tal punto se hallaba sometida a la influencia de Nikolas.

Pero era posible que todo se hubiese perdido. ¡Jamás debería haber firmado ese acuerdo! Había cedido a sus intimidatorias tácticas en un arranque de ira, y con ello tan sólo había logrado reforzar la imagen de tentadora mercenaria que Nikolas tenía de ella. En un momento, había perdido el terreno ganado hasta entonces en lo que al afecto de Nikolas se refería.

Caminando lentamente, con la cabeza agachada mientras fantaseaba con la idea de casarse con Nikolas y ser la madre de sus hijos, cosa que ahora resultaba harto improbable, Jessica oyó repentinamente un murmullo de voces. Había llegado hasta donde se encontraba una pareja sin darse cuenta. Se detuvo al instante, aunque ellos no parecían haberse percatado de su presencia. Eran apenas una borrosa sombra en la oscuridad; el azul claro del vestido de fiesta de ella se fundía con el color oscuro de la chaqueta de él mientras se abrazaban.

Procurando moverse en silencio, Jessica retrocedió con la intención de alejarse sin que la vieran, pero, en ese momento, la mujer dejó escapar un intenso suspiró y jadeó:

—¡Nikolas! Ah, Nikolas...

Jessica notó que las piernas se le entumecían y se negaban a moverse, como si no tuvieran fuerzas.

¿Nikolas? ¿Su Nikolas?

Se sentía demasiado aturdida como para sentir dolor; no creía que pudiera ser cierto. Finalmente, consiguió volverse para mirar de nuevo a la pareja abrazada. Diana. Era Diana, sin duda. Jessica había reconocido su voz. Y... ¿Nikolas? La cabeza de cabellos oscuros, los hombros poderosos... Podía ser Nikolas, aunque no estaba segura. Entonces, él alzó la cabeza y musitó:

—¿Qué sucede, Diana? ¿Nadie se ha ocupado de ti, con lo bella que eres?

—No, nadie —susurró ella—. Te he estado esperando a ti.

—¿Tan segura estabas de que volvería? —inquirió él, con una nota de diversión en la voz mientras erguía más la cabeza para contemplar el hermoso rostro de su acompañante.

Jessica se dio media vuelta, pues no deseaba ver

cómo besaba a aquella mujer otra vez. El dolor había comenzado al ver con seguridad que Nikolas era el hombre que abrazaba con tanta pasión a Diana, pero se obligó a contenerlo. Si le daba rienda suelta, se echaría a llorar y se pondría en ridículo; de modo que ladeó el mentón con arrogancia e ignoró la tenaza que le oprimía el pecho, el cuchillo que le desgarraba las entrañas. Oyó que pronunciaban su nombre detrás de ella, pero cruzó rápidamente el jardín, entró en la casa y se mezcló con la gente. Algunos le sonrieron y se dirigieron a ella, y Jessica hizo aflorar una débil sonrisa a sus rígidos labios y caminó con calma hasta el bar.

Los invitados se servían ellos mismos las bebidas, así que Jessica se sirvió una generosa copa de vino blanco y dio un sorbo mientras se paseaba con paso firme por la habitación, sonriendo pero sin unirse a ninguna conversación. En ese momento se sentía incapaz de hablar con nadie; se limitaría a pasearse por la sala, beber de su copa de vino y esforzarse por dominar la violenta punzada de dolor que sentía en su interior. No sabía con certeza cómo se iría de la fiesta, si tendría la fortaleza suficiente para irse con Nikolas o si sería preferible llamar a un taxi, pero ya se preocuparía de eso más tarde. Más tarde, cuando hubiese bebido bastante vino para adormecer sus sentidos.

Por el rabillo del ojo, vio que Nikolas avanzaba hacia ella con sombría determinación. Se giró hacia la izquierda y se puso a hablar con la pareja con la que estuvo a punto de chocar, admirada de la naturalidad con que le salía la voz. Entonces, antes de que pudiera alejarse, una mano fuerte se cerró sobre su hombro y Nikolas dijo con calma:

—Jessica, cariño, te he estado persiguiendo por toda la sala. Hola, Glenna. ¿Qué tal, Clark?, ¿cómo están los niños?

Con su encantadora sonrisa, logró que Glenna soltara una risita y se pusiera a hablarle de los niños, a los cuales Nikolas parecía conocer personalmente. Mientras hablaban, sujetó con firmeza el brazo de Jessica en todo momento y, cuando ésta hizo un intento de zafarse, los dedos de él aumentaron la presión hasta el punto de que casi le arrancaron un gemido de dolor.

—Me haces daño en el brazo —dijo Jessica fríamente mientras se movían entre los grupos de invitados que charlaban y se reían.

—Cállate —ordenó con los dientes apretados—. Al menos, hasta que estemos solos. Creo que el estudio está vacío; iremos allí.

Mientras Nikolas tiraba de ella, literalmente, Jessica atisbó la cara de Diana antes de salir de la habitación, y la expresión de triunfo que había en ella le produjo un escalofrío.

El orgullo la impulsó a enderezar la espalda; cuando Nikolas cerró la puerta del estudio y echó la llave, Jessica se giró para encararlo de frente. Irguió el mentón y le dirigió una altiva mirada.

—¿Y bien? —preguntó—. ¿Para qué me has traído aquí?

Él permaneció inmóvil, observándola, con una expresión severa en sus ojos negros y la boca encogida en una fina línea que, en cualquier otra ocasión, habría intimidado a Jessica, pero que, curiosamente, no la amedrentó en absoluto. Nikolas se había metido las manos en los bolsillos del pantalón, como si desconfiara de su capacidad de refrenar su propio genio; en ese momento, sin embargo, las sacó, y sus ojos resplandecieron.

—Jamás dejará de sorprenderme cómo consigues parecer una reina, simplemente alzando la barbilla.

En el semblante de ella no se apreció ninguna reacción.

—¿Me has traído aquí solamente para decirme eso? —inquirió con frialdad.

—Sabes muy bien que no —por un momento, él tuvo el detalle de mostrarse incómodo y un leve rubor tiñó sus mejillas—. Jessica, lo que viste... no iba en serio.

—La verdad es que me trae sin cuidado —repuso ella con desdén—, porque tampoco nuestra relación va en serio. No tienes por qué darme explicaciones, Nikolas; no tengo ningún derecho sobre ti. Vive tus pequeñas aventuras como te apetezca; no me importa.

El cuerpo de Nikolas se estremeció ante la fuerza de aquellas palabras; el rubor de sus mejillas se vio sustituido por una repentina y tensa palidez. Sus ojos adquirieron una expresión asesina y, un segundo antes de que se moviera, Jessica comprendió que había ido demasiado lejos, que le había hecho perder el control. Sólo tuvo tiempo de contener la respiración mientras él cruzaba la habitación con pasos ágiles y le colocaba las manos en los hombros. La zarandeó violentamente, tan violentamente que el cabello de Jessica cayó suelto sobre su espalda y las lágrimas saltaron de sus ojos antes de Nikolas apretara su boca contra la de ella y le diera un beso apasionado que la dejó sin respiración. Cuando Jessica creyó que iba a desmayarse, él sostuvo su lánguido cuerpo y la llevó hasta el sofá, el desgastado sofá en el que su anfitrión habría pasado, sin duda, muchas y confortables horas. Nikolas la soltó en él ferozmente, y después se echó encima de ella, sujetándola con sus fuertes brazos y sus musculosas piernas.

–¡Maldita seas! –susurró entrecortadamente, agarrándole el cabello con crueles dedos para obligarla a echar la cabeza hacia atrás–. Me vuelves loco; ni siquiera puedo dormir sin soñar contigo… ¿y me dices que no te importa lo que yo haga? Pues haré que te importe. Derribaré esa muralla que has levantado a tu alrededor...

La besó brutalmente, lastimándole los labios y haciendo que un gemido de protesta brotara de su garganta, pero él hizo caso omiso de su angustia. Con la mano libre, le desabrochó el vestido y se lo bajó hasta la cintura; sólo entonces retiró la boca de sus labios para centrar su sensual ataque en los suaves montículos de sus senos.

Jessica gimió aterrorizada cuando sus labios quedaron libres, pero comenzó a sentir una irracional oleada de deseo a medida que la boca ardiente de Nikolas recorría su cuerpo. Combatió dicho deseo ferozmente, decidida a no someterse a Nikolas después de lo que acababa de suceder esa noche, sabiendo que él la consideraba poco menos que una fulana. ¡Y además se había echado en brazos de Diana! El recuerdo de la engreída y victoriosa sonrisa que Diana le había dirigido hizo que las lágrimas corrieran por sus mejillas mientras luchaba contra la abrumadora fuerza de Nikolas. Éste redujo sus esfuerzos por liberarse y se echó por completo encima de ella, apretándola contra su fuerte y ansioso cuerpo. Ardía de deseo y ella estaba indefensa; la habría poseído allí mismo, pero, cuando alzó la cabeza de sus palpitantes senos y vio su rostro anegado de lágrimas, se detuvo en seco.

—Jessica —dijo con voz ronca—. No llores. No te haré daño.

¿Acaso no lo entendía? Ya le había hecho daño; le había arrebatado el corazón. Ella giró la cabeza bruscamente, rehuyéndolo, y se mordió el labio inferior, incapaz de decir nada.

Nikolas retiró su peso de encima de ella y se sacó el pañuelo del bolsillo para enjugarle las lágrimas.

—Es mejor así —dijo en tono grave—. No quiero hacerte el amor la primera vez en el sofá de una casa ajena. Quiero hacértelo en una cama, *ma chère*, durante horas, para que sepas cómo pueden ser las cosas entre un hombre y una mujer.

—Cualquier mujer —dijo ella con amargura, acordándose de Diana.

–¡No! –negó él ferozmente–. No pienses en ella. No significa nada para mí. Fui un estúpido... Perdóname, cariño. Quería aplacar la excitación que tú me provocas y que te niegas a satisfacer, pero descubrí que esa mujer me deja completamente frío.

–¿De veras? –Jessica lo miró con rabia–. Pues yo no te vi tan «frío».

Nikolas soltó el pañuelo empapado de lágrimas y le agarró la barbilla con una mano.

–¿Eso crees? ¿Me comportaba como si estuviera ciego de pasión? –preguntó, obligándola a mirarlo–. ¿La besaba como te beso a ti? ¿Le decía cosas dulces?

–¡Sí! La llamaste... –Jessica se interrumpió, sintiéndose confusa–. Le dijiste que era bella, pero no la...

–No la llamé «cariño» como a ti, ¿verdad? Un solo beso, Jessica. ¡Un solo beso y comprendí que Diana jamás podría apagar el fuego que tú has encendido! ¿No me perdonarás un simple beso?

–¿Me lo perdonarías tú a mí? –repuso ella al tiempo que trataba de apartar la mirada, pero él la sujetó con firmeza. Se estaba ablandando contra su voluntad, dejándose engatusar. El peso de los miembros de Nikolas sobre su cuerpo le resultaba reconfortante, permanecía envuelta en la seguridad de su fuerza, y Jessica empezó a sentir que sería capaz de perdonarle cualquier falta con tal de poder seguir tocándolo.

–Yo te habría separado a la fuerza de cualquier hombre que hubiese cometido la estupidez de tocarte –prometió con voz grave–, y le habría partido la cara. No creo que pudiera controlarme si viera a otro besándote, Jessica. Pero no volvería la espalda y me iría, sin más; te llevaría conmigo.

Jessica se estremeció y cerró los ojos, recordando el terrible momento en que los había visto abrazados.

—Tampoco yo puedo controlarme, Nikolas —confesó con voz ronca—. No soporto ver cómo cortejas a otra mujer. Me destruye por dentro.

—¡Jessica!

Era la primera vez que ella confesaba sentir algo por él. Pese a lo unidos que habían estado durante las semanas anteriores, Jessica se había resistido a él en ese aspecto, no había querido decirle lo que sentía. Pero ya no podía seguir ocultándolo.

—¡Jessica, mírame! ¡Mírame! —Nikolas la zarandeó ferozmente, y ella abrió los ojos para ver la expresión de resplandeciente triunfo que había en los de él—. Dímelo —insistió Nikolas, inclinándose sobre ella, acercando los labios a los suyos. Colocó la mano encima de su corazón, sintió el revelador latido y acarició con ternura las suaves y femeninas curvas que encontró—. Dímelo —susurró, acariciándole los labios con los suyos.

Jessica alzó las manos hasta sus hombros, aferrándose a la fuerza de Nikolas mientras notaba cómo la suya propia cedía, arrastrada por la marea de sus emociones.

—Te quiero —gimió con una vocecita ronca—. He intentado no amarte. Eres tan... arrogante. Pero no puedo remediarlo.

Nikolas la apretó contra sí con tanta fuerza, que ella gritó. La soltó inmediatamente.

–Mía –musitó depositándole ardientes besos en el rostro–. Eres mía. Y no dejaré que te vayas de mi lado. Te adoro, cariño. Durante semanas he estado loco de frustración, deseándote pero temiendo asustarte hasta el punto de que te alejaras de mí. Pero ya no tendré más compasión. ¡Voy a hacerte mía! –y dejó escapar una jubilosa risa antes de incorporarse y ayudarla a ponerse el vestido. Le subió la cremallera y después le rodeó la cintura con sus poderosas manos.

–Vámonos ya de aquí –dijo con voz áspera–. ¡Te deseo desesperadamente!

Jessica se estremeció ante el sonido autoritario de su voz. Estaba eufórica pero también asustada. Nikolas ya no le permitiría seguir resistiéndose a él; y, aunque notaba que su corazón se abría como una flor al admitir el amor que sentía por Nikolas, seguía sintiendo miedo de aquel hombre y del control que ejercía sobre ella.

Nikolas notó su vacilación y la atrajo hacia sí con un posesivo brazo.

–No estés asustada –murmuró contra su cabello–. Olvida lo que te haya pasado antes; yo jamás te haré daño. Dijiste que no me tienes miedo, pero es mentira, lo noto. Por eso he vivido un infierno estas semanas, mientras esperaba a que perdieras ese miedo. Confía en mí, cariño. Te trataré con todo el cuidado del mundo.

Ella enterró la cara en su hombro. Había llegado el momento de decirle que nunca había hecho el amor con nadie; no obstante, cuando reunió el valor necesario para levantar la cabeza y abrir la boca, Nikolas la detuvo posando los dedos suavemente sobre sus doloridos labios.

—No, no digas nada —susurró—. Ven conmigo y deja que me ocupe de ti.

Jessica tenía el cabello despeinado sobre los hombros, de modo que alzó las manos con la intención de volver a recogérselo.

—No te molestes —dijo Nikolas agarrándole la mano—. Estás bellísima así; no pasará nada si alguien te ve. Pero saldremos por la parte de atrás. Espérame aquí mientras yo voy a disculparme con el anfitrión; será sólo un momento.

Una vez sola, Jessica permaneció sentada y trató de organizar sus aturdidos y confusos pensamientos. Nikolas la amaba, lo había reconocido. «Adorar» era lo mismo que amar, ¿verdad? Ella lo amaba a él, desde luego, pero también se sentía confundida e insegura. Siempre había creído que una declaración mutua de amor desembocaba en ilusionados planes de futuro, pero Nikolas no parecía tener otro plan que llevársela a la cama. Intentó decirse a sí misma que era un hombre de instintos extremadamente físicos, y que ya querría hablarle de planes de boda más tarde. Pero Jessica siempre había soñado, en el fondo de su corazón, con ir al altar vestida de blanco, siendo totalmente digna de ese símbolo de pureza.

Por un momento, contempló la idea de decirle a Nikolas que no quería marcharse, pero luego meneó la cabeza. Tal vez debía demostrarle su amor confiando en él, como le había pedido, y entregarle ese amor en toda su plenitud.

Unos momentos después, ya era demasiado tarde para las preocupaciones, porque Nikolas había regresado y Jessica quedó inmersa en el posesivo brillo de sus ojos negros. El nerviosismo que sentía se vio eclipsado por su automática respuesta a la cercanía de Nikolas; se apoyó sumisamente en él mientras la sacaba de la casa por la parte trasera y la llevaba hasta el coche, aparcado al final de la angosta y silenciosa calle.

Por las noches, Londres era una ciudad que resplandecía como una dorada corona sobre las orillas del Támesis; a Jessica nunca le había parecido tan dorada como esa noche, mientras permanecía sentada en silencio al lado de Nikolas y él conducía a través de la ciudad. Miraba los conocidos edificios y monumentos como si fuera la primera vez que los viera, cautivada por la indescriptible hermosura del mundo que compartía con Nikolas.

Él no se dirigió a casa de Jessica, como ella había esperado, sino a su ático. Eso le alarmó, aunque no sabía con certeza por qué, y por un momento se resistió. Nikolas tiró de ella hasta el ascensor y la abrazó con fuerza, susurrándole ardientes palabras de amor. Cuando se abrieron las puertas del ascensor, la tomó de la mano y la acompañó por el largo pasillo en penumbra hasta la puerta de su ático. Tras abrirla, hizo pasar a Jessica y luego entró detrás de ella, cerrando la puerta con un definitivo «clic».

Jessica había avanzado unos cuantos pasos y permanecía muy quieta en la oscuridad; Nikolas apretó un interruptor y encendió las dos lámparas. Después se acercó a la consola del teléfono para cerciorarse de que el contestador automático estaba activado.

—Esta noche no quiero interrupciones —dijo volviéndose hacia Jessica. Sus párpados descendieron sensualmente sobre sus ojos brillantes mientras se acercaba a Jessica y la atraía hacia su recio cuerpo—. ¿Te apetece beber algo? —preguntó, moviendo los labios contra su sien.

Jessica cerró los ojos extasiada, aspirando su embriagador aroma masculino, bañándose en su calor.

—No, nada —contestó con voz ronca.

—A mí tampoco —dijo Nikolas—. No quiero que el alcohol adormezca mis sentidos esta noche; quiero disfrutar cada momento. Me has obsesionado desde el primer momento en que te vi, así que perdóname si parezco demasiado... —hizo una pausa, tratando de encontrar la palabra adecuada, y ella le sonrió con ternura.

—¿Si pareces demasiado satisfecho? —murmuró.

—Bueno, reconozco que siento cierta sensación de triunfo —Nikolas sonrió cínicamente.

Ella lo observó con el corazón acelerado mientras él se despojaba de la chaqueta y la colgaba en una silla. Luego siguieron la pajarita y el fajín de seda. Nikolas se acercó entonces a Jessica, y ella se encogió ante el aspecto que presentaba su rostro. Era el mismo aspecto que seguramente habrían tenido los guerreros espartanos de antaño, orgullosos, salvajes y rebeldes. Nikolas le daba miedo, y ella sintió deseos de huir; no obstante, cuando él la apresó entre sus brazos y le cubrió la boca con sus labios, todos sus pensamientos desaparecieron a medida que él invadía sus sentidos.

La tomó en brazos y la llevó por el largo pasillo hasta el dormitorio; tras cerrar la puerta con el hombro, se acercó a la enorme cama y se detuvo delante de ella.

La cordura pugnó con el deseo y Jessica gimió con voz ahogada:

—¡No, Nikolas, espera! Tengo que decirte una...

—No puedo esperar —la interrumpió él con voz ronca, respirando entrecortadamente—. He de poseerte, cariño. Confía en mí, deja que borre de tu piel las caricias de los otros hombres que te han tocado.

Su boca ahogó cualquier palabra que Jessica hubiera podido decir. Fue más cuidadoso de lo que ella había esperado; las manos se deslizaron sobre su piel con exquisita ternura, ciñéndola contra sí mientras bebía ávidamente de sus labios.

Jessica emitió un jadeo al sentir la cálida oleada de placer que la invadía, y rodeó con sus finos brazos el cuello de Nikolas, arqueándose contra su poderoso cuerpo, oyendo sus jadeos profundos, que resonaban en sus oídos como música celestial. Con manos temblorosas, él le bajó la cremallera del vestido y dejó que éste cayera hasta sus pies formando un sedoso montón. Contuvo el aliento al contemplar la esbelta y grácil delicadeza de su cuerpo, luego la atrajo hacia sí y su boca abandonó toda ternura mientras la besaba ansiosamente. Musitó palabras de amor en francés y en griego mientras, con los largos y fuertes dedos, le quitaba la ropa interior y la arrojaba descuidadamente al suelo. Jessica se emocionó con el ronco deseo que tan evidente era en su voz.

Aquello era correcto, tenía que serlo, ella lo amaba y él la amaba a ella...

Con movimientos febriles, ella le desabrochó los botones de la camisa de seda, posando cálidos besos sobre su piel conforme lo iba desnudando. Nunca lo había acariciado con tanta libertad anteriormente, pero entonces lo hizo, descubriendo con deleite el vello rizado que cubría su pecho y que descendía por su abdomen formando una fina línea. Jessica pasó los dedos sobre aquel vello, tirando de él levemente; a continuación, sus manos bajaron hasta el cinturón e intentaron torpemente desabrochar la hebilla.

–Ah... cariño –jadeó Nikolas, cerrando los dedos sobre los de Jessica con tanta fuerza que casi le hizo daño. Después le apartó las manos y la ayudó, pues ella temblaba tanto que no conseguía desabrocharle el cinturón.

Nikolas se desnudó rápidamente, y Jessica se quedó sin aliento al contemplar su cuerpo, fuerte e increíblemente hermoso.

–Te quiero –gimió, lanzándose hacia sus brazos–. ¡Oh, Nikolas, amor mío!

Él se estremeció y la tomó en brazos; la soltó en la cama y se echó sobre ella, recorriendo con la boca y con las manos todo su cuerpo, excitándola hasta extremos dulces y febriles, aminorando el ritmo de sus caricias para permitir que volviera en sí antes de intensificar de nuevo sus esfuerzos y llevarla al borde de la locura. La estaba seduciendo cuidadosamente, asegurándose de darle placer, a pesar de que él mismo estaba loco de excitación mientras acariciaba sus bellas curvas y sus suaves cavidades.

Finalmente, ansiando que la poseyera por completo, Jessica movió su cuerpo impacientemente contra él. No sabía cómo pedir aquello que necesitaba; sólo podía gemir y clavar en él sus frenéticos dedos. Movió la cabeza a un lado y a otro, haciendo girar sobre la almohada el castaño rojizo de su cabello.

–Nikolas... Oh, amor –gimió, sin saber apenas lo que decía mientras las palabras brotaban atropelladamente de su boca. Sólo deseaba sentir su contacto, el sabor de los labios de Nikolas en los suyos–. Nunca imaginé que... ¡Oh, cariño, por favor! Ser tu esposa va a ser como estar en el paraíso –pasó las manos por sus musculosas costillas, tirando de él, y gritó su nombre con un tono de evidente rendición–. ¡Nikolas... Nikolas!

Pero él se había quedado rígido; se separó de ella y se incorporó sobre un codo para mirarla. Al cabo de un momento, Jessica se dio cuenta de que se había retirado y giró la cabeza para mirarlo inquisitivamente.

—¿Nikolas? —murmuró.

El silencio se prolongó, haciéndose más denso, y al fin Nikolas hizo un brusco y feroz movimiento con la mano.

—Yo nunca te he hablado de matrimonio, Jessica. No te engañes; no soy tan estúpido.

Ella notó que el color desaparecía de sus mejillas y se alegró de hallarse sumida en la oscuridad, en la penumbra que permitía ver tan sólo las formas en blanco y negro, ocultando los colores. Notó una sensación de náuseas en el estómago mientras miraba a Nikolas. No, no era estúpido. Pero ella sí era una tonta. Luchó ferozmente contra la náusea que amenazaba con engullirla y, cuando habló, lo hizo en tono firme, casi sereno.

—Es extraño. Creía que el matrimonio era la consecuencia natural del amor. Aunque, claro, tú nunca has dicho en realidad que me amas, ¿verdad, Nikolas?

Él torció el gesto y se levantó de la cama; luego fue hasta la ventana y se quedó allí, mirando hacia el exterior, con su espléndido cuerpo revelándose ante Jessica en toda su desnudez. No le preocupaba no llevar nada encima; permanecía allí de pie con absoluta naturalidad, como si estuviera vestido con traje y corbata.

—Yo nunca te he mentido, Jessica —dijo toscamente–. Te deseo como jamás he deseado a otra mujer, pero no eres la clase de mujer que querría como esposa.

Jessica tuvo que apretar los dientes para reprimir un grito de dolor. Nerviosamente, se recostó sobre la almohada y tiró hacia arriba de la colcha para cubrir su cuerpo, pues no daba tan poca importancia como él al hecho de estar desnuda.

–¿No? –preguntó, revelando apenas un atisbo de tensión en su voz. Al fin y al cabo, ¿no tenía años de experiencia en ocultar sus emociones?–. ¿Y qué clase de mujer soy?

Él encogió sus anchos hombros.

–Eso, querida mía, está muy claro. Que Robert Stanton se casara contigo no quita que lo tuyo fuese un acto de prostitución. Él, al menos, se casó contigo. ¿Qué me dices de los otros? No se tomaron esa molestia. Has vivido experiencias desagradables que te han vuelto hostil a los hombres, y yo estaba dispuesto a tratarte con mucha consideración, pero nunca he pensado en aceptarte como esposa. No insultaría a mi madre llevando a casa a una mujer como tú.

El orgullo siempre había sido uno de los puntos fuertes del carácter de Jessica, y en esa ocasión tampoco le falló. Irguiendo el mentón, dijo:

–¿Y a qué clase de mujer llevarías a casa con mamá? ¿A una monja?

–No te pongas sardónica conmigo –rugió él quedamente a modo de aviso–. Puedo tratarte de una forma que hará que tus anteriores experiencias te parezcan un lecho de rosas. Pero, en respuesta a tu pregunta, la mujer con la que me case ha de ser virgen, tan pura como el día en que nació. Una mujer con carácter y con sentido de la ética. Reconozco que tú tienes carácter, cariño. Es el sentido de la ética lo que te falta.

—¿Y dónde piensas encontrar ese modelo de mujer? —se burló Jessica, sin tenerle ningún miedo. Ya le había infligido todo el daño que podía infligirle. ¿Qué más le podía hacer?

—Ya la he encontrado —dijo él bruscamente—. Pretendo casarme con la hija de una antigua y rica familia. Elena sólo tiene diecinueve años, y ha estudiado en un convento. Quería esperar a que fuese algo mayor para comprometernos; merece vivir su juventud sin preocupaciones.

—¿Tú la amas, Nicholas? —preguntó Jessica sin poder evitarlo; después de todo, saber que amaba a otra sí que podía causarle un dolor todavía más profundo que el que sentía. Comparada con la desconocida Elena, Diana parecía una rival patética.

—Le tengo cariño —respondió él—. El amor llegará después, cuando Elena madure. Será una esposa cariñosa y obediente de la que podré sentirme orgulloso, una buena madre para mis hijos.

—Y puedes llevarla a casa para presentársela a tu mamá —se burló Jessica, dolida.

Nikolas se retiró de la ventana.

—No te burles de mi madre —dijo entre dientes—.

Es una mujer valiente y maravillosa; conocía a tu difunto marido. ¿Qué, te sorprende? Cuando se enteró de vuestro escandaloso matrimonio, se sintió horrorizada y consternada, como casi todos. Sus amigos de Londres le escribían hablándole sobre ti, lo cual no contribuyó a aliviar la preocupación que sentía por su viejo amigo. Jamás podría insultarla ahora presentándome contigo de la mano y diciéndole: «Madre, ¿te acuerdas de la buscona que se casó con Robert Stanton por su dinero y arruinó los últimos años de su vida? Pues acabo de casarme con ella». ¿De verdad fuiste tan estúpida como para pensar eso, Jessica?

Ella retiró las sábanas y se levantó de la cama, manteniendo un porte erguido y orgulloso, con la cabeza bien alta.

—En una cosa tienes razón —dijo con voz entrecortada—. No soy la mujer idónea para ti.

Nikolas observó en silencio cómo Jessica iba en busca del vestido, lo recogía del suelo y se lo ponía con ademanes rápidos.

—Adiós, Nikolas —dijo después de colarse los zapatos—. Ha sido una interesante experiencia.

—No te precipites, querida mía —se mofó él cruelmente—. Antes de salir por esa puerta, piensa que siendo mi amante puedes sacar mayor tajada que la que sacaste casándote con Robert Stanton. Estoy dispuesto a pagarte bien.

El orgullo impidió que Jessica reaccionara a la pulla.

—Gracias, pero no —respondió con indiferencia

mientras abría la puerta–. Esperaré a que otro hombre me haga una oferta mejor. No te molestes en acompañarme a la salida, Nikolas. No estás adecuadamente vestido para ello.

Él soltó una carcajada echando hacia atrás la cabeza.

–Si cambias de parecer, llámame –dijo a modo de despedida, y Jessica salió sin siquiera mirar atrás.

Al día siguiente, Jessica llamó a Charles a primera hora de la mañana para comunicarle que pasaría varias semanas fuera de la ciudad. No había llorado; sus ojos habían permanecido secos, aunque le ardían. No obstante, sabía que no podía quedarse en Londres. Volvería solamente cuando Nikolas se marchara de la ciudad y regresara a su isla.

–Me voy a la casa de campo –le dijo a Charles–. Y no le digas a Nikolas dónde estoy, aunque dudo que se moleste en preguntarlo. Como me falles en esto, Charles, te juro que no volveré a dirigirte la palabra.

–Habéis tenido una pelea, ¿verdad? –preguntó él con un evidente deje de diversión en la voz.

–No, fue una despedida bastante tranquila. Me trató como a una vulgar prostituta y me dijo que no era lo suficientemente buena para ser su esposa, y yo me fui –explicó Jessica con tranquilidad.

–¡Dios mío! –Charles dijo algo por lo bajo, y luego inquirió preocupado–: ¿Te encuentras bien, Jessica? ¿Estás segura de que haces bien yéndote a

Cornualles tú sola? Espera un poco hasta que te hayas calmado.

—Estoy calmada —dijo Jessica, y era cierto—. Necesito unas vacaciones y voy a tomármelas. Si surge algo urgente, ya sabes dónde estaré; de lo contrario, supongo que no te veré en varias semanas.

—Muy bien. Jessica, cariño, ¿estás segura?

—Por supuesto. Me encuentro perfectamente. No te preocupes, Charles. Me llevaré a Samantha y los cachorros conmigo; estarán encantados de corretear por Cornualles.

Después de colgar, se aseguró de dejarlo todo apagado en la casa, agarró el bolso y salió, cerrando cuidadosamente la puerta. Ya tenía el equipaje dentro del coche, donde también viajaban Samantha y su inquieta familia, instalados en una enorme caja de cartón.

Aquel descanso en Cornualles le sentaría bien, la ayudaría a olvidar a Nikolas Constantinos. Se alegraba de haber podido escapar con su amor propio intacto, aunque a punto había estado de no lograrlo. Por lo menos, había evitado que Nikolas se diera cuenta de lo verdaderamente destrozada que estaba.

Mientras hacía el largo viaje a Cornualles, no dejó de darle vueltas al asunto, preguntándose si no había sabido en todo momento lo que Nikolas pensaba de ella. ¿Por qué, si no, le había hablado de matrimonio precisamente entonces, cuando estaba a punto de hacerle el amor? ¿Había comprendido subsconcientemente que él no le permitiría pensar que pretendía casarse con ella, ni siquiera para seducirla?

Jessica se alegraba de no haberle dicho que era virgen; Nikolas se habría reído en su cara. Ella podría habérselo demostrado, y él habría exigido una prueba, sin duda, pero Jessica era demasiado orgullosa. ¿Por qué tenía que demostrarle nada? Había amado a Robert y Robert la había amado a ella; no tenía por qué disculparse por su matrimonio. De alguna manera, conseguiría olvidar a Nikolas Constantinos, desterrarlo de sus pensamientos.

¡No permitiría que su recuerdo le destrozara la vida!

SIETE

Durante seis semanas, Jessica leyó cuidadosamente el periódico, buscando alguna noticia, por breve que fuese, que indicase que Nikolas había regresado a Grecia. Los diarios mencionaban su nombre a menudo, pero siempre para anunciar que había viajado a tal o cual país para asistir a una conferencia, y un día más tarde Jessica leía que había vuelto a Londres. ¿Por qué motivo permanecía en Inglaterra? Nunca se había quedado en el país tanto tiempo; siempre regresaba a su isla en cuanto tenía la oportunidad.

Jessica no tenía ningún contacto con Charles, de modo que no pudo pedirle información sobre el particular; tampoco se la habría pedido, de todas maneras. No quería saber nada de Nikolas, se decía rabiosamente una y otra vez, aunque eso no contribuía a aplacar el dolor que le laceraba el corazón, que la mantenía despierta por las noches y hacía que la comida le amargara en la boca.

Perdió peso; su figura, delgada de por sí, se volvió más frágil. Lejos de recuperarse, corría el peligro de empeorar irremediablemente, pero la fuerza de voluntad no le bastaba para obligarse a probar más de dos bocados en cada comida.

Los largos paseos con Samantha y los cachorros la dejaban cansada, si bien no la sometían al agotamiento físico que necesitaba para conciliar el sueño. Al cabo de un tiempo, empezó a sentirse obsesionada. Todo le recordaba a Nikolas; oía su voz, se acordaba de sus ansiosos besos, de su feroz actitud posesiva. Quizá no la hubiese amado, pero era evidente que sí la había deseado. Había manifestado ostensiblemente ese deseo.

¿Acaso había esperado Nikolas que ella regresara con él? ¿Por eso seguía en Londres? El pensamiento resultaba embriagador, pero Jessica sabía que nada había cambiado. Él sólo la aceptaría según sus condiciones.

Permaneció en la casa de campo e iba a pasear todos los días hasta la playa, donde pululaban los turistas. Los niños se mostraban entusiasmados con los cinco cachorros saltarines y regordetes. Los animalillos ya estaban destetados, y Jessica, consciente de lo mucho que habían crecido, fue regalándolos uno por uno a los encantados niños. Sólo Samantha se quedó con ella, y los días transcurrían con desesperante lentitud.

Una mañana, Jessica se miró al espejo mientras se trenzaba el pelo, se observó detenidamente y se sintió horrorizada ante lo que vio. ¿De verdad había permitido que Nikolas Constantinos la convirtiese en aquella frágil y pálida criatura con enormes ojeras? ¿Qué le ocurría? Amaba a Nikolas, sí; a pesar de todo lo que él le había dicho, seguía amándolo, ¡pero no era tan débil de espíritu como para permitir que la destruyera!

Se dio cuenta de que nada lograría escondiéndose en Cornualles. No conseguía olvidar a Nikolas; al contrario, la consumía el deseo de verlo, de tocarlo.

De repente, tuvo una idea e irguió el mentón. Todavía amaba a Nikolas, eso era algo que no podía evitar, pero su amor no era ya el amor puro e inocente que ella le había ofrecido la primera vez. Un amargo fuego le había abrasado el corazón. Para los calcinados restos de ese cariño, el amor físico podía ser suficiente. Tal vez entre sus brazos descubriría que todo su amor se había consumido en las llamas de la amargura, y sería libre. Y si descubría que, pese a todo, seguía amándolo... bien, en los años venideros, cuando Nikolas estuviese casado con su pura y casta Elena, a Jessica aún le quedarían el recuerdo y la constancia de su pasión, una pasión como Elena jamás conocería.

Comprendió entonces que, cuando se convirtiera en amante Nikolas, él descubriría que ningún otro hombre la había tocado antes.

¿Cómo reaccionaría? ¿Se disculparía? ¿Le pediría

perdón? Curiosamente, a Jessica le era indiferente; tan sólo pensó con amargo humor que el único modo de demostrarle su virtud a Nikolas consistía en perderla. No dejaba de resultar irónico, y se preguntó si él apreciaría la comicidad de la situación cuando se enterase.

Sin admitirlo conscientemente, tomó una decisión. Aceptaría las condiciones de Nikolas, renunciaría a su decencia y su castidad por la satisfacción física que él podía proporcionarle; conservaría su independencia y su orgullo y, cuando Nikolas se casara con la virginal muchachita griega, Jessica se iría de su lado y no volvería a verlo nunca. Sería su amante, sí, pero no se haría cómplice de un adulterio.

Así pues, hizo la maleta y, tras cerrar la casa de campo, metió a Samantha en el coche y emprendió el largo viaje de regreso a Londres. Lo primero que hizo fue telefonear a Charles para comunicarle que había vuelto, asegurándole que se encontraba bien. Charles debía ausentarse de la ciudad esa misma tarde, por eso no podía ir a verla, y Jessica se alegró. Si su amigo la veía en aquellos momentos, tan delgada y pálida como estaba, comprendería que se encontraba terriblemente mal.

Ese mismo problema le inquietó al día siguiente mientras se vestía. Fue incapaz de reunir el valor necesario para llamar a Nikolas; temía que le dijese que ya no estaba interesado, y ella necesitaba verlo aunque la rechazara. De modo que iría a su oficina, aparentando absoluta calma y naturalidad. No obstante, ¿sería capaz de hacerlo, con el aspecto tan frágil que presentaba?

Se maquilló cuidadosamente, aplicándose más colorete que de costumbre y prestando especial atención a sus ojos. Tendría que dejarse el cabello suelto para que ocultase la delgadez de su cuello y suavizara el contorno de sus chupados pómulos. A la hora de vestirse, eligió un traje suelto de suave color melocotón y, cuando se miró al espejo, quedó satisfecha. No podía disimular del todo su fragilidad, pero distaba mucho de ofrecer un aspecto demacrado.

Mientras se dirigía a ConTech en el coche, se acordó de la primera vez que había recorrido aquel trayecto para reunirse con Nikolas. En dicha ocasión iba con prisas, irritada y a disgusto. Ahora iba a ofrecerle aquello que jamás creyó que ofrecería a ningún hombre, el uso y disfrute de su cuerpo sin que hubiese matrimonio por medio; el único consuelo de Jessica era pensar que su cuerpo sería lo único que Nikolas poseería. Ella le había ofrecido su corazón una vez y él lo había despreciado. Jamás volvería a darle la oportunidad de herirla de esa manera.

Todos la reconocieron mientras subía en el ascensor, pues Jessica se había reunido allí con Nikolas para almorzar en numerosas ocasiones. Oyó a su espalda sorprendidos murmullos de saludo y se preguntó si Nikolas se estaría viendo con otra mujer. En realidad, no importaba. Sólo la rechazaría si no estaba interesado, y cualquier otra rival tendría que dejar paso, más tarde o más temprano, a la preciosa e inocente Elena.

La recepcionista alzó la mirada al verla entrar y sonrió afectuosamente.

—¡Señora Stanton! ¡Cuánto celebro volver a verla!

El saludo parecía genuinamente amistoso, y Jessica le devolvió la sonrisa.

—Hola, Irena. ¿Se encuentra Nikolas en la oficina?

—Pues sí, aunque creo que planea irse de viaje esta misma tarde.

—Gracias. Con tu permiso, voy a entrar. ¿Andros está dentro?

—Montando guardia, como de costumbre –respondió Irena, arrugando la nariz en un gesto privado de complicidad que hizo que Jessica se riera en voz alta. Estaba claro que Andros no era muy apreciado por el resto del personal.

Jessica entró con calma en la oficina y Andros se levantó inmediatamente de la silla.

—¡Señora Stanton! –exclamó.

—Hola, Andros –respondió Jessica mientras él la observaba con franco disgusto–. Quisiera ver a Nikolas, por favor.

—Lo siento –repuso Andros en tono glacialmente neutro, aunque sus ojos brillaban de puro deleite mientras le daba una negativa–. El señor Constantinos tiene una visita y tardará mucho en poder hablar con usted.

—Y se va de viaje esta misma tarde –dijo Jessica socarronamente.

—Sí, así es —confirmó Andros, con sus labios arqueándose en un gesto de triunfo.

Jessica lo miró un momento, furiosa. Estaba cansada y harta de que la trataran como si fuera escoria, y había decidido que, en lo sucesivo, contraatacaría.

—Muy bien —dijo—. Haga el favor de darle un mensaje de mi parte, Andros. Dígale que estoy dispuesta a aceptar sus condiciones, si sigue interesado, y que puede ponerse en contacto conmigo. Eso es todo.

Se giró sobre sus talones y oyó que Andros exclamaba alarmado:

—¡Señora Stanton! No puedo... —empezó a protestar.

—Tendrá que hacerlo —lo interrumpió ella mientras abría la puerta, y captó un atisbo de consternación en los ojos negros del secretario antes de salir de la oficina. Se había sentenciado a sí mismo hiciera lo que hiciese: si le transmitía el mensaje de Jessica a Nikolas, éste comprendería que le había negado la entrada; y no se atrevería a no darle el mensaje, pues, si Nikolas se enteraba, y Andros sabía que Jessica se aseguraría de que se enterase, se armaría la de Dios es Cristo.

Jessica sonrió para sí mientras regresaba al ascensor. Andros se lo tenía merecido.

El ascensor tardaba en llegar, pero ella no tenía ninguna prisa. Según sus cálculos, Nikolas tardaría unos diez minutos en hablar con Andros; la llamaría por teléfono cuando estimase que había tenido tiempo de llegar a casa. Y si ella tardaba más de lo previsto, mejor que mejor. Que Nikolas esperase un rato.

Cuando finalmente llegó, el ascensor estaba lleno. Se detuvo en cada planta antes de llegar al vestíbulo. Jessica se encaminó hacia las puertas de cristal, pero, antes de que pudiese alargar la mano para empujarlas, un brazo enfundado en una manga de color oscuro se estiró para abrirlas por ella. Jessica alzó la cabeza para agradecerle a aquel hombre su cortesía; sin embargo, las palabras se quedaron en su garganta al ver los chispeantes ojos de Nikolas.

—Le has dado a Andros un susto de muerte —dijo con calma mientras la tomaba del brazo y la conducía al exterior.

—Me alegro. Se lo ha ganado a pulso —contestó ella, y después miró a Nikolas con curiosidad. Llevaba su maletín, como si hubiese dado por concluida la jornada—. Pero ¿cómo has bajado tan rápido?

—Por las escaleras —confesó él, sonriéndole socarronamente—. No quería correr el riesgo de dejarte escapar, sin que nos viéramos antes de irme de viaje. Probablemente por eso Andros reunió el valor suficiente para pasarme tu mensaje con tanta prontitud. Sabía que le rompería el cuello si esperaba hasta más tarde. ¿Hablabas en serio, Jessica?

—Totalmente —aseguró ella.

Él siguió sujetándole el brazo; sus dedos, pese a

ser cálidos y acariciadores, se cerraban como una férrea tenaza. Una limusina se acercó al bordillo de la acera y Nikolas condujo a Jessica hasta ella. El chófer se apeó y les abrió la puerta trasera; Nikolas la ayudó a instalarse en el espacioso asiento y después se sentó a su lado. Tras darle al chófer su dirección, cerró la mampara de cristal que los aislaba del asiento delantero del vehículo.

—Tengo el coche aquí —lo informó Jessica.

—Estará perfectamente donde está hasta que regresemos —dijo Nikolas, llevándose los dedos de Jessica a los labios para darle un suave beso—. ¿Creíste que podría marcharme tan tranquilo a un aburrido viaje de negocios después de recibir un mensaje como ése? No, cariño, eso es imposible. Voy a llevarte conmigo —y le dirigió una mirada de deseo tan ardiente y primitiva, que ella se estremeció automáticamente.

—Pero no puedo irme —protestó Jessica—. Samantha...

—No seas tonta —la interrumpió él suavemente—. ¿Crees que no puedo hacer las gestiones necesarias para que alguien se ocupe de una perrita, o que pienso permitir que algo tan insignificante se interponga en mi camino? Samantha puede quedarse en una excelente residencia canina. Me ocuparé de todos los detalles; tú sólo tienes que hacer las maletas.

—¿Adónde iremos? —preguntó Jessica, girando la cabeza para mirar las calles de la ciudad. Era evidente que el deseo de Nikolas no había menguado, pues no había vacilación alguna en sus gestos.

—A París; serán sólo un par de días. Además, es una ciudad perfecta para comenzar una relación —comentó él—. Por desgracia, estaré ocupado asistiendo a reuniones durante el día, pero las noches serán nuestras, completamente nuestras. O tal vez cancele las reuniones para quedarme en la cama contigo...

—No me parece una buena práctica empresarial —dijo Jessica de buen humor—. Si tienes que irte para asistir a esas reuniones, no te reñiré.

—Eso no le sienta nada bien a mi ego —bromeó Nikolas, acariciándole la muñeca con sus fuertes dedos—. Quisiera pensar que ardes de deseo por mí, igual que yo por ti. Casi había llegado al límite de mi paciencia, cariño; una semana más, y habría ido a Cornualles a buscarte.

Ella lo miró, sorprendida.

—¿Sabías dónde estaba?

—Naturalmente. ¿Creías que te dejaría abandonarme así como así? Si no hubieras vuelto conmigo, habría seguido insistiendo hasta hacerte mía, aunque me hubieras mordido y arañado. Pero no creo que te hubieras resistido mucho, ¿mmm?

Resultaba humillante pensar que no había estado fuera del alcance de Nikolas ni siquiera en Cornualles; él había sabido dónde se encontraba y la había dejado sufrir. Jessica volvió de nuevo la cabeza para mirar a ciegas por la ventanilla y trató inútilmente de consolarse pensando que, después de todo, se seguía sintiendo atraído por ella. Tal vez no la amase, no como ella entendía el amor, pero al menos ejercía algún poder sobre él.

Nikolas volvió a alzar su mano y depositó los labios sobre la palma suave de su mano.

—No te pongas mohína, cariño —dijo suavemente—. Sabía que regresarías conmigo cuando decidieras ser realista. Puedo ser un hombre muy generoso; no te faltará de nada. Te trataré como una reina, te lo prometo.

Jessica retiró la mano deliberadamente.

—Hay varias cosas de las que quiero hablar contigo, Nikolas —dijo en tono distante—. Varias condiciones que pienso poner; de lo contrario, no estoy interesada en entablar ninguna clase de relación contigo.

—Naturalmente —convino él cínicamente, con su fuerte boca curvándose en una sonrisa sardónica—. ¿Cuánto, cariño? ¿Y lo quieres en metálico, en acciones o en joyas?

Sin caer en la provocación, Jessica dijo:

—Primero, quiero seguir viviendo en mi casa. No quiero vivir contigo. Puedes visitarme, o yo te visitaré a ti, si lo prefieres, pero deseo llevar una vida independiente de la tuya.

—Eso no es necesario —repuso Nikolas, frunciendo las cejas sobre unos ojos repentinamente amenazadores.

—Es muy necesario —insistió ella sin alterarse—.

No me engaño pensando que mi relación contigo
será permanente, y no quiero verme obligada a vivir
en un hotel porque me he deshecho de mi casa.
Además, como he dicho, no estoy interesada en vivir contigo.

—De eso no estés tan segura —se burló él—. Muy
bien, acepto esa condición. Siempre podrás mu-
darte conmigo cuando cambies de opinión.

—Gracias. Segundo, Nikolas —Jessica se volvió hacia él y lo miró con fijeza, con sus ojos verdes deci-
didos y su suave voz marcada por un tono tan ace-
rado, que él comprendió que todas y cada una de
sus palabras iban en serio—: Jamás, bajo ninguna circunstancia, aceptaré dinero o regalos tuyos. Como
tú mismo le dijiste a Amanda Waring, no necesito
tu dinero. Seré tu amante, pero no una mantenida.
Y, por último: el día que te comprometas con Elena,
me iré de tu lado y no volveré a verte nunca más. Si
eres un marido infiel, no será conmigo.

Un intenso rubor de ira había teñido los rasgos
de Nikolas mientras ella hablaba. Se quedó repentinamente inmóvil.

—¿Crees que mi matrimonio hará que lo que
sientes por mí cambie? —preguntó con aspereza—.
Puede que ahora pienses que serás capaz de irte de
mi lado, pero cuando hayas sentido mis caricias,
cuando nos hayamos acostado, ¿crees que podrás ol-
vidarme?

—No he dicho que vaya a olvidarte —contestó ella,
notando en la garganta un nudo de angustia—. He

dicho que no volveré a verte nunca más, y hablo en serio. Creo profundamente en los votos del matrimonio; nunca miré a otro hombre mientras estuve casada con Robert.

Nikolas se pasó una mano por el cabello, despeinando las pulcras ondas, y después la bajó hasta su frente.

—¿Y si no aceptase esas dos últimas condiciones? —quiso saber. Estaba visiblemente enojado; tenía la mandíbula tensa, los labios apretados en una torva línea, pero se estaba controlando. Sus ojos permanecían reducidos a penetrantes rendijas mientras observaba a Jessica.

—Entonces, no iría contigo —contestó ella con suavidad—. Quiero que me des tu palabra de que respetarás esas condiciones, Nikolas.

—Puedo obligarte a venir conmigo —amenazó él casi silenciosamente, moviendo apenas los labios—. Una palabra mía bastaría para que salieras a la fuerza de Inglaterra, sin que nadie supiera donde estás o cómo te has marchado. Puedo encerrarte en un lugar apartado, obligarte a vivir como yo quiera que vivas.

—No me amenaces, Nikolas —dijo ella, negándose a sentir miedo—. Sí, sé que puedes hacer todo eso, pero traicionarías tus propios propósitos si recurrieras a esas tácticas intimidatorias, porque no me dejaré manipular. Quieres tener a una mujer dispuesta entre tus brazos, ¿no es así?

—Maldita seas —resolló él al tiempo que la atraía

hacia sí a través del asiento, agarrándole la muñeca con una tenaza de hierro–. Muy bien, acepto tus condiciones... si es que tienes fuerza de voluntad para cumplirlas tú misma. Probablemente podrás rechazar mis regalos sin que eso te suponga dificultad alguna, pero en lo que respecta a irte de mi lado... Ya lo veremos. Te llevo en la sangre, soy tuyo; mi matrimonio con Elena no hará que mengüe mi necesidad de saciarme con tu suave cuerpo, querida mía. Ni creo que seas capaz de dejarme tan fácilmente como piensas. Al fin y al cabo, ¿no has vuelto conmigo ahora? ¿No acabas de ofrecerte a mí?

–Sólo mi cuerpo –aclaró Jessica–. Tú estableciste esas condiciones, Nikolas. Sólo tendrás mi cuerpo. El resto de mí seguirá siendo libre.

–Ya has confesado que me amas –dijo él bruscamente–. ¿O fue sólo un engaño para conseguir que me casara contigo?

Pese al dolor que sentía en la muñeca, que Nikolas le agarraba con mucha fuerza, Jessica logró encogerse de hombros con indiferencia.

–¿Qué sabes tú del amor, Nikolas? ¿Para qué hablar de eso? Estoy dispuesta a acostarme contigo. ¿Qué más quieres?

De repente, él le soltó la muñeca.

–No me hagas perder los estribos, Jessica –le advirtió–. Podría hacerte daño. Me consume la necesidad de poseerte y mi paciencia es muy escasa. Hasta esta noche, cariño, ándate con cuidado.

A juzgar por la expresión de sus ojos, era una advertencia que debía tomar en serio. Jessica permaneció sentada en silencio junto a él hasta que el chófer paró la limusina delante de su casa; Nikolas se apeó y la ayudó a bajarse. Se inclinó para ordenar al chófer que fuese en busca de su equipaje y regresara, y luego acompañó a Jessica por el sendero de entrada. Tomó la llave de su mano y abrió la puerta.

–¿Podrás estar lista en una hora? –preguntó mientras echaba un vistazo al reloj–. El avión sale al mediodía.

–Sí, naturalmente. Pero ¿no necesitas reservar billete para mí?

–Ocuparás el sitio de Andros –contestó Nikolas–. Él tomará otro vuelo más tarde.

–Oh, cielos, ahora sí que me va a odiar –bromeó Jessica mientras se dirigía hacia la escalera.

–Tendrá que dominar su irritación –dijo él–. Adelante, ve; yo me ocuparé de Samantha y los cachorros.

–Sólo de Samantha –corrigió Jessica–. Regalé los cachorros mientras estábamos en Cornualles.

–Eso facilitará las cosas –Nikolas sonrió, burlón.

La tarea de hacer el equipaje empezaba a resultar repetitiva. Jessica colocó cuidadosamente la ropa y las cosas esenciales para el viaje en las maletas de piel, además de los zapatos y accesorios. Nikolas entró el cuarto cuando ella aún no había terminado y se estiró en la cama, como si tuviera todo el derecho del mundo a hacerlo, observándola con los ojos entrecerrados.

–Has perdido peso –dijo en todo bajo–. Eso no me gusta. ¿Qué has estado haciendo?

–He hecho régimen –contestó Jessica displicentemente.

–¡Régimen, seguro! –Nikolas se levantó rápidamente de la cama y le agarró el brazo, tomándole la barbilla con la mano libre y obligándola a mirarlo. Los ojos negros estudiaron detenidamente sus facciones, reparando en sus ojeras, en el indefenso temblor de sus suaves labios. Desplazó la mano osadamente por su cuerpo, agarrándole los senos, palpándole el vientre y las caderas–. ¡Serás estúpida! –resolló bruscamente–. No eres más que una sombra de ti misma. ¡Has estado a punto de caer enferma! ¿Por qué no has comido?

–No tenía hambre –explicó Jessica–. No hace falta que te pongas así.

–¿No? Estás al borde del colapso, Jessica –Nikolas la rodeó con sus brazos y la atrajo fuertemente hacia sí, agachando la cabeza para besarle las sienes–. Pero, a partir de ahora, yo me ocuparé de ti y me aseguraré de que comas adecuadamente. Necesitarás tener fuerzas, cariño, porque soy un hombre de fuertes necesidades. Si fuera un caballero, te daría unos cuantos días para que te repusieras, pero me temo que soy demasiado egoísta y estoy demasiado ansioso como para permitirte tal cosa.

–Ni yo lo aceptaría –susurró ella contra su pecho, moviendo lentamente los brazos sobre él, sintiendo con creciente deseo su recio y fuerte cuerpo apretado contra sí. ¡Lo había echado tantísimo de menos!–. ¡Yo también te necesito, Nikolas!

–Me gustaría tumbarme contigo en la cama ahora mismo –murmuró él–, pero el coche regresará pronto y la verdad es que necesito más tiempo del que tenemos para satisfacer la frustración de estas semanas. Pero esta noche... ¡esta noche, ya verás!

Durante algunos momentos, ella se limitó a recostar la cabeza en su amplio pecho; estaba cansada y abatida, y se alegraba de poder apoyarse en la fuerza de Nikolas. Aunque ya había tomado una decisión, iba contra su naturaleza dejar de lado el sentido ético que había desarrollado durante toda una vida, y comprendió con tristeza que su amor por Nikolas no había disminuido un ápice pese a su orgullo herido. Tendría que aceptar eso, del mismo modo que había aceptado que, aunque la deseara físicamente, él no la amaba ni probablemente la amaría nunca. Nikolas ya tenía su vida planeada, y no era un hombre que permitiera que los demás trastocaran sus planes.

Apenas unas horas más tarde, Jessica permanecía sentada a solas en la lujosa suite que Nikolas había reservado, con la mirada perdida, como si estuviera atontada. Cuando el avión hubo aterrizado en el aeropuerto de Orly, Nikolas atravesó con ella la aduana a toda velocidad y la acompañó hasta un taxi; después de un frenético viaje por las calles de París sorteando el endiablado tráfico, la dejó en el hotel y se fue de inmediato para asistir a una reunión.

Jessica se sentía abandonada y desolada, y sus nervios comenzaron a temblar a medida que iban recobrando la sensibilidad. Durante semanas había estado como entumecida, sin sentir nada salvo el dolor del rechazo; en esos momentos, sin embargo, mientras miraba a su alrededor, empezó a preguntarse qué hacía allí.

Examinó con aire distraído la habitación, fijándose en lo perfectamente que el color verde claro de la moqueta combinaba con las franjas verdes del brocado del sofá y de las espléndidas cortinas. Era una suite preciosa... Hasta el color de las flores hacía juego con el resto. Un marco perfecto para la seducción, cuando las luces fuesen tenues y Nikolas clavase sus ardientes ojos en ella.

La mente de Jessica rehuyó la imagen de Nikolas, negándose a pensar en las horas que se avecinaban. Había aceptado ser su amante, pero, llegado el momento, experimentaba un sentimiento de rebeldía. Pensó en lo que él diría si se negaba a seguir adelante y llegó a la conclusión de que se pondría furioso.

Desterró, pues, la idea; no obstante, a medida que iban transcurriendo los minutos, dicha idea regresó a su mente una y otra vez, hasta que al fin ella se levantó y empezó a pasearse agitadamente por la habitación, notando que el dolor invadía sus nervios.

¿Acaso el dolor del rechazo había nublado su mente? ¿En qué había estado pensando? No sería la querida de Nikolas Constantinos; ¡no sería la querida de ningún hombre! ¿No le había inculcado Robert el suficiente amor propio como oponerse a semejante indignidad? Nikolas no la amaba ni la amaría nunca. Su única motivación era la lujuria, y entregarle su virginidad para demostrarle su inocencia constituiría una pérdida para ella y no significaría nada para él. La virginidad no haría que la amase.

Recordó las historias que había oído en la adolescencia, contadas por chicas cuyos novios las presionaban para que les demostraran «su amor». Luego, al cabo de unas cuantas semanas, se iban detrás de otra chica. Jessica había sido demasiado retraída como para verse en semejante situación; en realidad, nunca había salido con nadie, pero en aquel entonces ya había pensado que aquellas chicas eran tontas. Cualquiera se daba cuenta de que los chicos sólo buscaban sexo y recurrían a lo que fuera con tal de conseguirlo. ¿Acaso la situación no era ahora la misma? Nikolas distaba mucho de ser un adolescente patoso, pero lo único que deseaba era sexo. Podía adornarlo con palabras como «deseo» o «necesidad», llamarla «cariño» de vez en cuando y decirle que la adoraba, pero el impulso seguía siendo el mismo.

Sencillamente, ella constituía un desafío para él, por eso estaba tan resuelto a hacerle el amor. No podía aceptar una derrota; era demasiado feroz y arrogante. Todo en Jessica era como un reto para Nikolas: su frialdad, su resistencia a tener relaciones sexuales...

Jessica ya llevaba un buen rato de pie junto a la ventana, contemplando cómo las luces de París parpadeaban en la oscuridad, cuando llegó Nikolas. No se giró al oír cómo entraba en la habitación y le decía suavemente:

—¿Jessica? ¿Sucede algo malo, cariño?

—Nada —respondió ella con voz cansada—. Sólo estaba mirando la calle.

Oyó un golpe amortiguado cuando él soltó el maletín para después acercarse a ella, deslizando sus cálidas manos alrededor de su cuerpo y entrelazándolas en su cintura. Inclinó la cabeza y sus labios le depositaron un abrasador beso en el cuello. Por un momento, ella se quedó sin fuerzas al notar que una chispa de deseo recorría sus terminaciones nerviosas; luego se zafó de Nikolas en un estallido de pánico.

Él la miró con el ceño fruncido y dio un paso hacia ella; Jessica retrocedió, extendiendo los brazos delante de sí para mantenerlo a raya.

—¿Jessica? —inquirió él, perplejo.

—¡No te acerques a mí!

—¿Qué quieres decir? —preguntó Nikolas, arrugando la frente—. ¿A qué clase de juego estás jugando ahora?

—He... he cambiado de idea —farfulló—. No puedo hacerlo, Nikolas. Lo siento, pero no puedo seguir adelante con esto.

—¡Ah, no, de eso ni hablar! —rugió él, recorriendo con dos zancadas la distancia que los separaba y asiéndola por el brazo al ver que intentaba escapar—. No, ni lo sueñes. Se acabó la espera. Se acabaron los rechazos. Será ahora, Jessica. Ahora.

Ella leyó la resuelta intención que se reflejaba en sus brillantes ojos negros mientras se inclinaba para tomarla en brazos. El terror estalló en su mente y se retorció frenéticamente en un intento de eludir sus labios, de escapar a su abrazo. Brotaron lágrimas de sus ojos y empezó a sollozar sin control, suplicándole que no la tocara. Sintió que la histeria la embargaba al comprender que no podría escapar de su brutal tenaza y se quedó sin respiración.

De repente, Nikolas pareció darse cuenta de que estaba aterrorizada; sorprendido, la dejó de nuevo en el suelo y se quedó mirando su semblante pálido y contraído.

OCHO

—Está bien —dijo Nikolas con voz tensa, alejándose de ella con las manos en alto, como si quisiera
demostrar que estaba desarmado—. No te tocaré, lo
prometo. ¿Ves? Me sentaré, incluso —hizo lo que decía y la miró atentamente, con una sombría expresión en sus ojos negros—. Pero, por amor de Dios,
Jessica, ¿por qué?

Ella permaneció allí de pie, con las piernas temblando, mientras trataba de controlar sus sollozos y
de recuperar la voz para darle una explicación, pero
no le salían las palabras, de modo que se limitó a mirar a Nikolas como aturdida.

Él dejó escapar un jadeo y alzó las manos para
frotarse los ojos, como si estuviera cansado; y, probablemente, lo estaba.

—Tú ganas —dijo en tono apagado—. No sé qué
problema tienes con el sexo, pero acepto que estés

demasiado asustada para acostarte conmigo sin tener ninguna seguridad respecto al futuro. Maldita sea, si es el matrimonio lo que se necesita para tenerte, te lo daré. Podemos casarnos en la isla la semana que viene.

La sorpresa impulsó a Jessica a dirigirse débilmente hacia la silla más próxima. Una vez que se hubo sentado, dijo con voz trémula:

—No, no lo entiendes...

—Entiendo que tienes un precio —musitó Nikolas furioso—. Y ya me has provocado hasta el límite, Jessica, así que no empieces otra discusión ahora. Con un marido sí te acostarás, ¿no? ¿O me tienes reservada otra sorpresita desagradable para cuando lleves la alianza en el dedo?

La ira salvó a Jessica, una ira pura y fortalecedora que fluyó de golpe por sus venas. Enderezó la espalda y se secó las lágrimas. Nikolas era demasiado arrogante y testarudo para escucharla; durante un momento, se sintió tentada de tirarle su oferta a la cara, pero su corazón se lo impidió. Quizá se había ofrecido a casarse con ella por los motivos menos idóneos, pero no dejaba de ser una propuesta de matrimonio. Y, por muy enfadado que estuviera Nikolas entonces, tanto con ella como consigo mismo, al final se calmaría y ella podría decirle la verdad. Tendría que escucharla; lo obligaría a hacerlo. En aquellos momentos se sentía frustrado y no estaba de humor para razonar; lo más prudente era no provocar su enojo.

—Sí —dijo Jessica con voz casi inaudible, agachando la cabeza—. Me acostaré contigo cuando estemos casados, por muy asustada que me sienta.

Nikolas dejó escapar un suspiro y se inclinó hacia delante para apoyar los codos en las rodillas, en un gesto de completo cansancio.

—Solamente eso te ha salvado esta noche —reconoció en tono cortante—. Estabas asustada de verdad, no lo fingías. Te han tratado muy mal, ¿no es así, Jessica? Pero no quiero saber nada de eso ahora; no podría soportarlo.

—Está bien —susurró ella.

—¡Y deja de mirarme como una gatita apaleada! —exclamó él al tiempo que se levantaba y se acercaba con pasos furiosos a la ventana—. Telefonearé a mi madre mañana —dijo poniendo riendas a su cólera—. Y procuraré salir de la reunión temprano para que podamos ir a comprar tu vestido de novia. Dado que vamos a casarnos en la isla, tendremos que cumplir con todo el ceremonial —explicó amargamente.

—¿Por qué tiene que ser en la isla? —preguntó Jessica con cierta vacilación.

—Porque me crié allí —gruñó Nikolas—. Esa isla me pertenece y yo pertenezco a la isla. Los aldeanos jamás me lo perdonarían si celebro mi boda en otro lugar. Las mujeres querrán colmar de honores a mi novia; los hombres desearán felicitarme y darme su consejo acerca de cómo debo tratar a mi mujer.

—¿Y tu madre?

Él se giró para mirarla con dureza a los ojos.

–Se sentirá dolida, pero no se opondrá a mi decisión. Y déjame advertirte una cosa, Jessica. Como alguna vez hagas algo que pueda herir o insultar a mi madre, te arrepentirás de haber nacido. Los sufrimientos que has padecido hasta ahora te parecerán el paraíso comparados con el infierno que te haré vivir.

Jessica emitió un jadeo ahogado al ver el odio que se reflejaba en sus ojos. Trató de defenderse desesperadamente y gritó:

–¡Tú sabes que yo no soy así! ¡No hables de mí como si fuera una desalmada simplemente porque lo nuestro no ha salido como tú querías! Yo no deseaba que las cosas fueran así entre nosotros.

–De eso ya me doy cuenta –dijo él en tono grave–. Habrías preferido que yo fuera tan ingenuo como Robert Stanton, que me ablandara al ver tu rostro angelical y estuviera dispuesto a concederte todos tus deseos. Pero sé lo que eres, y a mí no me dejarás limpio como hiciste con el viejo. Pudiste elegir, Jessica. Siendo mi amante, te habría mimado y tratado como una reina. En tanto que mi esposa, tendrás mi apellido y poco más. Ya has elegido, y ahora tendrás que vivir con las consecuencias de tu decisión. Pero no esperes más acuerdos generosos, como el que te concedí con esas acciones. Y recuerda que soy griego; después de la boda, me pertenecerás en cuerpo y alma. Piensa en eso, cariño –pronunció el apelativo cariñoso con un deje de sarcasmo, y Jessica dio un paso atrás al ver la ferocidad de su expresión.

—Te equivocas —dijo con voz trémula—. Yo no soy así, Nikolas; tú sabes que no soy así. ¿Por qué me dices unas cosas tan horribles? Por favor, deja que te explique cómo fue mi...

—¡No quiero que me expliques nada! —vociferó él repentinamente, su rostro estaba lleno de una ira que ya no podía seguir reprimiendo—. ¿Es que no sabes cuándo debes callarte? ¡No me provoques!

Temblando, Jessica se alejó de él y se dirigió hacia el dormitorio. No, no podía hacerlo. Por mucho que lo amara, era evidente que Nikolas nunca la amaría a ella, y la haría muy desgraciada si cometía el error de casarse con él. Jamás la perdonaría por haberlo obligado prácticamente a aceptar aquel matrimonio. Era un hombre orgulloso y airado; y, como él mismo había dicho, era griego. Un griego no perdonaba jamás un agravio. Un griego buscaba venganza.

Lo mejor era acabar limpiamente, no volver a ver a Nikolas. Jessica no conseguiría olvidarlo nunca, desde luego, pero sabía que el matrimonio con él era imposible. Había vivido teniendo que soportar continuamente el desprecio y el recelo de personas desconocidas, pero no podría soportar el desprecio y el recelo de un marido. Había llegado el momento de que abandonara Inglaterra definitivamente y regresara a Estados Unidos, donde podría llevar una vida de tranquilo aislamiento.

—Vuelve a poner esa maleta en su sitio —dijo Nikolas en tono sepulcral desde la puerta mientras ella sacaba la maleta del armario.

Palideciendo, Jessica se giró para mirarlo sobresaltada.

—Es la única forma —suplicó—. Seguro que comprendes que nuestro matrimonio no funcionaría. Deja que me vaya, Nikolas, antes de que nos destruyamos el uno al otro.

La boca de él se curvó en un rictus cínico.

—¿Te echas atrás, ahora que te has dado cuenta de que no bailaré al son que tú me marques? Es inútil, Jessica. Nos casaremos la semana que viene... al menos que estés dispuesta a pagar el precio de irte de este hotel sin mí.

Jessica comprendió perfectamente lo que quería decir e irguió el mentón. Sin articular palabra, volvió a colocar la maleta en el estante y cerró la puerta del armario.

—Lo que yo pensaba —murmuró Nikolas—. Ni se te ocurra intentar huir de mí o lo lamentarás. Ahora vuelve aquí y siéntate. Pediré que nos suban la cena y ultimaremos los detalles de nuestro acuerdo.

Se expresaba con tanta frialdad, que lo último que Jessica deseaba era hablar con él; sin embargo, salió del dormitorio y se sentó en el sofá, sin mirarlo.

Nikolas pidió la cena sin preguntarle siquiera qué deseaba tomar; después llamó a Andros, que se alojaba en la planta inferior, para decirle que subiera a la suite cuando hubiese transcurrido una hora. Quería que tomase algunas notas. Por último, colgó el teléfono y se acercó al sofá para sentarse al lado de

Jessica. Incómoda, ella se alejó y él dejó escapar una breve carcajada.

—Extraña conducta en una futura esposa —se burló—. Tan distante. Pero no te saldrás con la tuya, ¿sabes? Voy a pagar por el derecho a tocarte como me plazca y cuando me plazca, y no quiero más fingimientos.

—No estoy fingiendo —negó ella trémulamente—. Tú sabes que no.

Nikolas la observó pensativo.

—No, supongo que no finges. Me tienes miedo, ¿verdad? Pero harás lo que yo quiera si me caso contigo primero. Lástima que eso acabe con cualquier sentimiento de compasión que hubiese podido tener hacia ti.

No había manera de convencerlo. Jessica guardó silencio y trató de recobrar su dignidad y su compostura. Nikolas estaba furioso, y sus intentos de dejar clara su inocencia sólo contribuían a enfurecerle aún más, de modo que decidió seguirle la corriente. Por lo menos, así podría conservar su orgullo.

—¿No tienes nada más que decir? —se mofó él.

Ella logró encogerse de hombros con calma.

—¿Para qué voy a perder el tiempo? Harás lo que te dé la gana de todos modos, así que más vale que siga tu juego.

—¿Eso quiere decir que aceptas casarte conmigo? —el tono de Nikolas era burlón, pero Jessica percibió la seriedad que había debajo de aquella burla y comprendió que él no estaba seguro de cuál sería su respuesta.

—Sí, me casaré contigo —contestó—. Con las mismas condiciones que puse para ser tu amante.

—Te echaste atrás en eso —señaló él con poca amabilidad.

—Pero en esto no me echaré atrás.

—No tendrás oportunidad de hacerlo. Las mismas condiciones, ¿eh? Creo recordar que no querías vivir conmigo; huelga decir que esa condición ya no será válida.

—Pero la concerniente al dinero sí —replicó Jessica, volviendo hacia él sus ojos verdes, opacos y misteriosos debido a la intensidad de su emoción—. No quiero tu dinero; cuando necesite algo, lo pagaré yo misma.

—Eso me parece interesante, aunque poco convincente —dijo Nikolas arrastrando la voz al tiempo que acercaba una mano fuerte al cuello de Jessica y le acariciaba ligeramente la piel—. Si no te casas conmigo por dinero, ¿por qué lo haces? ¿Por mí?

—Así es —admitió ella mirándolo de frente.

—Muy bien, porque eso es lo único que vas a conseguir —musitó él, inclinándose sobre Jessica como si se viera irresistiblemente atraído por su boca.

Apretó fuertemente sus labios sobre los de ella; con manos duras y severas la atrajo hacia sí, pero ella no se resistió. Se recostó obedientemente sobre Nikolas y dejó que devorara su boca hasta que la ira que él sentía empezó a disiparse, reemplazada por el deseo. Sólo entonces ella respondió al beso, tímidamente, y la presión de la dura boca de Nikolas disminuyó.

El largo beso fue como una válvula de escape para su ciega furia, y Jessica notó que iba calmándose a medida que aumentaba su pasión; ahora estaba dispuesto a esperar. Sabía que ella sería suya al cabo de una semana.

Él se retiró y contempló el pálido semblante de Jessica, sus labios suaves y temblorosos, y volvió a besarla con dureza.

Los interrumpió la llegada de la cena; Nikolas soltó a Jessica y se levantó para abrir la puerta. Su ánimo parecía haberse calmado y, mientras cenaban, incluso se puso a charlar de asuntos triviales, hablándole de la reunión y de las cuestiones que en ella se habían tratado. Jessica se relajó, percibiendo que ya se le había pasado el mal humor.

Andros se presentó justo cuando habían acabado de cenar; sus ojos negros refulgieron sobre Jessica con silenciosa hostilidad antes de volverse hacia Nikolas.

—Jessica y yo vamos a casarnos —le anunció Nikolas con absoluta naturalidad—. La semana que viene, en la isla. El martes, concretamente. Haz todos los preparativos necesarios y comunica a la prensa que ya se ha anunciado el compromiso, pero no les des detalles acerca de dónde se celebrará la ceremonia. Llamaré a mi madre personalmente mañana a primera hora.

El asombro de Andros era evidente y, aunque el secretario no volvió a mirar a Jessica, ella notó su disgusto. ¡La mandíbula se le había desencajado al saber que la mujer a la que tanto detestaba iba a casarse con su jefe!

—También redactaremos un acuerdo prematrimonial —continuó Nikolas—. Toma nota de todo lo que voy a decir, Andros, y entrégaselo a Leo mañana por la mañana. Dile que quiero el acuerdo redactado pasado mañana, como muy tarde. Lo firmaremos antes de ir a la isla.

Andros se sentó y abrió su bloc de notas, con el bolígrafo ya preparado. Nikolas dirigió a Jessica una mirada pensativa antes de seguir hablando.

—Jessica renuncia de antemano a toda reclamación sobre mis propiedades —dijo arrastrando la voz mientras se sentaba y estiraba las piernas—. En caso de divorcio, no tendrá derecho a ninguna pensión ni propiedad, a excepción de lo que yo le haya regalado, que será considerado propiedad personal suya.

Andros lanzó a Jessica una mirada de sorpresa, como esperando que mostrara su desacuerdo; ella, sin embargo, siguió sentada en silencio, observando el semblante moreno y meditabundo de Nikolas. Se sentía más tranquila, aunque era consciente de que todo su futuro estaba en juego. Nikolas había aceptado casarse, cosa que ella no creyó que hiciera nunca; por algo se empezaba…

—Mientras estemos casados —prosiguió él, reclinando la morena cabeza en el sofá—, Jessica se comportará con absoluto decoro. No podrá salir de la isla si no es conmigo o en compañía de una persona de mi elección. También me cederá el control de todas las rentas que conserva de su anterior matrimonio –se volvió para mirar a Jessica, pero ella no protestó. Con Nikolas, sus asuntos financieros quedarían en manos extraordinariamente capacitadas, y no lo creía capaz de engañarla en ese aspecto.

En ese momento se le cruzó por la cabeza un pensamiento y, antes de poder contenerse, dijo serenamente:

–Supongo que es una manera de recuperar el dinero que pagaste por mis acciones.

La mandíbula de Nikolas se tensó y ella deseó haber contenido la lengua en lugar de enfurecerlo todavía más. No protestaba por tener que cederle el control de su dinero; de todos modos, ella no deseaba dicho control. Nikolas quería tenerla completamente sometida a su poder, y ella estaba dispuesta a complacerlo. Era un riesgo que corría, pero albergaba la esperanza de que, cuando él descubriera lo equivocado que estaba, su postura cambiaría.

Al cabo de un tenso momento, Nikolas expuso la última condición.

–Para terminar, me corresponderá a mí la tutela y la custodia de los hijos que podamos tener. En caso de divorcio, Jessica tendrá derecho, naturalmente, a visitarlos si desea ir a la isla con ese fin. Bajo ninguna circunstancia podrá llevarse al niño o a los niños de la isla o verlos sin mi permiso.

Jessica notó una punzada de dolor en el corazón al oír esto último y, rápidamente, giró la cabeza para que él no pudiera ver las lágrimas que afluían a sus ojos. ¡Nikolas parecía tan duro e inflexible! Quizá estaba siendo una tonta, se dijo; quizá él nunca llegaría a amarla. Sólo la certeza de que él sabría sin sombra de duda que había ido virgen al altar le daba valor para aceptar sus condiciones. Nikolas comprendería al fin que ella no iba a corromper a sus hijos.

¡Hijos! ¡Ojalá los tuvieran! Nikolas parecía dar por sentado que su matrimonio no duraría, pero Jessica ya sabía que sería eterno. Hiciera lo que hiciese Nikolas, ella siempre seguiría casada con él de corazón. Deseaba darle hijos, muchos hijos, réplicas en miniatura de Nikolas, con su mismo cabello oscuro y sus ojos negros y brillantes.

—¿No tienes nada que comentar, Jessica? —inquirió él suavemente, en tono de evidente burla.

Apartando sus pensamientos de la deliciosa visión de sí misma con un bebé de ojos negros en los brazos, Jessica se quedó mirándolo un momento, como si no lo reconociera; luego se recompuso y contestó con voz apenas audible:

—No, acepto todos tus deseos, Nikolas.

—Eso es todo —dijo Nikolas a Andros. Cuando volvieron a quedarse a solas, se dirigió de nuevo a ella—: Ni siquiera presentarás una queja simbólica para exigir la custodia de alguno de nuestros hijos, ¿verdad? ¿O acaso esperas que te pague a cambio de mantenerte alejada de ellos? Si es así, te engañas. ¡No me sacarás un solo penique bajo ninguna circunstancia!

—He aceptado tus condiciones —gritó ella temblorosamente, con un intenso dolor que le horadaba el pecho–. ¿Qué más quieres? He descubierto que no puedo luchar contra ti, así que no gastaré saliva inútilmente. En cuanto a los hijos que podamos tener... Sí, deseo tener hijos, tus hijos, y para conseguir que me separe de ellos tendrías que echarme físicamente de la isla. Y no me insultes insinuando que no seré una buena madre.

Nikolas se quedó mirándola, con el músculo del mentón temblando sin control.

–Dices que no puedes luchar contra mí –musitó con voz ronca–, pero aun así, me rechazas continuamente.

–No, no –gimió ella, desesperada por lograr que la comprendiese–. No te rechazo. ¿Es que no lo entiendes, Nikolas? Te pido más de lo que tú me ofreces, y no hablo de dinero. Hablo de ti. Hasta ahora sólo me has ofrecido la misma parte de ti que le diste a Diana, y yo deseo algo más que eso.

–¿Y qué me dices de ti? –gruñó él, levantándose y paseándose inquieto por la habitación–. No quieres darme ni siquiera esa parte; te cierras a mí y exiges que me rinda a ti en todos los aspectos.

–No tienes que casarte conmigo –señaló Jessica, repentinamente cansada de la discusión–. Puedes dejar que salga por esa puerta, y te prometo que nunca más volverás a verme, si es eso lo que deseas.

La boca de él se curvó ferozmente.

–Sabes que no puedo hacer eso. Me tienes tan trastornado por dentro que he de poseerte. No valdré nada como hombre si no consigo satisfacer esta necesidad que me corroe. No será una boda, Jessica. Será un exorcismo.

Las palabras de Nikolas aún resonaban en los oídos de Jessica al día siguiente, mientras se paseaba por la suite y esperaba a que él volviera de la reunión. Andros estaba allí; llevaba en la suite toda la mañana, observándola sin decir nada, y su silenciosa vigilancia le ponía los nervios de punta.

Había sido una noche de pesadilla; Jessica había dormido sola en la enorme cama que Nikolas había pretendido compartir con ella, oyendo cómo él se removía inquieto en el sofá. Había sugerido acostarse en el sofá y cederle a él la cama, pero él la había mirado con tanta severidad que ni siquiera se molestó en insistir. Los dos habían dormido muy poco.

Antes de irse, Nikolas había telefoneado a su madre, y Jessica se encerró en el cuarto de baño, decidida a no escuchar la conversación. Al salir vio que Nikolas se había marchado y que Andros estaba allí.

Justo cuando pensaba que no podría seguir soportando por más tiempo el silencio, Andros habló, y casi la mató del susto.

—¿Por qué ha aceptado todas las condiciones de Niko, señora Stanton?

Ella lo miró con rabia.

—¿Por qué? —dijo—. ¿Cree usted que Nikolas estaba de humor para razonar con nadie? Parecía un barril de dinamita en espera de que algún insensato lo hiciera estallar.

—Pero usted no le tiene ningún miedo —observó Andros—. O no tiene miedo de su genio, al menos. Casi todo el mundo lo teme, pero usted siempre lo ha hecho frente en los peores momentos. He estado dándole muchas vueltas, y sólo se me ocurre un motivo para que le haya permitido establecer esas condiciones tan insultantes.

—¿Ah, sí? ¿Y a qué conclusión ha llegado? —inquirió Jessica, retirándose el espeso cabello de los ojos. Esa mañana se sentía tan trastornada que no se lo había recogido y lo tenía revuelto sobre los hombros.

—Creo que usted lo ama —dijo Andros con calma—. Creo que está dispuesta a casarse con él con esas condiciones porque lo ama.

Ella tragó saliva al oír aquellas palabras. Andros la miraba con un brillo diferente en sus ojos negros, un brillo que denotaba aceptación y un principio de comprensión.

—Claro que lo amo —confesó Jessica en un tenso susurro—. El problema está en conseguir que él lo crea.

Andros sonrío súbitamente.

—No hay ningún problema, señora Stanton. Niko está perdidamente enamorado de usted. Cuando se tranquilice, comprenderá que, con las condiciones que ha puesto, usted sólo ha podido aceptar casarse con él porque lo ama. Ahora mismo está tan furioso que simplemente no se le ha ocurrido pensarlo.

Andros no estaba al corriente de todo el asunto,

pero sus palabras la llenaron de esperanza. Había dicho que Nikolas estaba perdidamente enamorado de ella. A Jessica le resultaba un poco difícil de creer, pero era cierto que estaba dispuesto a casarse con ella si no podía conseguirla de ninguna otra manera.

Nikolas llegó entonces, interrumpiendo su conversación con Andros, aunque ahora Jessica se sentía mejor. Los dos hombres se pusieron a hablar de unos documentos que Nikolas había sacado de su maletín; finalmente, Andros tomó los documentos para regresar a su habitación y Nikolas se volvió hacia Jessica.

—¿Estás preparada? —le preguntó en tono distante.

—¿Preparada? —ella no lo había entendido.

Nikolas suspiró con impaciencia.

—Te dije que iríamos a comprar tu vestido de novia. Y necesitarás anillos, Jessica; es lo esperado en una ceremonia como ésta.

—Tengo que recogerme el pelo —dijo Jessica girándose hacia el dormitorio, y él la siguió.

—Cepíllatelo y déjatelo suelto —ordenó—. Me gusta más así.

Ella obedeció y sacó el lápiz de labios.

—Espera —dijo Nikolas, agarrándole la muñeca y obligándola a volverse hacia él. Jessica sabía lo que quería, y notó que su corazón flotaba mientras se apoyaba en Nikolas y alzaba la boca para recibir su beso. Él apretó sus labios contra los de ella, llenándole la boca con su cálido aliento, haciendo que la cabeza le diese vueltas. Deseaba más; no estaba satisfecho con un simple beso, pero se separó de Jessica con una brusca sacudida y la miró. En sus ojos brillaba de nuevo una expresión casi asesina.

—Ya te puedes pintar los labios —musitó antes de salir violentamente del dormitorio.

Ella se aplicó el carmín con dedos temblorosos. El humor de Nikolas no había mejorado, y temía que, si le negaba también sus besos, no haría sino empeorar. No, nada satisfaría a Nikolas... salvo su total entrega a él; Jessica deseó que la siguiente semana pasara volando.

Pero ¿cómo podía pasar volando toda una semana cuando una sola tarde se hacía eterna? Jessica notó cómo la tensión aumentaba en su interior mientras permanecían sentados en la exclusiva joyería y examinaba los muestrarios de anillos que sacaba el joyero. Nikolas no fue de ninguna ayuda; se limitó a reclinarse en la silla y a decirle que escogiera los que más le gustasen, que a él no le importaba. No podría haber dicho nada mejor calculado para arruinar la alegría que, de otro modo, ella habría sentido haciendo aquello. El joyero, por su parte, era tan amable y se mostraba tan solícito, que Jessica no deseaba decepcionarlo con su desinterés, así que se obligó a examinar cada uno de los anillos que él pensaba que podían ser de su gusto. Sin embargo, por más que se esforzó, no pudo escoger ninguno. Los relucientes diamantes podrían haber sido cristal barato, por lo que a ella respectaba; sólo deseaba refugiarse en un tranquilo rincón y llorar a lágrima viva.

Finalmente, con voz cascada por la tensión, dijo:

—¡No... no! ¡No me gusta ninguno! —e hizo ademán de levantarse.

Nikolas la detuvo, asiéndole la muñeca con una mano de hierro, y la obligó a sentarse de nuevo.

—No te alteres, cariño —le dijo en un tono más suave que el que había empleado a lo largo del día—. Tranquilízate; no llores o *monsieur* se disgustará. ¿Quieres que yo elija uno por ti?

—Sí, por favor —respondió Jessica con voz ahogada, girando la cabeza para que Nikolas no vieras las lágrimas que ribeteaban sus ojos.

—A mí tampoco me gustan los diamantes, *monsieur* —estaba diciendo Nikolas—. La tez de la señorita necesita algo más cálido... Sí, esmeraldas que hagan juego con el color de sus ojos. Engastadas en oro.

—Faltaría más... ¡tengo justamente lo que desea! —dijo el joyero entusiasmado, retirando el muestrario de diamantes.

—¿Jessica?

—¿Qué? —dijo ella, sin girarse para mirarlo.

Nikolas deslizó el largo dedo anular por su mentón y la obligó suavemente a volverse para mirarlo a la cara. Sus ojos negros estudiaron la expresión lívida y tensa y repararon en la humedad que amenazaba con desbordarse de sus ojos.

Sin decir nada, Nikolas sacó su pañuelo y se los enjugó como si fuera una niña pequeña.

—Sabes que no soporto verte llorar —susurró—. Si prometo no ser tan bruto, ¿sonreirás para mí?

Jessica era incapaz de negarle nada cuando se mostraba tan dulce, aunque un momento antes se hubiese mostrado frío como el hielo. Sus labios se entreabrieron en una suave sonrisa y Nikolas le acarició la boca con el dedo, recorriendo la línea del labio.

—Así está mejor —murmuró—. Entenderás por qué no te beso aquí mismo, aunque lo esté deseando.

Jessica le besó los dedos en respuesta; vio que el joyero regresaba y se enderezó, apartando de sí la mano de Nikolas, aunque sus breves atenciones habían teñido de color sus mejillas y ahora sonreía como embelesada.

—Ah, esto ya me gusta más —dijo Nikolas, abalanzándose sobre un anillo en cuanto el joyero les puso delante el muestrario. Tomó la delgada mano de Jessica y le puso el anillo; le estaba grande, pero, aun así, ella se quedó sin aliento al verlo.

—Qué color tan precioso —musitó con un suspiro.

—Sí, éste es el que quiero —decidió Nikolas. La esmeralda cuadrada tenía el tamaño adecuado para no resultar exagerada en la mano menuda de Jessica, y su rico color verde oscuro le sentaba mejor que mil diamantes. La tez dorada y el cabello rojizo de Jessica constituían el marco perfecto para sus misteriosos ojos verdes egipcios, y la esmeralda no hacía sino reflejar su color. Estaba rodeada de diamantes, pero eran tan pequeños que no restaban intensidad al color verde profundo de la gema. Nikolas le retiró cuidadosamente el anillo del dedo y se lo devolvió al joyero, quien lo dejó aparte y tomó las medidas del dedo de Jessica con meticulosidad.

—Y una alianza de matrimonio —añadió Nikolas.

—Dos —terció Jessica con valentía, mirándolo a los ojos. Al cabo de un momento, Nikolas cedió y asintió para dar su permiso.

—No me gusta llevar anillos —dijo mientras salían de la joyería, rodeándole la cintura con el brazo.

—Vamos a estar casados —respondió ella volviéndose para mirarlo y colocando las manos sobre su pecho—. ¿No deberíamos esforzarnos al máximo para conseguir que nuestro matrimonio sea un éxito? ¿O ya tienes en mente el divorcio? —su voz tembló ante la idea, pero siguió mirando de frente los ojos negros de Nikolas.

—No tengo nada en mente salvo poseerte —contestó él sin rodeos—. Los anillos me traen sin cuidado; si quieres que lleve una alianza de matrimonio, la llevaré. Un anillo no me impedirá librarme de ti si deseo hacerlo.

Jessica casi se atragantó con el dolor que le inundó el pecho; se alejó de él bruscamente, luchando para mantener la compostura. Cuando Nikolas la alcanzó, ella ya había conseguido ponerse de nuevo su máscara de frialdad para ocultar el dolor que la laceraba por dentro.

Al subirse en el taxi, oyó que Nikolas le daba al taxista la dirección de un famoso modisto.

—No sé qué es lo que tienes pensado, Nikolas, pero no disponemos de tiempo para que me hagan un vestido a medida. Con uno de confección tendré bastante.

—Olvidas quién soy —repuso él—. Si pido que tengan un vestido listo para mañana por la tarde, lo tendrán.

Jessica no pudo contradecirlo, porque lo que decía era cierto; sin embargo, pensó en las personas que tendrían que trabajar durante toda la noche en la delicada costura, y decidió que no merecía la pena. Pero el firme gesto de la mandíbula de Nikolas la disuadió de discutir con él, así que se limitó a reclinarse en el asiento en abatido silencio.

Por lo que ella sabía, Nikolas no era aficionado a elegir personalmente la ropa de sus amantes, pero todos lo reconocieron en cuanto entró en el fresco vestíbulo del salón. Al instante, una mujer alta y esbelta, con el cabello rubio ceniza sobriamente peinado, recorrió la moqueta gris perla para darles la bienvenida. Si *monsieur* Constantinos deseaba algo en particular...

Nikolas derrochaba encanto; se acercó los dedos de la mujer a los labios, y sus ojos negros provocaron en las mejillas de ella un rubor que nada tenía que ver con la afectación. Nikolas le presentó a Jessica, y luego explicó zalameramente:

—Nos casaremos la semana que viene en Grecia. Logré convencerla ayer mismo y deseo que la boda se celebre inmediatamente, antes de que pueda arrepentirse. Eso nos deja muy poco tiempo para la confección del vestido, como puede usted comprender, porque pensamos partir para Grecia pasado mañana.

La mujer se cuadró y le aseguró que podrían preparar un vestido cuanto antes, si tenían la amabilidad de ver unos cuantos modelos...

Comenzaron a desfilar las modelos; algunas vestían de blanco, pero en su mayoría lucían vestidos en tonos pastel, colores delicados y favorecedores que, pese a todo, no eran el virginal blanco. Nikolas los observó con suma atención y al fin eligió un vestido de líneas sencillas y clásicas; lo pidió en un tono melocotón claro. De repente, Jessica frunció el ceño. Era su traje de novia y tenía derecho a llevar el tradicional color blanco.

—No me gusta el color melocotón —dijo con firmeza—. Que sea blanco, por favor.

—Has hecho el ridículo con esa insistencia en el blanco —dijo Nikolas en tono cortante mientras regresaban al hotel—. Tu nombre es conocido incluso aquí en Francia, Jessica.

—También es mi boda —repuso ella tercamente.

—Ya has estado casada, cariño. No debería ser nada nuevo para ti.

Ella notó que el labio inferior le temblaba y enseguida se dominó.

—Robert y yo nos casamos por lo civil, no por la iglesia. ¡Y tengo derecho a casarme de blanco!

Si él comprendió el significado de sus palabras, decidió no tomarlo en cuenta. O quizá simplemente no se lo creía.

–Con el historial que tienes, puedes considerarte afortunada de que me case contigo –dijo en tono grave–. Debo de ser el mayor estúpido del mundo, pero ya me preocuparé por eso más tarde. Una cosa es segura. En tanto que mi esposa, serás la mujer más correcta y decorosa de Europa.

Jessica volvió la cabeza con frustración y observó por la ventanilla las refinadas tiendas parisienses, los elegantes cafés. No conocía nada de París, aparte de las fugaces vistas que había tenido ocasión de contemplar desde la ventanilla del taxi y las alegres luces que por la noche se divisaban desde la ventana del hotel.

Ya era demasiado tarde para echarse atrás, pero la invadía la inquietante certeza de que había cometido un error al aceptar aquel matrimonio. Nikolas no era un hombre que perdonara con facilidad; ni siquiera descubrir que Jessica no era una mujer promiscua le haría olvidar que, según su forma de ver las cosas, se había vendido a él por un precio: el matrimonio.

NUEVE

—¡Mire! —gritó Andros a Jessica por encima del rugido de la hélice del helicóptero—. Ahí está Zenas.

Ella se inclinó hacia delante para ver con ansiedad cómo el pequeño punto que se destacaba en el azul del mar Egeo crecía y se acercaba a ellos a toda velocidad; de repente, ya no se hallaban sobre el mar, sino sobrevolando las agrestes y áridas colinas, por cuya superficie se deslizaba la sombra del helicóptero como si de un mosquito gigante se tratase.

Jessica miró de soslayo a Nikolas, que estaba a cargo de los mandos del aparato, pero él ni siquiera se inmutó. Ella habría deseado que le sonriera, que le mostrara los puntos más destacados de la isla, pero fue únicamente Andros quien le posó la mano en el brazo y le señaló la casa a la que se aproximaban.

Era una casa inmensa, construida sobre el borde del acantilado, con una terraza de losas de piedra que abarcaba tres de las caras de la estructura. La casa, de tejado rojizo y fachada blanca, descansaba entre las frescas sombras de los naranjos y los limoneros.

Al mirar hacia abajo, Jessica pudo ver las diminutas figuras que salían de la casa y se dirigían hacia la pista de aterrizaje, situada a la derecha de la construcción, sobre la cima de una pequeña colina. Un sendero pavimentado conectaba la casa con la pista, aunque Nikolas le había dicho a Jessica que en la isla sólo había un vehículo con motor, un viejo Jeep del ejército propiedad del alcalde.

Nikolas hizo aterrizar el helicóptero con tanta suavidad que Jessica no notó ni la menor sacudida; detuvo el motor y se quitó el casco. Finalmente, se giró hacia Jessica con expresión torva y seria.

—Vamos —dijo en francés—. Te presentaré a mi madre. Y recuerda, Jessica... no debes hacer nada que pueda disgustarle.

Abrió la puerta y se apeó del helicóptero, agachando la cabeza contra el viento levantado por las hélices, que aún no se habían detenido por completo. Jessica respiró hondo para calmar su corazón acelerado, y Andros le dijo en tono quedo:

—No se preocupe. Mi tía es una mujer muy amable; Nikolas no se parece a ella en absoluto. Es la viva imagen de su padre y, como su padre antes que él, muestra una actitud muy protectora hacia mi tía.

Jessica le dirigió una sonrisa agradecida; luego Nikolas la llamó con impaciencia y ella se bajó del helicóptero aferrándose desesperadamente a la mano que él le había tendido para ayudarla. Nikolas arrugó un poco la frente al notar la frialdad de sus dedos y después la condujo hacia el grupo de personas que se había reunido junto a la pista de aterrizaje.

Una mujer menuda, con el porte erguido de una reina, dio un paso hacia ellos. Seguía siendo guapa pese a su cabello blanco, que llevaba peinado con elegancia, y sus ojos azules eran francos y directos como los de un niño. Dirigió a Jessica una mirada penetrante, directamente a los ojos, y después se giró con rapidez hacia su hijo.

Nikolas se inclinó para depositarle un cariñoso beso en la sonrosada mejilla, y luego le posó otro en los labios.

—Te he echado de menos, *maman*—dijo abrazándola.

—Yo a ti también —respondió ella con dulzura—. Me alegro mucho de que hayas vuelto.

Sin dejar de abrazar a su madre, Nikolas llamó a Jessica, advirtiéndole con la mirada que se comportase con corrección.

—*Maman*, quisiera presentarte a mi prometida, Jessica Stanton. Jessica, te presento a mi madre, Madelon Constantinos.

—Celebro conocerla al fin —murmuró Jessica mientras miraba sus claros ojos tan valerosamente como le era posible, y descubrió asombrada que la señora Constantinos y ella tenían casi la misma estatura. La anciana parecía tan frágil que comparada con ella Jessica se había sentido como una amazona.

En ese instante, sin embargo, constató mientras la miraba que los ojos de ambas quedaban a la misma altura, lo cual fue toda una sorpresa.

—Yo también me alegro de conocerla —dijo la señora Constantinos, separándose de Nikolas para rodear a Jessica con sus brazos y darle un beso en la mejilla—. ¡Desde luego, me sorprendí mucho cuando Nikolas me telefoneó para comunicarme sus intenciones! Fue algo... inesperado.

—Sí, fue una decisión repentina —convino Jessica, aunque se descorazonó al percibir el tono frío de la anciana. Era evidente que no estaba nada contenta con la mujer que su hijo había elegido como esposa. Pese a todo, Jessica logró esbozar una trémula sonrisa, y la señora Constantinos tenía unos modales demasiado exquisitos como para manifestar más abiertamente su disgusto. Había hablado en un excelente inglés, arrastrando levemente las palabras, con un acento que sólo podía haber aprendido de Nikolas; no obstante, cuando se giró para presentarle a Jessica a los demás, cambió al francés y al griego. Jessica no entendía una sola palabra de griego, pero casi todos hablaban un poco de francés.

Le presentó a Petra, una mujer alta y corpulenta de cabello y ojos negros. Tenía la clásica nariz griega y un radiante rostro risueño. Era el ama de llaves y la acompañante personal de la señora Constantinos; ambas habían estado juntas desde que la señora Constantinos llegó a la isla. La corpulenta mujer poseía una elegancia y un orgullo natural que la hacían parecer hermosa, pese a sus proporciones casi masculinas; sus ojos emitieron un brillo maternal ante el miedo y el nerviosismo apenas disimulados que se reflejaban en el semblante de Jessica.

La otra mujer era baja y regordeta, con la cara más redonda y amable que Jessica recordaba haber visto nunca. Era Sophia, la cocinera; le dio a Jessica una afectuosa palmadita en el brazo, lista para aceptar inmediatamente a cualquier mujer que el señor Nikolas llevase a la isla con la intención de casarse con ella.

Jasón Kavakis, el marido de Sophia, era bajo y delgado, con unos solemnes ojos negros, y estaba al cuidado de la finca. Sophia y él vivían en su propia casa, en la aldea; Petra, en cambio, era viuda y ocupaba una habitación en la gran casa. Ellos tres eran el único personal de la finca, aunque las mujeres de la aldea estaban ayudando con los preparativos de la boda.

El recibimiento cálido y amable que le habían dispensado los empleados de la finca ayudó a Jessica a relajarse, y sonrió con mayor naturalidad mientras la señora Constantinos entrelazaba su brazo con el de Nikolas y disponía el traslado del equipaje a la casa.

—Andros, por favor, ayuda a Jasón a bajar las bolsas —acto seguido, retiró el brazo y le dio a Nikolas un leve empujón—. ¡Y tú también! Anda, ayúdalos. Yo acompañaré a la señora Stanton a su habitación; probablemente estará muerta de cansancio. Nunca has sabido hacer un viaje en etapas cortas.

—Sí, *maman* —respondió Nikolas a su madre mientras se retiraba, aunque sus ojos negros lanzaron a Jessica una advertencia.

Pese a la frialdad con que la había recibido la señora Constantinos, Jessica se sentía mejor. La anciana no era ninguna matriarca autocrática, y Jessica percibía que, debajo de su aire reservado, había una mujer amable y pizpireta que trataba a su hijo simplemente como a tal hijo, y no como a un multimillonario. Y el propio Nikolas parecía haberse ablandado de inmediato, convirtiéndose en el Niko que se había criado allí y había conocido a aquellas personas desde la infancia. Jessica era incapaz de imaginarlo intimidando a Petra, quien probablemente le había cambiado los pañales y lo había visto dar sus primeros pasos, aunque a Jessica le costaba visualizar a Nikolas como un bebé o un niño pequeño. Seguramente siempre había sido alto y fuerte, con aquel feroz resplandor en sus ojos negros.

La casa era fresca, pues sus gruesos muros de blanca fachada mantenían a raya el despiadado sol griego; no obstante, el leve zumbido del aire acondicionado central indicó a Jessica que Nikolas se aseguraba de que en su casa hubiese siempre una temperatura agradable.

Ya se había dado cuenta de que los gustos de Nikolas eran muy griegos, y la casa constituía una buena muestra de ello. El mobiliario era escaso, y abundaban los grandes espacios vacíos, aunque todo era de la mayor calidad. Predominaban los colores naturales; los suelos aparecían enlosados en suaves tonos rojizos y cubiertos de carísimas alfombras persas, y la tapicería de los muebles era de color verde apagado. En las paredes, alojadas en hornacinas, había pequeñas estatuas de mármol de diferentes colores, y aquí y allá se veían jarrones increíblemente exquisitos, que convivían en perfecta armonía con humilde adornos de cerámica hechos, sin duda, por los aldeanos.

—Su habitación —le dijo la señora Constantinos, abriendo la puerta de una enorme estancia cuadrada con elegantes ventanas abovedadas y muebles en tonos rosas y oro—. Dispone de su propio baño —siguió diciendo la anciana mientras cruzaba la habitación y abría la puerta del cuarto de baño—. Ah, Niko, tienes que enseñarle a Jessica la finca mientras Petra deshace su equipaje —añadió sin detenerse cuando Nikolas apareció con las maletas de Jessica y las soltó en el centro de la habitación.

Él sonrió, con un súbito brillo en los ojos.

—Seguramente Jessica preferirá darse un baño antes. ¡Yo, desde luego, lo necesito! ¿Qué me dices, cariño? —preguntó volviéndose hacia Jessica mientras la sonrisa aún iluminaba sus ojos—. Tú decides: un paseo con guía por la finca o un baño.

—Ambas cosas —contestó ella—. Pero primero el baño.

Nikolas asintió y salió de la habitación después de decir con despreocupación:

—Vendré a buscarte dentro de media hora, pues.

La señora Constantinos también se marchó poco después y Jessica se quedó de pie en medio de la habitación, paseando la mirada por el precioso cuarto y sintiéndose abandonada. Se quitó la ropa del viaje y se dio un largo y placentero baño; al regresar a la habitación, vio que Petra había deshecho eficientemente su equipaje mientras ella se bañaba.

Se puso un fresco vestido de tirantes y esperó a Nikolas; no obstante, el tiempo fue pasando, y al fin comprendió que Nikolas no tenía intención de ir a buscarla. Sólo se había prestado a enseñarle la finca para complacer a su madre, pero no estaba dispuesto a pasar ese tiempo en su compañía.

Jessica permaneció sentada en el dormitorio, preguntándose si alguna vez lograría ganarse su amor.

Fue mucho más tarde, después de tomar una cena ligera consistente en pescado y en *soupa avgolemono*, una sopa con sabor a limón que Jessica encontró deliciosa, cuando Nikolas se acercó a ella mientras permanecía de pie en la terraza, contemplando las olas que rompían en la playa. Jessica habría preferido rehuirlo, pero tal conducta habría parecido extraña, de modo que se quedó junto a la pared de la terraza. Nikolas cerró una mano firme sobre sus hombros y apretó su espalda contra sí; después agachó la cabeza como si fuese a decirle palabras dulces al oído, pero lo que dijo fue:

—¿Le has dicho a mi madre algo que haya podido disgustarle?

—Desde luego que no —susurró ella vehementemente, sucumbiendo a la fuerza de aquellos dedos y recostándose sobre su pecho–. Desde que me acompañó a mi cuarto, no he vuelto a verla hasta la hora de la cena. No le caigo bien, por supuesto. ¿No era eso lo que tú querías?

–No –contestó él, con los labios curvados en un rictus amargo–. Lo que quería era no tener que traerte aquí, Jessica.

Ella alzó el mentón con orgullo.

–Pues mándame de vuelta a Inglaterra –lo desafió.

–Sabes que eso no puedo hacerlo –respondió Nikolas bruscamente–. Estoy viviendo un infierno; o escapo de ese infierno o te arrastro a él conmigo –dicho esto, la soltó y se alejó.

Jessica se quedó allí, con la amarga certeza del odio que Nikolas sentía hacia ella.

El día de la boda amaneció despejado y radiante, lleno de esa claridad extraordinaria que sólo Grecia posee. Jessica se acercó a la ventana y miró las áridas colinas, cada detalle perfilado tan nítida y claramente que parecía que sólo tenía que alargar la mano para tocarlas. Al contemplar la cristalina luz del sol, sintió como si pudiera ver el infinito si abría los ojos lo suficiente. Se encontraba a gusto allí, en aquella rocosa isla con sus desnudas colinas y la silenciosa compañía de milenios de historia, con la cálida e incondicional acogida de aquella gente de ojos negros que la aceptaban como si fuese una de los suyos. Y ese día iba a casarse con el hombre que poseía todo aquello.

Aunque la hostilidad de Nikolas seguía siendo una barrera que se interponía entre ambos, Jessica se sentía más optimista ese día, porque al fin se acabaría la terrible espera. La tradicional ceremonia y los festejos posteriores ablandarían a Nikolas; tendría que escucharla esa noche, cuando estuvieran solos en el dormitorio de él, y sabría la verdad cuando ella le ofreciera el incomparable regalo de su castidad.

Sonriendo, Jessica se retiró de la ventana e inició el agradable ritual de bañarse y arreglarse el cabello.

En los pocos días que llevaba en la isla, se había empapado de las tradiciones del pueblo. Había supuesto que se casarían en la pequeña iglesia blanca de ventanas arqueadas y techo abovedado, con la luz del sol filtrándose por las vidrieras de colores, pero Petra la había sacado de su error. La ceremonia religiosa no solía celebrarse en la iglesia, sino en casa del *koumbaros*, o padrino del novio, que también se encargaba de ofrecer el banquete de boda. El padrino de Nikolas era Ángelos Palamás, un hombre corpulento de porte amable y solemne, con el cabello y las cejas blancas sobre unos ojos negros como el carbón. Se había improvisado un pequeño altar en la habitación más espaciosa de la casa del señor Palamás; Nikolas y Jessica se situarían delante del altar con el sacerdote, el padre Ambrose. Ambos llevarían coronas de azahar bendecidas por el cura y unidas por un lazo, símbolo de la bendición y la unión de sus vidas.

Con movimientos cuidadosos y distraídos, Jessica se trenzó el cabello y luego se hizo un moño alto con la gruesa trenza, peinado que simbolizaba la doncellez. La señora Constantinos y Petra llegarían pronto para ayudarla a vestirse, así que fue hasta el armario y descolgó la bolsa blanca con cremallera que contenía su vestido de novia. No había querido verlo antes, movida por el deseo casi infantil de dejar lo mejor para lo último; con manos suaves, depositó la bolsa encima de la cama y abrió la cremallera, teniendo cuidado de no pillar el delicado tejido.

No obstante, cuando sacó el exquisito y bellísimo vestido, se le cortó la respiración y el corazón se le detuvo en el pecho; lo soltó al instante, como si acabase de tocar una serpiente, y se retiró de la cama con las mejillas empapadas de ardientes lágrimas.

¡Nikolas se había salido con la suya!

Había anulado sus instrucciones mientras ella iba al vestidor para que le tomaran las medidas; en lugar del vestido blanco con el que Jessica había soñado, el modelo que yacía arrugado sobre la cama era de color melocotón claro. Sabía que el modisto no había cometido un error. No, había sido cosa de Nikolas, y Jessica se sentía como si le hubiesen arrancado el corazón del pecho.

Sintió ganas de destrozar el vestido, y lo habría hecho de tener otro adecuado a mano, pero no tenía ninguno. Tampoco era capaz de recogerlo de la cama; se sentó junto a la ventana, cegada por las lágrimas, con un nudo en la garganta, y fue así como Petra la encontró.

La rodeó con sus fuertes y cuidadosos brazos y la atrajo contra su vientre, meciéndola suavemente.

—Ah, siempre sucede lo mismo —dijo Petra con voz profunda—. Llora, cuando debería estar riéndose.

—No —logró decir Jessica con voz ahogada, señalando la cama—. Es por el vestido.

—¿El vestido de novia? ¿Está roto? ¿Manchado? —Petra se acercó a la cama y alzó el vestido para examinarlo.

—Se suponía que debía ser blanco —susurró Jessica, volviendo el menudo y empapado rostro hacia la ventana.

—¡Ah! —exclamó Petra, y luego salió del cuarto. Regresó al cabo de un momento con la señora Constantinos, quien enseguida se acercó a Jessica y le rodeó los hombros con el brazo, en el gesto más amable que había tenido con ella hasta entonces.

—Sé que estás disgustada, cariño, pero es un vestido precioso y no debes permitir que un error estropee la boda. Estarás bellísima con él...

—Nikolas ordenó que cambiasen el color —explicó Jessica con voz tensa, habiendo dominado ya el llanto—. Yo insistí en que el vestido fuese blanco... Intenté hacérselo comprender, pero él se negó a escucharme. Me engañó, haciéndome creer que el vestido sería como yo deseaba y después ordenó que cambiasen el color mientras me tomaban las medidas en el vestidor.

La señora Constantinos contuvo la respiración.

–¿Insististe en...? ¿Qué estás diciendo?

Jessica se frotó la frente con gesto cansado, comprendiendo que tendría que dar una explicación. Quizá fuera mejor que la señora Constantinos conociese toda la verdad del asunto. Buscó una forma de empezar y, al fin, dijo:

–Quiero que sepa, señora Constantinos... que nada de lo que ha oído decir de mí es cierto.

La señora Constantinos asintió lentamente, con una expresión de tristeza en sus ojos azules.

–Creo que ya había empezado a darme cuenta de eso –dijo suavemente–. Una mujer que ha recorrido tantos caminos y ha tenido tantos amantes como se te han atribuido a ti no puede evitar que su experiencia asome a su semblante, y tu semblante es inocente y no refleja para nada esa experiencia. Había olvidado hasta qué punto las habladurías se propagan como un cáncer, alimentándose de sí mismas, pero tú me lo has recordado y no volveré a olvidarlo nunca más.

Más animada, Jessica dijo en tono vacilante:

–Nikolas me dijo que usted fue amiga de Robert.

–Sí –confirmó la señora Constantinos–. Conocía a Robert Stanton desde siempre; fue muy amigo de mi padre, y toda mi familia lo apreciaba mucho. Debí recordar que Robert veía las cosas con más claridad que el resto de nosotros. He tenido un horrible concepto de ti en el pasado, cariño, y me avergüenzo profundamente de ello. ¿Podrás perdonarme?

–Claro, claro que sí –exclamó Jessica, levantándose de un salto para abrazarla mientras las lágrimas afluían de nuevo a sus ojos–. Pero deseo contarle por qué me casé con Robert, cómo fueron las cosas entre nosotros. Al fin y al cabo, tiene derecho a saberlo, porque voy a casarme con su hijo.

–Hazlo si es tu deseo, pero, por favor, no te consideres obligada a darme ninguna explicación –contestó la señora Constantinos–. Si Niko está contento, yo también.

Jessica puso cara triste.

–Niko no está contento –dijo con amargura–. Él cree que todas esas habladurías son ciertas, y me odia tanto como me desea.

–Imposible –jadeó la mujer mayor–. Niko no puede ser tan tonto; ¡se ve a la legua que no eres una vividora oportunista!

–¡Él piensa que lo soy! Y, en parte, es culpa mía –reconoció Jessica abatida–. Al principio, cuando lo rechacé, dejé que pensara que... que le tenía miedo porque me habían maltratado. Desde entonces, he intentado explicarle la verdad, pero él no quiere escucharme; se niega a hablar de mis «aventuras del pasado» y está furioso porque me resisto a acostarme con él –hizo una pausa, horrorizada por lo que acababa de decirle a la propia madre de Nikolas, pero la señora Constantinos se echó a reír después de mirarla con sorpresa.

–Sí, imagino que eso lo habrá puesto furiosísimo; tiene el mismo temperamento de su padre –emitió otra risita–. Así que debes convencer a mi ciego y terco hijo de que tu supuesta experiencia es completamente ficticia. ¿Tienes idea de cómo vas a conseguirlo?

–Nikolas lo sabrá –contestó Jessica quedamente–. Esta noche. Cuando comprenda que tenía todo el derecho del mundo a casarme de blanco.

La señora Constantinos dejó escapar un jadeo ahogado al reparar por fin en la importancia del vestido.

–¡Cariño! Pero Robert... No, claro que no. Robert no era un hombre capaz de casarse con una jovencita por la mera satisfacción física. ¡Sí, creo que deberías contarme cómo fue vuestro matrimonio!

Con calma, Jessica le explicó cómo Robert había deseado protegerla cuando ella era joven y estaba sola; le habló también de las maliciosas habladurías que había tenido que soportar. No omitió ningún detalle, ni siquiera el modo en que Nikolas le había propuesto matrimonio, y la señora Constantinos quedó profundamente afligida cuando Jessica terminó.

–A veces –dijo lentamente–, me dan ganas de romperle un jarrón en la cabeza, aunque sea mi hijo –miró el vestido de novia–. ¿No tienes ningún otro vestido que ponerte? ¿Nada blanco?

Jessica negó con la cabeza.

–No, nada. Tendré que llevar ése.

Petra fue a buscar un poco de hielo, que envolvió en toallitas para hacer compresas para los ojos de Jessica; al cabo de una hora, todo vestigio de sus lágrimas había desaparecido, aunque su semblante seguía mostrando una palidez poco natural. Jessica se movía lentamente, como si hubiese perdido toda vitalidad. La señora Constantinos y Petra la ayudaron cuidadosamente a ponerse el vestido de color melocotón y el velo que lo acompañaba, y después salieron con ella de la habitación.

Nikolas no estaba allí; ya se había ido a casa del padrino, pero la casa estaba llena de parientes, tíos, tías y primos que charlaban, sonreían y daban palmaditas a Jessica conforme pasaba junto a ellos. Comprendió con un sobresalto que ninguno de sus amigos estaba presente. Claro que sólo tenía dos amigos: Charles y Sallie. Eso hizo que se sintiera aún más sola, embargada por una sensación de frío tan intensa que creyó que jamás volvería a entrar en calor.

Andros debía acompañarla por el sendero que conducía hasta el pueblecito. Estaba esperándola, alto, moreno y vestido con esmoquin; por un momento, a Jessica se le antojó tan parecido a Nikolas que emitió un jadeo de sorpresa. Andros le sonrió, ofreciéndole el brazo; se había vuelto cada vez más afectuoso con ella en los días anteriores, y se mostró francamente preocupado al ver cómo Jessica temblaba y al notar lo frías que tenía las manos.

Las parientes de Nikolas salieron rápidamente de la casa para formar un pasillo desde la cima de la colina hasta el pueblo, situados a ambos lados del sendero. Mientras Andros y ella pasaban, comenzaron a arrojar flores de azahar delante de Jessica; las mujeres del pueblo, vestidas con el atuendo tradicional, lanzaban fragantes flores de color blanco y rosa. Empezaron a cantar a medida que Jessica pasaba por encima de las flores y recorría el sendero para reunirse con su futuro esposo; aún se sentía helada por dentro.

En la puerta de la casa del señor Palamás, Andros dejó a Jessica en compañía del padrino de Nikolas, quien la condujo hasta el altar, donde los aguardaban Nikolas y el padre Ambrose. Toda la habitación estaba iluminada con velas, y el olor dulce del incienso hizo que Jessica se sintiera como si se encontrase en un sueño.

El padre Ambrose bendijo las coronas de azahar, que fueron colocadas en la cabeza de los novios mientras permanecían arrodillados; a partir de ese momento, todo fue difuso para Jessica. Le habían indicado lo que debía decir y respondió correctamente a las preguntas del cura; cuando Nikolas hizo su promesa, su voz profunda y grave reverberó en la cabeza de Jessica, que se giró para mirarlo con tímida furia. Entonces todo terminó. El padre Ambrose los tomó de la mano y dieron tres vueltas alrededor del altar, mientras el pequeño Kostís, uno de los innumerables primos de Nikolas, caminaba delante de ellos agitando un incensario, de modo que avanzaban a través de nubes de incienso.

Casi de inmediato, el júbilo de la celebración estalló en la abarrotada estancia; todos se besaban y reían, mientras empezaban a gritar: «¡La copa! ¡La copa!».

Los recién casados fueron empujados entre risas hasta la chimenea, donde había una copa de vino puesta boca abajo. Jessica recordaba lo que debía hacer, pero sus reacciones se veían entorpecidas por su tristeza, y Nikolas se adelantó a ella con facilidad, machacando con los pies la copa mientras los aldeanos vitoreaban y exclamaban que el señor Constantinos sería el dueño y señor de su casa. Como si hubiese podido ser de otro modo, se dijo Jessica aturdida mientras se alejaba del diabólico brillo que emitían los ojos negros de Nikolas.

Pero él la sujetó y volvió a atraerla hacia sí. Las manos de Nikolas se cerraron con fuerza sobre sus caderas y los ojos centellearon mientras la obligaba a alzar la cabeza.

—Ahora eres legalmente mía —musitó mientras se inclinaba para apresar sus labios.

Ella no se resistió, aunque Nikolas notó que no respondía como de costumbre a su beso. Alzó la cabeza y arrugó la frente al ver las lágrimas que había en sus pestañas.

—¿Jessica? —dijo inquisitivamente al tiempo que le tomaba la mano. Su ceño se arrugó aún más al notar que la tenía helada, pese a que hacía un día caluroso y soleado.

Más tarde, Jessica se sorprendería de su propio aguante, pero, de alguna manera, logró llegar hasta el final de aquel día de bailes y festejos. Contó con la ayuda de la señora Constantinos, Petra y Sophia, que dejaron claro en todo momento que la nueva señora estaba demasiado débil a causa de los nervios y no podía bailar. Nikolas se unió a la fiesta con un entusiasmo que sorprendió a Jessica, hasta que recordó que era griego hasta la médula. De vez en cuando, en medio de todos los bailes y las risas, y a pesar de los vasos de *ouzo* que estaba bebiendo, Nikolas regresaba junto a su nueva esposa para tratar de estimular su apetito con alguna especialidad de la cocina griega. Jessica trató de responder, de reaccionar con normalidad, pero lo cierto era que se sentía incapaz de mirar a su marido. Por mucho que discutiera consigo misma, no podía negar el hecho de que era una mujer, y de que su corazón de mujer podía resultar herido con facilidad. Nikolas había destruido su alegría en el día de su boda con el vestido de color melocotón, y Jessica no creía que pudiera perdonárselo jamás.

Era ya tarde; las estrellas brillaban en el cielo y la única luz que había en la casa era la de las velas cuando Nikolas se acercó a Jessica y la tomó en brazos con delicadeza. Nadie dijo nada; no se hizo ningún chiste mientras aquel hombre de espaldas anchas salía de la casa de su padrino y llevaba a su mujer colina arriba, a su propia casa. Cuando se hubo perdido de vista, la fiesta empezó de nuevo, pues aquélla no era una boda cualquiera; no, el señor por fin se había casado y ya podían comenzar a esperar el nacimiento de un heredero.

Mientras Nikolas la llevaba por el sendero, aparentemente sin esfuerzo, Jessica intentó poner en orden sus confusas ideas y dejar a un lado su infelicidad, pero la fría tristeza seguía oprimiéndole el pecho como una dura tenaza. Se aferró a Nikolas, le rodeó el cuello con los brazos y deseó que hubiese kilómetros y más kilómetros de camino hasta la finca; quizá entonces habría recuperado el dominio de sí misma cuando llegasen. El fresco aire nocturno le acariciaba el rostro y podía oír el rítmico fragor de las olas que rompían contra las rocas.

Al llegar a la casa, Nikolas rodeó la terraza hasta llegar a la puerta corredera de su dormitorio. Abrió silenciosamente la puerta, entró en el cuarto y dejó a Jessica de pie en el suelo con suma delicadeza.

—Pedí que trajeran aquí tu ropa —le dijo suavemente, besándole el cabello a la altura de la sien—. Sé que estás asustada, cariño; te has comportado de forma extraña durante todo el día. Pero relájate; me prepararé una copa mientras tú te pones el camisón. No es que vayas a necesitarlo, pero sí necesitas algo de tiempo para calmarte —añadió, sonriendo burlón, y Jessica se preguntó de repente cuántos vasos de *ouzo* habría tomado.

Nikolas salió y ella paseó la mirada por la habitación, furiosa. No podía hacerlo; no podía compartir aquella enorme cama con Nikolas sintiéndose como se sentía. Deseaba gritar, llorar y sacarle los ojos con las uñas; en un súbito acceso de llanto y de pura rabia, se quitó violentamente el vestido de novia y buscó unas tijeras para hacerlo trizas. No había tijeras en el cuarto, de modo que tiró de las costuras del vestido hasta desgarrarlo por completo; luego lo arrojó al suelo y le dio una patada.

Respiró honda y trémulamente mientras se enjugaba las furiosas lágrimas de las mejillas. Había sido un gesto infantil, lo sabía perfectamente, pero ahora se sentía mejor. ¡Odiaba aquel vestido y odiaba a su marido por haber estropeado el día de su boda!

Nikolas no tardaría en regresar, y Jessica no quería enfrentarse a él en ropa interior, aunque tampoco tenía intención de ponerse un seductor camisón para complacerlo. Abrió la puerta del armario y sacó unos pantalones de sport y un suéter. Tuvo que darse prisa para ponerse el suéter mientras se abría la puerta.

Se hizo un denso silencio cuando Nikolas la vio allí de pie, con un pantalón en las manos, mirándolo con una visible expresión de furia y miedo en sus grandes ojos verdes. Los ojos negros de él se desviaron hacia el vestido que yacía en el suelo, hecho jirones, y luego volvieron a clavarse en Jessica.

—Cálmate —dijo suavemente, casi susurrando—. No voy a hacerte ningún daño, cariño. Te lo prometo, de veras...

—¡Puedes guardarte tus promesas! —gritó ella con voz áspera; dejó caer el pantalón en el suelo y se llevó las manos a las mejillas mientras empezaban a brotar lágrimas de sus ojos—. Te odio, ¿me oyes? ¡Has... has estropeado el día de mi boda! ¡Quería casarme de blanco, Nikolas, y me has obligado a llevar ese horrible color melocotón! ¡Jamás te lo perdonaré! Esta mañana era muy feliz y, de pronto, abro la bolsa y veo ese feo vestido de color melocotón, y... Yo... yo... Ah, maldito seas, ya he llorado bastante por tu culpa; no permitiré que vuelvas a hacerme llorar nunca más, ¿me oyes? ¡Te odio!

Él cruzó rápidamente la habitación y le colocó las manos encima de los hombros, sin hacerle daño pero sujetándola con firmeza.

–¿Tan importante era para ti? –murmuró–. ¿Por eso no me has mirado en todo el día? ¿Por un estúpido vestido?

–No lo comprendes –insistió Jessica a través de las lágrimas–. Quería un vestido blanco; quería conservarlo y regalárselo a nuestra hija para su boda... –se le quebró la voz y empezó a sollozar, intentando volver la cabeza para no mirar a Nikolas.

Él musitó una maldición, la atrajo hacia sí y la estrechó fuertemente entre sus brazos, descansando la cabeza en el cabello rojizo de Jessica.

–Lo siento –murmuró contra su pelo–. No me había dado cuenta de cuánto significaba para ti. No llores, cariño. Por favor, no llores.

Aquella inesperada disculpa sobresaltó a Jessica e interrumpió su llanto; conteniendo la respiración, levantó los ojos empapados de lágrimas para mirarlo. Por un momento, las miradas de ambos permanecieron entrelazadas; después, los ojos de Nikolas descendieron hasta los labios de ella. Al cabo de un instante la estaba besando, apretándola contra su poderoso cuerpo como si quisiera fundirla con su propio ser, devorándola con una boca más ávida y hambrienta que nunca. Ella notó el sabor del *ouzo* que Nikolas había bebido y se sintió como embriagada, hasta el punto de que tuvo que agarrarse a él para seguir de pie.

Nikolas la tomó en brazos con impaciencia y la llevó hasta la cama; por un momento, Jessica se tensó, alarmada, al acordarse de que todavía no le había dicho la verdad.

—¡Nikolas... espera! —gritó entrecortadamente.

—Ya he esperado bastante —repuso él con voz espesa, depositándole una lluvia de besos en la cara, en el cuello—. He esperado tanto que creí que iba a volverme loco. No me rechaces esta noche, cariño... Esta noche, no.

Antes de que Jessica pudiera decir nada más, su boca quedó silenciada por la de Nikolas. En la dulce embriaguez que la recorrió al sentir la caricia de sus labios, olvidó momentáneamente su miedo, y entonces ya fue demasiado tarde. Él era incapaz de escucharla, de atender a cualquier súplica, impulsado tan sólo por la fuerza de su pasión.

Aun así, Jessica trató de captar su atención.

—¡No, espera! —exclamó, pero él hizo caso omiso mientras le sacaba el suéter por la cabeza, sofocándola brevemente con los pliegues de la prenda antes de quitársela del todo y arrojarla al suelo.

Los ojos de Nikolas emitían un brillo febril mientras la despojaba de la ropa interior; las súplicas de paciencia de Jessica quedaron atascadas en su garganta cuando él se quitó la bata y la cubrió con su poderoso cuerpo. El pánico la embargó y Jessica trató de dominarlo, obligándose a pensar en otras cosas hasta recuperar un mínimo de autocontrol, pero fue inútil. Un débil sollozo escapó de su garganta mientras Nikolas la arrastraba al pozo sin fondo de su deseo, y se aferró ciegamente a él, como si fuera la única torre que permanecía erguida en un mundo que se convulsionaba frenéticamente.

DIEZ

Jessica permanecía acostada en la oscuridad, escuchando la tranquila respiración de Nikolas mientras dormía, y se encogió cuando él se movió en su sueño y le cubrió un seno con la mano. Lentamente, temerosa de despertarlo, se retiró muy despacio de su mano y se levantó de la cama. No podía seguir allí, echada al lado de Nikolas, cuando todos los nervios de su cuerpo gritaban llenos de tensión. Iría a dar un paseo, trataría de calmarse y de aclarar sus confusas emociones.

En silencio, se puso el pantalón y el suéter y atravesó la puerta corredera para salir a la terraza. Sus pies descalzos no hacían ningún ruido mientras caminaba despacio por la terraza, contemplando el débil brillo de las olas que se estrellaban contra las rocas. La playa la atraía. Podría ir hasta allí sin correr el riesgo de despertar a nadie. Dudaba que hubiese alguien levantado. Debía de estar a punto de amanecer; o tal vez no, pero tenía la sensación haber estado horas metida en aquel dormitorio con Nikolas.

El abatimiento pesaba sobre sus hombros como una roca. Qué estúpida, qué tonta había sido al pensar que podría controlar a Nikolas aunque fuese por un momento. Tal vez habría podido si él la hubiese amado, pero la cruda verdad era que Nikolas no sentía por ella nada salvo lujuria, y ahora Jessica tendría que vivir con esa certeza.

Caminó despacio por el borde del acantilado, buscando el angosto y pedregoso camino que descendía hasta la playa. Cuando lo hubo encontrado, empezó a bajar con cuidado, consciente de las traicioneras piedras sueltas que había en el sendero. Al llegar a la playa, descubrió que sólo quedaba una estrecha franja de arena a causa de la marea y que las olas le azotaban los tobillos mientras caminaba. La marea debía de estar subiendo, se dijo distraídamente; tendría que estar atenta y subir antes de que el mar se tragara por completo la playa.

Por un momento, había conseguido desterrar sus pensamientos sobre Nikolas, pero dichos pensamientos volvieron, y se precipitaron sobre su cansada mente como aves de presa. Jessica había apostado su felicidad en su lucha con Nikolas, y había perdido. Había entregado su inocencia a un hombre que no la amaba; todo para nada. ¡Para nada! Durante las oscuras y salvajes horas de aquella noche, Jessica había comprendido que no había ganado nada, y que él lo había ganado todo. Nikolas tan sólo había deseado el alivio que podía proporcionarle su cuerpo, no su virginidad ni su amor. Se sentía utilizada, degradada, y lo más amargo era saber que tendría que soportar aquella situación hasta el final. Él jamás la dejaría marchar. Jessica había aprendido, muy a su pesar, que la misericordia no formaba parte del carácter de Nikolas.

La tristeza casi la ahogaba. No había sido en absoluto como ella había esperado. Quizá si él hubiese sido tierno, amable y cariñoso, no se sentiría tan angustiada y destrozada. Tal vez, si no hubiese estado tan frustrado, si no hubiese bebido tanto *ouzo*, Nikolas habría sido más paciente, habría sabido cómo disipar su miedo. ¡Si...! Jessica trató de excusarlo, diciéndose que sólo ella tenía la culpa, que tendría que haberlo obligado a escucharla mucho antes.

Una repentina ola se estrelló contra sus rodillas, y Jessica, sobresaltada, miró a su alrededor. La marea seguía subiendo, y el camino estaba en la otra punta de la playa. Decidiendo que caminar por las rocas sería más fácil que avanzar contra la fuerza del agua, se subió a las dentadas piedras que bordeaban la playa y se puso en marcha. Tenía que medir cada paso, pues la luz de la luna era traicionera y hacía que calculara mal las distancias. Se torció los tobillos varias veces, pese a que avanzaba con todo el cuidado del mundo, pero siguió adelante; finalmente, alzó la mirada y vio que el camino estaba a pocos metros.

Aliviada, se enderezó y puso el pie sobre una roca

lisa; pero la roca estaba suelta y cedió, rodando y precipitándose hasta el agua. Por un momento, Jessica se tambaleó. Intentó recuperar el equilibrio, pero cayó de lado al deslizarse otra piedra bajo sus pies. Se golpeó la cabeza contra una roca y sintió en el estómago una instantánea sensación de náuseas; sólo el instinto la impulsó a aferrarse a las rocas para tratar de interrumpir la caída, pero las rocas se desprendieron y la hicieran caer, golpeándola mientras rodaban por la pendiente y arrastrando consigo otras rocas. Jessica había provocado una pequeña avalancha que se precipitó sobre ella.

Cuando hubo cesado la lluvia de piedras, levantó la cabeza y resolló dolorida, sin saber con seguridad qué había ocurrido. La cabeza le palpitaba de forma alarmante; alzó la mano y palpó el chichón que empezaba a formársele rápidamente debajo del cabello. Por lo menos, no sangraba ni se había caído al agua. Permaneció sentada un momento, tratando de centrar su visión y de combatir las náuseas. Pero éstas prevalecieron, y Jessica vomitó sin poder evitarlo, aunque después no se sintió mejor. Comprendió que el golpe que se había dado en la cabeza había sido más fuerte de lo que había pensado; una rápida exploración con los dedos le indicó que la hinchazón comenzaba a extenderse por todo un lado de la cabeza.

Jessica empezó a temblar sin control.

Quedándose allí sentada no conseguiría nada; tenía que llegar hasta la casa y despertar a alguien para que avisara a un médico. Intentó incorporarse y gimió al sentir una punzada de dolor en la cabeza. Sus piernas parecían pesos muertos; se negaban a moverse. Jessica lo intentó otra vez, y sólo cuando otra roca se desprendió de su lugar, debido a sus forcejeos, vio las piedras que se habían amontonado sobre sus piernas.

Con razón no podía levantarse, se dijo aturdida mientras empujaba las piedras. Logró retirar algunas, pese al mareo que la tentaba a recostar la cabeza y descansar. Las piedras cayeron al mar, que se agitaba unos pocos metros más abajo.

Pero otras rocas pesaban demasiado; tenía atrapada la parte inferior de las piernas. Había convertido su paseo nocturno en una pesadilla, como había hecho con su matrimonio. ¡Parecía incapaz de hacer nada a derechas! Se echó a reír con impotencia, pero la cabeza le dolía y tuvo que parar.

Intentó gritar, a sabiendas de que nadie oiría sus gritos por encima del fragor de la marea, sobre todo cuando se hallaba tan lejos de la casa, y la cabeza le dolió incluso más que cuando se echó a reír. Guardó silencio y echó la cabeza hacia atrás para ver las dos lunas que se agitaban frenéticamente en el cielo. Dos lunas. Lo veía todo doble.

Una ola le azotó el rostro y aclaró sus sentidos por un momento. La marea continuaba subiendo. ¿Hasta dónde subía en aquella parte de la isla? Jessica no recordaba haberse fijado. ¿Habría subido ya del todo? ¿Retrocedería pronto? Sonriendo cansada, dobló el brazo y recostó en él la cabeza.

Al cabo de un largo rato, la despertó la voz de alguien que gritaba su nombre. Extrañamente, no podía levantar la cabeza, pero abrió los ojos y miró a través de la mortecina luz del amanecer, tratando de ver quién la llamaba. Tenía frío, mucho frío, y sentía dolor al abrir los ojos. El grito volvió a oírse, y esta vez la voz parecía ahogada. Quizá se trataba de alguien herido que necesitaba auxilio. Haciendo acopio de sus fuerzas, Jessica intentó incorporarse, y el dolor que estalló en su cabeza la sumió en un túnel de oscuridad.

Las pesadillas le atormentaban. Un demonio de ojos negros se inclinaba una y otra vez sobre ella, haciéndole daño, y ella gritaba e intentaba apartarlo de sí, pero el demonio volvía cuando menos lo esperaba. Necesitaba a Nikolas, él impediría que el demonio le hiciese daño, pero entonces se acordó de que Nikolas no la amaba y comprendió que tendría que luchar sola. Sentía dolor en la cabeza y en las piernas, un dolor que la laceraba como un cuchillo cuando trataba de alejar al demonio. A veces, Jessica gritaba débilmente para sus adentros, preguntándose cuándo se acabaría aquello y si acudiría alguien a ayudarla.

Poco a poco fue dándose cuenta de que estaba en un hospital. Reconocía los olores, los sonidos, los almidonados uniformes blancos que se paseaban de un lado para otro.

¿Qué había ocurrido?

Ah, sí, había sufrido una caída en las rocas.

No obstante, incluso después de saber dónde se encontraba, seguía gritando de miedo cada vez que aquel corpulento hombre de ojos negros se inclinaba sobre ella. En parte, sabía que no era un demonio; debía de ser un médico, pero había algo en él... algo que le recordaba a alguien...

Entonces, al fin, abrió los ojos y su visión se despejó. Permaneció muy quieta en la alta cama del hospital, haciendo una evaluación mental de sí misma para comprobar qué partes de su cuerpo funcionaban y cuáles no. Notó que los brazos y las piernas la obedecían, aunque tenía una aguja sujeta con esparadrapo en la parte interior del brazo izquierdo y había un fino tubito de plástico que conectaba la aguja con una botella que colgaba boca abajo sobre su cabeza. Jessica observó ceñuda el aparato hasta que su mente se aclaró y comprendió lo que era. Las piernas también le respondían, aunque le dolían al moverlas y sentía rigidez en todos los músculos.

La cabeza. Se había dado un golpe en la cabeza. Jessica alzó lentamente la mano y se palpó el lado de la cabeza. Aún lo tenía hinchado y dolorido, pero no le habían afeitado la zona, lo que significaba que la herida no había sido tan grave como para requerir una intervención quirúrgica. Había tenido muchísima suerte de no ahogarse.

Giró la cabeza y de inmediato descubrió que no había sido un movimiento inteligente; cerró los ojos contra el penetrante dolor y, cuando éste hubo remitido hasta resultar soportable, volvió a levantar los párpados, pero mantuvo quieta la cabeza. Paseó la mirada por la habitación del hospital cuidadosamente, moviendo sólo los ojos. Era una habitación agradable, con cortinas en las ventanas, por las que penetraba la dorada y cristalina luz del sol. En el cuarto había varias sillas de aspecto confortable, una situada al lado de la cama y las demás dispuestas a lo largo de la pared del fondo. En un rincón había una bonita estatuilla de la Virgen María, de color azul y dorado; incluso desde el otro extremo de la habitación, Jessica alcanzó a ver la amable y amorosa paciencia que irradiaba su rostro. Suspiró suavemente, confortada por la pequeña y delicada Virgen.

Una suave fragancia llenaba la habitación, perceptible incluso por encima de los olores a medicina y desinfectante propios de un hospital. Había enormes jarrones con flores repartidos por toda la habitación; no eran rosas, como ella habría esperado, sino azucenas. Jessica sonrió mientras las contemplaba. Le gustaban las azucenas; eran unas flores tan altas y elegantes...

La puerta se abrió con un movimiento lento, casi titubeante, y por el rabillo del ojo Jessica vio el cabello blanco de la señora Constantinos. No cometió la imprudencia de mover la cabeza, pero dijo:

–*Maman* –y la sorprendió la debilidad de su propia voz.

–Jessica, cariño, ya estás consciente –dijo la señora Constantinos llena de alegría mientras entraba en la habitación y cerraba la puerta–. Debo decírselo al médico, lo sé, pero antes quisiera darte un beso, si puedo. Estábamos todos muertos de preocupación.

–Me caí en las rocas –dijo Jessica a modo de explicación.

–Sí, lo sabemos –respondió la señora Constantinos, posando sus suaves labios en la mejilla de Jessica–. Fue hace tres días. Aparte de la conmoción, sufriste una inflamación en los pulmones a causa de la mojadura. Niko está desesperado; no hemos conseguido que se vaya del hospital ni siquiera para dormir.

Nikolas. Jessica no quería pensar en Nikolas. Expulsó de su cansada mente todo pensamiento relacionado con él.

–Estoy tan cansada... –murmuró bajando de nuevo los párpados.

–Sí, es lógico –dijo la señora Constantinos suavemente mientras le daba una palmadita en la mano–. Debo decirles a las enfermeras que estás despierta; el médico querrá verte.

Salió de la habitación y Jessica se quedó adormilada; al cabo de un tiempo indeterminado la despertaron unos dedos fríos que se cerraron en torno a su muñeca. Abrió los ojos y observó somnolienta al médico moreno que le tomaba el pulso.

–Hola –lo saludó cuando le hubo soltado la muñeca.

–Hola –respondió él en un perfecto inglés, sonriendo—. Soy su médico, Alexander Theotokas. Relájese y déjeme ver sus ojos un momento, ¿mmm?

Iluminó los ojos de Jessica con una pequeña linterna en forma de lápiz y pareció satisfecho con lo que vio. Después de auscultarla cuidadosamente, soltó la libreta y le sonrió.

—De modo que al fin ha decidido despertarse. Sufrió una conmoción cerebral muy severa, pero como se hallaba en estado de shock, decidimos posponer la operación hasta que se hubiese estabilizado. Y va usted y nos sorprende recuperándose por sí sola —bromeó el médico.

—Me alegro —dijo Jessica, logrando esbozar una débil sonrisa—. No me gusto nada calva.

—Sí, habría sido una lástima —contestó él acariciando uno de los espesos mechones rojizos—. ¡Aunque con el pelo corto también debe de estar bellísima! Su mejoría es constante. Sus pulmones casi se han recuperado y la hinchazón de sus tobillos prácticamente ha desaparecido. No se rompió ningún hueso, pero se lastimó mucho las piernas y se torció los dos tobillos.

—Es un milagro que no me ahogase —le dijo Jessica—. La marea estaba subiendo.

—Estaba calada hasta los huesos, sí. El agua debió de llegarle hasta las piernas, por lo menos —informó el doctor—. Pero ha experimentado una extraordinaria mejoría; creo que podrá irse a casa dentro de unos ocho o diez días.

—¿Tanto? —preguntó Jessica con voz somnolienta.

–Debe esperar a que su cabeza esté mejor –dijo el médico, insistiendo con amabilidad–. Bueno, ahí fuera tiene una visita que está desgastando el suelo de ir y venir por el pasillo. Está noche encenderé una vela para agradecer que haya recuperado tan pronto el conocimiento. Niko ha estado como loco, y ya no sabía qué hacer para controlarlo. Quizá cuando haya hablado con usted acceda a dormir un poco y a tomar una comida decente.

–¿Nikolas? –inquirió ella, arrugando la frente con preocupación. No se sentía con fuerzas para ver a Nikolas en esos momentos; estaba muy confusa. Las cosas habían ido tan mal entre ellos...–. ¡No! –resolló, alargando la mano para agarrar con desesperación la manga del médico–. Todavía no... No puedo verlo aún. Dígale que he vuelto a dormirme...

–Cálmese, cálmese –murmuró el doctor Theotokas, observándola con detenimiento–. Si no desea verlo, nadie la obligará a ello. Pero Niko estaba tan angustiado, que pensé que tal vez usted podría convencerlo para que, al menos, se vaya a un hotel y disfrute de una noche de sueño. Lleva aquí tres días, y prácticamente se le cierran los ojos.

La señora Constantinos había dicho lo mismo, así que debía de ser cierto. Respirando hondo, Jessica aplacó sus alterados nervios y emitió un murmullo de asentimiento.

El médico y su séquito de enfermeras se marcharon de la habitación, y la puerta volvió a abrirse de inmediato mientras Nikolas pasaba junto a la última enfermera. Después de echarle un sorprendido vistazo, Jessica retiró la mirada. Necesitaba un afeitado y tenía los ojos hundidos y enrojecidos por el cansancio. Estaba pálido y su expresión era tensa.

—Jessica —dijo con voz ronca.

Ella tragó saliva. Después de aquella rápida mirada, supo que el demonio que la había atormentado en sus sueños era Nikolas; aquel demonio tenía las mismas facciones oscuras y poderosas. Recordó cómo Nikolas se había echado sobre ella aquella noche, la noche de bodas, y se estremeció.

—Tienes... tienes un aspecto horrible —logró susurrar—. Necesitas dormir. *Maman* y el médico dicen que no has dormido...

—Mírame —dijo él; su voz sonaba como si tuviera que esforzarse para hacerla brotar de su garganta.

Ella no podía. No quería verlo; su rostro era el rostro del demonio de sus sueños, y Jessica aún se encontraba a medio camino entre la realidad y aquel mundo de pesadilla.

—¡Por Dios, Jessica, mírame!

—No puedo —respondió ella con voz ahogada—. Vete, Nikolas; duerme un poco. Me pondré bien. Es sólo que no puedo... no puedo hablar contigo todavía.

Podía sentirlo allí, a su lado, deseando que lo mirase, pero cerró los ojos de nuevo al sentir el ardor de las lágrimas y, con una exclamación contenida, él salió de la habitación.

Pasaron dos días hasta que volvió a visitarla, y Jessica agradeció el respiro. La señora Constantinos había explicado cuidadosamente que Nikolas estaba durmiendo, y Jessica la creyó. Había podido comprobar lo exhausto que se encontraba. Según su madre, durmió treinta y seis horas seguidas; cuando la señora Constantinos le comunicó con voz satisfecha que su hijo había despertado por fin, Jessica empezó a prepararse. Sabía que volvería y que esa vez no podría rehuirlo. Nikolas había cedido la vez anterior porque se encontraba cansado y aturdido. Jessica no contaría ya con esa ventaja. Pero ahora, al menos, podía pensar con claridad, aunque seguía sin tener idea de lo que iba a hacer. Sólo sabía cuáles eran sus emociones; sólo sabía que le guardaba rencor por haber estropeado el día de su boda. También estaba enfadada, con él y consigo misma, por el fiasco de su noche de bodas. En su interior bullían la ira, la humillación, el resentimiento y el orgullo herido, y Jessica no sabía si podría llegar a perdonar a Nikolas.

Se había recuperado hasta el punto de que le permitían levantarse de la cama, aunque sólo era capaz de desplazarse hasta la silla más cercana. La cabeza aún le dolía cuando hacía movimientos bruscos y, en cualquier caso, el dolor de los tobillos no le permitía andar mucho. Encontró la silla maravillosamente cómoda después de haber pasado tanto tiempo tumbada, y convenció a las enfermeras para que la dejaran sentarse en ella hasta que la venciera el cansancio; aún estaba en la silla cuando Nikolas llegó.

El sol de la tarde entraba por las ventanas, iluminando su rostro, sus marcados pómulos, su expresión adusta. Miró a Jessica silenciosamente durante unos momentos y ella sostuvo su mirada también en silencio, sin saber qué decir. Nikolas se dio media vuelta y colgó el letrero de «No molestar» en la puerta. Al menos, Jessica supuso que era eso lo que ponía en el letrero, dado que no entendía el griego.

Nikolas cerró la puerta tras de sí, luego rodeó la cama y se situó delante de la silla, mirando a Jessica.

—Esta vez no permitiré que huyas de mí —dijo en tono grave.

—No —convino ella, mirándose los dedos entrelazados.

—Tenemos mucho de qué hablar.

—No veo la razón —repuso ella tajantemente—. No hay nada que decir. Lo que pasó, pasó. Hablar de ello no servirá para cambiar las cosas.

Los pómulos de Nikolas se tensaron; de pronto, se acuclilló delante de Jessica para ella pudiese mirarlo a la cara. Sus perfectos labios formaban una fina línea y sus ojos negros la miraban con abrasadora intensidad. Ella casi se estremeció. En aquellos ojos la furia pugnaba con el deseo, y Jessica temía ambas cosas. Pero se dominó a sí misma y sostuvo su mirada.

—Quiero que me expliques lo de tu matrimonio —exigió él en tono cortante—. Quiero saber cómo es posible que fueras virgen cuando te casaste conmigo. ¡Y, maldita sea, Jessica, quiero saber por qué diablos no me lo dijiste!

–Lo intenté –contestó ella en el mismo tono–. Aunque no sé por qué. No tengo necesidad de explicarte nada –prosiguió, negándose a ceder a su ira. Ya había soportado bastantes insultos de Nikolas; no soportaría ninguno más.

Una vena palpitaba peligrosamente en la sien de él.

–Tengo que saberlo –musitó en tono bajo, su voz cada vez más tensa–. Dios santo, Jessica... ¡Por favor!

Ella tembló al oírle decir esas palabras, al oír a Nikolas Constantinos pedirle algo por favor a alguien; también él sufría una enorme tensión, se notaba por la rigidez de sus hombros, por las inflexibles líneas de su boca y su mandíbula.

Jessica dejó escapar un trémulo suspiro.

–Me casé con Robert porque lo quería –musitó al fin, manoseando inconscientemente la bata que llevaba puesta–. Y sigo queriéndolo. Era el hombre más bueno que he conocido nunca. ¡Y me quería! –afirmó con una nota de ferocidad, alzando la cabeza de enmarañados cabellos rojizos para mirar a Nikolas con rabia–. Por mucha basura que tú y los de tu calaña queráis arrojarme, jamás podréis cambiar el hecho de que nos queríamos. Tal vez... tal vez fuese una clase distinta de amor, porque no nos acostábamos juntos ni intentamos nunca tener relaciones sexuales, pero habría dado mi vida por Robert, y él lo sabía.

Nikolas alzó la mano y, aunque ella se encogió en la silla, la acercó hasta su cuello. Le acarició la suave piel y deslizó los dedos hasta su hombro, para luego cerrarlos sobre uno de los senos que se tensaban contra la bata. Pese al hormigueo de alarma que le recorrió la piel, Jessica no se opuso a sus caricias, porque había aprendido que Nikolas podía ser peligroso cuando se contrariaba su voluntad. En lugar de eso, observó el puro deseo que asomaba a sus ojos.

Nikolas levantó la mirada para observar la expresión de ella, mientras seguía estimulando y excitando el pezón con el pulgar.

—¿Y esto, Jessica? —preguntó con voz ronca—. ¿Alguna vez te hizo él esto? ¿Era incapaz? ¿Trató de hacerte el amor y no lo consiguió?

—¡No! ¡En absoluto! —la voz de Jessica temblaba sin control; respiró hondo, luchando por mantener la compostura, pero era difícil aparentar calma cuando la simple caricia de Nikolas en sus senos hacía que la piel le ardiera—. Nunca lo intentó. Una vez me dijo que el amor era mucho más dulce cuando no lo empañaban necesidades básicas como el sexo.

—Era viejo —musitó Nikolas, perdiendo repentinamente la paciencia con la bata y la abrió de un tirón para dejar al descubierto el camisón de seda que había debajo. Introdujo la mano por el escote para agarrar y acariciar las desnudas curvas debajo de la seda, haciendo que Jessica se estremeciera con una mezcla de excitación y de rechazo—. Demasiado viejo —prosiguió él, contemplando sus pechos—. Había olvidado el fuego que puede consumir la cordura de un hombre. Mira mi mano, Jessica. Mira mi mano sobre tu cuerpo. Me volvía loco de furia al imaginar la mano arrugada y manchada de un viejo tocándote así. Y era aún peor imaginarte con otros hombres.

Jessica bajó la mirada involuntariamente, y la recorrió un intenso estremecimiento al ver el contraste de esos dedos fuertes y morenos sobre su piel rosada.

—No hables así de Robert —protestó trémulamente—. ¡Yo lo quería! Y tú también serás viejo algún día, Nikolas.

—Sí, pero seguirá siendo mi mano la que te toque —Nikolas levantó la mirada de nuevo; dos manchas de color empezaban a extenderse por los pómulos de Jessica a medida que aumentaba su excitación—. La edad era lo de menos —admitió entrecortadamente—. Me resultaba insoportable imaginar a otro hombre tocándote. Al ver que te negabas una y otra vez a dejar que te hiciera el amor, creí que me volvería loco de frustración.

Ella no sabía qué decir; se echó hacia atrás y su seno escapó de la mano de Nikolas. Un estallido de rabia refulgió en los ojos de él, y Jessica comprendió que Nikolas jamás aceptaría que la voluntad de ella prevaleciera sobre la suya, ni siquiera en lo que respectaba a su propio cuerpo. Dicho pensamiento extinguió la cálida excitación con que empezaba a reaccionar a sus caricias.

—Ya nada de eso importa —dijo con frialdad—. Todo ha terminado. Creo que será mejor que regrese a Londres y...

—¡No! —repuso él ferozmente; se levantó y empezó a pasearse por la pequeña habitación con las

243

zancadas inquietas de una pantera–. No permitiré que vuelvas a huir de mí. La otra noche huiste y mira lo que te pasó. ¿Por qué, Jessica? –preguntó con voz ronca–. ¿Tanto miedo me tenías que eras incapaz de permanecer en mi cama? Sí, sé que yo te... Dios mío, ¿por qué no me lo dijiste? ¿Por qué no me obligaste a escucharte? No volveré a ser así contigo, cielo. Te lo prometo; me sentí muy culpable. Y luego, cuando te vi tirada en aquellas rocas, pensé que habías... –se detuvo, su expresión se volvió repentinamente sombría y Jessica se acordó de la voz que creyó haber imaginado, la voz que gritaba su nombre. De modo que fue Nikolas quien la encontró.

Pero las palabras de él hicieron que las emociones se le helaran en el pecho. Nikolas se sentía culpable. A Jessica se le ocurrían muchos motivos que él podría haber aducido para desear que se quedara en la isla, pero pocos habrían insultado tanto su orgullo. ¡Prefería volver a Inglaterra antes que quedarse simplemente para que Nikolas pudiera aplacar su sentimiento de culpa! Deseó descargar su furia sobre él, presa del dolor y la humillación, pero, en vez de eso, se envolvió en un manto de engañosa calma y luchó instintivamente para aparentar el frío desdén que había cultivado a lo largo de los años.

–¿Y para qué iba a decírtelo? –preguntó con una vocecita distante, sin tener en cuenta que sí había intentado decírselo, y varias veces en el transcurso de las anteriores semanas–. ¿Acaso me habrías creído?

Él hizo un rápido ademán con la mano, como si eso careciese de importancia.

—Pudiste haber ido a que te examinara un médico; darme pruebas —gruñó—. O pudiste dejar que lo descubriera por mí mismo, pero de una manera menos brutal. Si me lo hubieras dicho, si no te hubieras resistido...

Por un momento, Jessica se limitó mirarlo, atónita ante su increíble arrogancia. Pese a sus millones, pese a su apariencia sofisticada, en el fondo seguía siendo griego hasta la médula, y para él el orgullo de una mujer no contaba para nada.

—¿Por qué iba demostrarte nada? —se burló ella desde los abismos de su angustia—. ¿Acaso tú eras virgen? ¿Qué derecho tienes a juzgarme?

Una intensa furia ensombreció el rostro de Nikolas; avanzó hacia ella con una zancada y alargó los brazos como si pensara zarandearla, pero se acordó de sus heridas y se detuvo. Jessica lo miró con frío desdén mientras él respiraba hondo, en un claro intento de controlar su genio.

—Tú misma te lo buscaste —dijo al fin— con esa actitud.

—¿Tengo yo la culpa de que seas un matón y un tirano? —lo desafió Jessica, alzando la voz—. ¡Desde el día en que nos conocimos intenté decirte que tenías un concepto falso de mí, pero te negabas categóricamente a escuchar, así que no vengas a echármelo en cara ahora! Nunca debí regresar de Cornualles.

Nikolas permaneció inmóvil, mirándola con una

expresión indescifrable en sus duras facciones, sus labios crispados con amargura.

—Habría ido a buscarte —dijo.

Ella no tomó en cuenta sus inquietantes palabras y trató de dominar su propia cólera. Cuando se sintió capaz de hablar sin enojo, dijo con voz distante:

—De todas maneras, todo ha terminado; de nada sirve llorar por lo que pudo haber sido. Propongo un divorcio rápido y discreto...

—¡No! —rezongó Nikolas de modo fulminante—. Eres mi esposa y seguirás siéndolo. Eres mía, Jessica, y te quedarás en la isla aunque para ello tenga que hacerte prisionera.

—¡Qué imagen tan encantadora! —chilló Jessica con súbita desesperación—. Deja que me vaya, Nikolas. No quiero quedarme contigo.

—Tendrás que hacerlo —sentenció él, con sus ojos negros centelleando—. La isla es mía y nadie sale de ella sin mi permiso. Los aldeanos me son leales; no te ayudarán a escapar. Jessica lo miró con rabiosa impotencia.

—Te haré quedar como un hazmerreír —advirtió.

—Inténtalo, cariño, y descubrirás hasta dónde llega la autoridad de un griego sobre su esposa —advirtió Nikolas a su vez—. No pareceré ningún hazmerreír cuando tengas que utilizar cojines para sentarte.

—¡Más te vale no ponerme la mano encima! —exclamó ella furiosa—. Puede que seas griego, pero yo no lo soy, y no dejaré que me castigues.

—No creo que sea necesario —contestó él arrastrando la voz, y ella comprendió que de nuevo se había hecho con las riendas de la situación y que tenía muy claro lo que iba a hacer–. Tendrás más cuidado a la hora de tentar mi paciencia, ¿verdad que sí, cariño?

–¡Vete! –gritó ella, levantándose en un acceso de furia que le hizo olvidar momentáneamente sus heridas; el dolor estalló en su cráneo a modo de cruel recordatorio, y Jessica se tambaleó sobre sus inseguros pies.

Nikolas la tomó en brazos al instante y la dejó en la cama, recostándola sobre la almohada. A través de una neblina de dolor, Jessica volvió a decir:

–¡Márchate!

–Me iré, pero sólo hasta que te hayas tranquilizado –respondió Nikolas, inclinándose sobre ella como el demonio de sus sueños–. Volveré y te llevaré de vuelta a la isla conmigo. Te guste o no, eres mi esposa y seguirás siéndolo –tras aquellas últimas palabras, se marchó, y Jessica clavó los lagrimosos ojos en el techo, preguntándose durante cuánto tiempo podría soportar aquella batalla campal que era su matrimonio.

ONCE

Pero no, no era una batalla campal. Nikolas nunca permitiría tal cosa y ella era incapaz de luchar contra él. La única arma que tenía era su frialdad, e hizo un implacable uso de ella, negándose a ceder lo más mínimo cuando él acudía a visitarla. Nikolas hacía caso omiso de su indiferencia y le hablaba amablemente del día a día en la isla y de la gente que preguntaba por ella. Todos le enviaban su cariño y querían saber cuándo saldría del hospital; a Jessica le resultaba extremadamente difícil no reaccionar al oír aquello. En los pocos días que había pasado en la isla se había sentido tan cálidamente acogida, que echaba de menos a la gente de allí, sobre todo a Petra y a Sophia.

La misma mañana en que le dieron el alta, Nikolas hizo añicos su resistencia con tanta facilidad, que posteriormente Jessica se dio cuenta que se había limitado a esperar a que estuviera recuperada para entrar en acción. Cuando Nikolas entró en la habitación y vio que ya estaba vestida y lista para marcharse, la besó con naturalidad sin darle tiempo a retirarse, y luego la soltó antes de que pudiera reaccionar.

–Me alegro de que estés preparada –comentó mientras agarraba la pequeña maleta con la poca ropa que le había llevado para su estancia en el hospital–. *Maman* y Petra me ordenaron que te llevara de regreso lo antes posible, y Sophia ha preparado una cena especial para ti. ¿A que te apetecería tomar *soupa avgolemono*? Te gustó, ¿verdad?

–¿Por qué no te ahorras la molestia de llevarme a la isla y me dejas en un avión con destino a Londres? –inquirió ella con frialdad.

–¿Y qué harías en Londres? –repuso él, mirándola con ojos exasperados–. Estarías sola y serías blanco de los comentarios más crueles que puedas imaginar, sobre todo si estás embarazada.

Ella alzó los ojos para mirarlo, sorprendida, y Nikolas añadió en tono burlón:

–A menos que tomaras precauciones. ¿No? Ya me parecía, y confieso que tampoco a mí se me ocurrió.

Jessica siguió mirándolo con impotencia. Le daban ganas de abofetearlo y, al mismo tiempo, experimentaba una extraña calidez interior al pensar en la posibilidad de darle un hijo. Maldito fuera; a pesar de todo, comprendió con amarga resignación que aún lo amaba. Era algo que nunca podría evitar, aunque deseara hacerle daño como él se lo había hecho a ella. Sorprendida por la intensidad de sus propios sentimientos, apartó los ojos de Nikolas y se miró las manos. Necesitó toda su fuerza de voluntad para reprimir las lágrimas mientras decía en tono derrotado:

—Está bien. Me quedaré hasta que sepa si estoy embarazada o no.

—Puede que tardes un poco en saberlo —dijo Nikolas, sonriendo ufano—. Después de la caída que sufriste, tu organismo estará un poco trastornado. Además, pretendo hacer todo lo posible para dejarte embarazada si es el único medio de conseguir que te quedes en la isla.

—¡Oh! —gritó Jessica, retirándose de él. Lo miraba con ojos llenos de visible pánico—. Nikolas, no. No podré soportarlo de nuevo.

—No volverá a ser como la otra vez —le aseguró él, alargando la mano para agarrarle el brazo.

—¡No dejaré que me toques!

—Ese es otro de los derechos que los maridos tienen sobre sus mujeres —Nikolas sonrió burlón, atrayéndola hacia sí—. Hazte a la idea desde ya, cielo; pienso hacer uso de mis derechos conyugales. Para eso me casé contigo.

Jessica estaba tan trastornada que fue sin protestar hasta el taxi que les aguardaba en la puerta; no habló con Nikolas durante todo el trayecto desde Atenas hasta el aeropuerto. En otras circunstancias, se habría sentido fascinada por la ciudad, pero en aquellos momentos estaba aterrorizada por las palabras de Nikolas y empezaba a dolerle la cabeza.

En el aeropuerto estaba el helicóptero privado de Nikolas, con el depósito lleno de combustible y preparado para despegar. A través de una neblina de dolor, Jessica comprendió que Nikolas había debido de llevarla al hospital en aquel helicóptero. No recordaba nada de lo sucedido después de desmayarse en las rocas, y de repente deseó saber lo que había pasado.

–Nikolas, me encontraste tú, ¿verdad? Cuando me caí...

–Sí –confirmó él ceñudo. La miró de soslayo y detuvo los ojos un momento en su semblante pálido y tenso.

–¿Qué pasó luego? Después de que me encontraras, quiero decir.

Nikolas la agarró del brazo y la condujo por la pista hasta el helicóptero.

–Al principio, creí que habías muerto –explicó en tono distante, aunque exhaló un ronco suspiro que indicó a Jessica que no le resultaba fácil sobrellevar el recuerdo, ni siquiera después del tiempo transcurrido–. Cuando llegué hasta ti, descubrí que aún vivías y te saqué de debajo de aquellas rocas; luego te llevé a la casa. Sophia ya estaba levantada; me vio llegar por el sendero y se acercó corriendo para ayudarme.

Llegaron al helicóptero y Nikolas abrió la puerta; después de ayudar a Jessica a instalarse en su asiento, volvió a cerrarla bien. A continuación, rodeó el aparato y deslizó su alta figura en el asiento situado delante de los controles. Tomó los auriculares y se quedó mirándolos con aire ausente.

—Estabas empapada y tiritabas —prosiguió—. Mientras Andros telefoneaba al hospital y hacía los preparativos necesarios para tu transporte en el helicóptero, *maman* y yo te quitamos la ropa y te envolvimos en una manta. Después volamos hasta aquí. Sufrías un shock profundo y se pospuso la operación, aunque los médicos estaban preocupados. Alex me dijo que en ese estado no sobrevivirías a una intervención quirúrgica, que tendría que esperar a que te estabilizaras antes de plantearse siquiera la posibilidad de operar.

—Y entonces mejoré —concluyó Jessica por él, sonriendo débilmente.

Nikolas no sonrió.

—Empezaste a reaccionar de forma positiva —musitó—. Pero tenías fiebre e inflamación en los pulmones. Unas veces estabas inconsciente, otras delirabas y gritabas cuando los médicos o yo nos acercábamos a ti —giró la cabeza para mirarla, con ojos implacables y amargos—. Al menos, no era sólo conmigo; gritabas siempre que algún hombre se acercaba a ti.

Jessica no podía decirle que había sido de él de quien había tenido miedo. Al cabo de unos momentos de silencio, Nikolas se puso los auriculares y tomó los controles.

Ella reclinó la cabeza en el asiento y cerró los ojos, deseando que el dolor que sentía en las sienes desapareciera; no obstante, aumentó cuando la hélice empezó a girar, y Jessica hizo una mueca. El roce de una mano en su rodilla la hizo abrir los ojos; al ver la expresión preocupada e inquisitiva de Nikolas, ella se llevó las manos a los oídos para hacerle saber cuál era el problema. Él asintió y le dio una compasiva palmadita en la pierna, y a ella le dieron ganas de gritar. Volvió a cerrar los ojos para no ver a Nikolas.

Por extraño que pudiera parecer, Jessica se durmió durante el viaje a la isla. Tal vez se debía a que la medicación que aún estaba tomando la adormecía, pero Nikolas tuvo que despertarla una vez que hubieron llegado. Ella se incorporó en el asiento, confusa, para ver cómo prácticamente toda la población de la isla había acudido a esperar su regreso. Todos le sonreían y la saludaban con la mano, y ella devolvió el saludo, conmovida hasta el llanto por la cálida acogida de los isleños. Nikolas se bajó de un salto del helicóptero, gritando algo que provocó la risa de todos los presentes, y después se acercó al lado de Jessica para abrirle la puerta mientras ella se quitaba el cinturón de seguridad.

Con una facilidad que le asustó y deleitó al mismo tiempo, Nikolas la tomó en brazos y la apoyó sobre su pecho.

—Puedo caminar —protestó ella.

—Por la pendiente de la colina, no —dijo él—. Aún estás débil; rodéame con tus brazos, cariño. Que todos vean lo que quieren ver.

Efectivamente, cuando Jessica deslizó los brazos alrededor de su musculoso cuello, todos parecieron complacidos, y algunos hombres le hicieron a Nikolas comentarios que parecían jocosos, a los cuales él respondió con sonrisas socarronas y comentarios del mismo estilo. Jessica se prometió aprender griego sin demora; deseaba saber qué era lo que Nikolas decía de ella.

Él la llevó hasta la casa y subió directamente a su dormitorio. Mientras la soltaba en la cama, ella miró a su alrededor frenéticamente; antes de poder reprimir las palabras, exclamó:

—¡No puedo dormir aquí Nikolas!

Él dejó escapar un suspiro y se sentó en el borde de la cama.

—Lamento que pienses eso, cariño, porque tendrás que dormir aquí. Mejor dicho, tendrás que dormir conmigo, y eso es lo que tanto te preocupa, ¿verdad?

—¿Acaso puedes reprochármelo? —inquirió ella ferozmente.

—Sí que puedo —respondió Nikolas con calma. Sus ojos negros la miraban, implacables—. Eres una mujer inteligente y adulta; deberías ser capaz de comprender que, en el futuro, nuestras relaciones sexuales no serán como las de nuestra noche de bodas. Yo estaba medio borracho, frustrado, y perdí el control. Tú estabas asustada y furiosa, y te resististe a mí. Como era de esperar, te hice daño. Pero no volverá a suceder, Jessica. La próxima vez que te posea, disfrutarás tanto como yo.

—¿Es que no comprendes que no te deseo? —estalló Jessica, furiosa al ver que él pensaba tranquilamente hacerle el amor a pesar de su negativa—. De verdad, Nikolas, debes de ser increíblemente presuntuoso si piensas que querría acostarme contigo después de lo de aquella noche.

Un estallido de rabia iluminó los ojos de él.

—¡Da gracias a Dios de que te conozco bien, Jessica, o de lo contrario haría que te arrepintieras de esas palabras! —espetó bruscamente—. Pero te conozco, y sé que cuando estás asustada y dolida contraatacas como una gatita furiosa, y que los años de práctica te han ayudado a perfeccionar esa máscara de frialdad. No, cariño, a mí no me engañas. Aunque tu orgullo te impulse a resistirte a mí, recuerdo cierta noche en Londres, cuando me dijiste que me amabas. Esa noche te mostraste tímida y dulce; no fingías. ¿Lo recuerdas tú también, Jessica?

Jessica cerró los ojos, horrorizada. ¡Esa noche! ¿Cómo iba a olvidarla? Y qué propio de Nikolas recordarle el secreto que ella había confesado en voz alta, pensando que él le correspondería con palabras igualmente dulces y le diría que la amaba. Pero no lo había hecho, ni esa noche ni después. De sus labios habían brotado palabras de pasión, pero nunca de amor.

Temblando, Jessica gritó:

—¿Si lo recuerdo? ¿Cómo voy a olvidarlo? Como una tonta, dejé que te acercaras a mí, y apenas salieron esas palabras de mi boca cuando tú me abofeteaste con la opinión que tenías de mí. Al menos, me abriste los ojos, me sacaste de mi absurdo ensueño. El amor no es inmortal, Nikolas. Puede morir.

—El tuyo no ha muerto —murmuró él en tono confiado, con sus duros y perfectos labios arqueados en una sonrisa—. Te casaste conmigo y deseabas vestir de blanco. Llevabas el peinado de una virgen; sí, me di cuenta. Todos tus actos pregonaban a voces que te casabas conmigo para siempre, y así será. Te he lastimado, cariño, te he hecho infeliz, pero te compensaré. Para cuando nazca nuestro primer hijo, no recordarás haber derramado una sola lágrima.

Aquel comentario casi la hizo saltar de la cama; para demostrarle a Nikolas que se equivocaba, se echó a llorar, lo cual hizo estragos en su dolorida cabeza. Con un murmullo tranquilizador, Nikolas la estrechó entre sus brazos y se tumbó en la cama junto a ella, atrayéndola hacia sí, susurrándole para consolarla. Contra toda lógica, la cercanía de Nikolas la tranquilizó. Finalmente, Jessica dejó de llorar y se acurrucó contra él, enterrando el rostro en su camisa.

—¿Nikolas? —dijo con voz vacilante desde el interior de aquel dudoso refugio.

—¿Sí, cariño? —musitó él, y su profunda voz retumbó debajo del oído de Jessica.

—¿Querrás... querrás darme un poco de tiempo? —inquirió ella, alzando la cabeza para mirarlo.

—Sólo hasta que te recuperes por completo —contestó Nikolas mientras le retiraba el cabello de las sienes con dedos cuidadosos—. Pero no esperaré más. No podré. Aún la deseo con locura, señora Constantinos. Nuestra noche de bodas fue un mero aperitivo.

Jessica se estremeció entre sus brazos al imaginar a Nikolas devorándola, como un animal hambriento. Se sentía desgarrada por la indecisión: lo amaba pero era incapaz de entregarse a él, de confiar en él, de saber lo que en realidad sentía.

—Por favor, no me metas prisa —susurró—. Lo intentaré; de verdad. Pero no sé... no sé si podré llegar a perdonarte alguna vez.

La comisura de la boca de Nikolas tembló un momento; de inmediato, afirmó sus labios y dijo:

—Me perdones o no, eres mía y jamás te dejaré ir. Te lo repetiré tantas veces como haga falta hasta lograr que me creas.

—Lo hemos hecho mal, Niko —susurró Jessica dolorida, usando por primera vez la abreviación cariñosa de su nombre mientras las lágrimas fluían de nuevo.

—Lo sé —musitó él, y sus ojos se tornaron sombríos—. Tendremos que esforzarnos por salvar lo que podamos para conseguir que nuestro matrimonio funcione.

Cuando Nikolas se hubo ido, Jessica permaneció echada en la cama, tratando de aquietar sus confusas emociones; sentía tantas cosas al mismo tiempo que era incapaz de aclarar sus sentimientos. En parte, deseaba fundirse entre los brazos de Nikolas y rendirse al amor que aún sentía por él, a pesar de todo lo que había sucedido; otra parte de ella, sin embargo, se sentía amargamente furiosa y resentida, y deseaba irse lo más lejos posible de Nikolas. Jessica había reprimido el dolor y la soledad durante años, pero Nikolas había hecho pedazos la barrera de su autocontrol, y ya no era capaz de desterrar o ignorar sus sufrimientos. Las emociones que durante tanto tiempo había dominado se desbordaban ahora en una amarga liberación, y Jessica estaba resentida con Nikolas por el modo en que había hecho añicos sus defensas.

Vaya parodia de matrimonio, se dijo cansada. Una mujer no necesitaba defensas contra su marido; un matrimonio debía basarse en la confianza y el respeto mutuos, y Nikolas aún no la respetaba ni confiaba en ella. Jessica había pensado que su actitud cambiaría cuando se diera cuenta de lo equivocado que había estado respecto a ella, pero no había sido así. Tal vez ya no estuviera tan resentido con ella, pero seguía sin reconocerle autoridad alguna sobre su propia vida. Deseaba controlarla, someter cada uno de sus movimientos a su capricho, y Jessica no se creía capaz de vivir así.

Al cabo de un rato, se quedó dormida, para despertarse con las largas sombras del anochecer. Su dolor de cabeza había disminuido; de hecho, había desaparecido por completo, y se sentía mejor que nunca desde el accidente.

Se bajó de la cama y caminó hasta el cuarto de baño con cautela, temiendo que le volviese el dolor de cabeza, pero no fue así; aliviada, se quitó la arrugada ropa y llenó de agua la enorme bañera de porcelana. Petra había surtido el cuarto de baño de diversos artículos de tocador que seguramente Nikolas no había utilizado nunca, a no ser que tuviera una pasión oculta por el gel de baño perfumado, y Jessica vertió una generosa cantidad de gel en la bañera hasta que se formaron montañas de espuma.

Después de recogerse el cabello, se introdujo en la bañera y se sumergió en el agua hasta que las burbujas le hicieron cosquillas en el mentón. Alargó la mano para tomar el jabón y emitió un sobresaltado chillido al ver que la puerta se abría de repente.

Nikolas entró en el cuarto de baño, con el ceño fruncido, pero su expresión ceñuda se transformó en una sonrisa socarrona cuando vio a Jessica allí tumbada, prácticamente cubierta de espuma.

—Lo siento, no quería asustarte —dijo.

—Me estoy dando un baño —protestó ella indignada, y la sonrisa de él se ensanchó.

—Ya lo veo —dijo, tumbándose junto a la bañera y mirando a Jessica apoyado sobre un codo—. Te haré compañía. Es la primera vez que tengo el privilegio de ver cómo te bañas, y no me sacarían de aquí ni a rastras.

—¡Nikolas! —gimió Jessica, sonrojada.

—Vamos, cálmate —la tranquilizó él, alargando la mano para pasarle un dedo por la nariz—. Prometí no propasarme contigo y no lo haré. Pero esa promesa no me impide conocer mejor a mi esposa ni procurar que vaya acostumbrándose a mí.

Estaba mintiendo. De repente, Jessica supo que estaba mintiendo y se retiró de su mano, con los ojos llenos de lágrimas.

—¡Aléjate de mí! —gritó con voz ronca—. ¡No te creo, Nikolas! No puedo soportarlo. ¡Por favor, por favor, vete! —si se quedaba, se la llevaría a la cama y le haría el amor, a despecho de su promesa. Nikolas le había hecho esa promesa solamente para poder sorprenderla con la guardia baja, y Jessica era incapaz de someterse a él de nuevo. Empezó a temblar entre sollozos, y él se puso en pie al tiempo que profería una maldición, con su rostro ensombrecido por la furia.

–Está bien –dijo con los dientes apretados–. Te dejaré tranquila. ¡Dios, y tanto que te dejaré tranquila! ¡La paciencia de un hombre tiene un límite, Jessica, y la mía ya se ha agotado! Quédate con la cama; yo dormiré en otro sitio –salió violentamente del cuarto de baño, cerrando la puerta con tanta fuerza que los goznes retemblaron; unos segundos después, Jessica oyó que también se cerraba la puerta del dormitorio.

Hizo una mueca y exhaló un tembloroso suspiro, tratando de dominarse.

Era inútil. Aquel matrimonio jamás funcionaría. Tendría que convencer a Nikolas para que la dejara marchar; después de lo sucedido esa noche, dicha tarea no resultaría muy difícil.

Sin embargo, Nikolas se mostró inflexible en su negativa a permitir que Jessica saliera de la isla. Ella sabía que él veía la situación como una batalla y que tenía toda la intención de ganarla, pese a las constantes maniobras de Jessica para mantener una cómoda distancia entre ambos. Sabía, asimismo, que aquella cólera que Nikolas había manifestado en el cuarto de baño llevaba largo tiempo gestándose. Le irritaba profundamente que ella no se lanzara a sus brazos cuando él la tocaba, como antes de que se casaran, y no estaba dispuesto a renunciar a los placeres de su cuerpo. Simplemente estaba esperando, al acecho, observándola cuidadosamente en busca del menor signo de debilidad en su resistencia.

Aunque el esfuerzo de mostrar una fachada de calma y serenidad delante de los demás empezaba a afectarla, Jessica no deseaba disgustar a la madre de Nikolas, ni a Petra y Sophia. Todos habían sido tan amables con ella y le habían prodigado tantas atenciones, que no quería preocuparlos con un ambiente de conflicto. Merced a un acuerdo tácito, Nikolas y ella dejaron que todos pensaran que él dormía en otro cuarto porque a ella aún le dolía la cabeza y la presencia de Nikolas perturbaba su sueño. Dado que seguía sufriendo fuertes dolores cuando hacía algún esfuerzo, nadie puso en duda dicha explicación.

Jessica fingió para que su recuperación pareciese más lenta de lo que era en realidad, aunque sin exagerar, utilizando su estado físico como arma contra Nikolas. Descansaba con frecuencia y a veces se retiraba sin decir nada para echarse en la cama con un paño frío sobre la frente y los ojos. Normalmente, alguien acudía a ver cómo se encontraba al cabo de poco rato, y de ese modo se aseguró de que todos en la casa supieran lo delicada que estaba. Lamentaba tener que engañarlos, pero debía protegerse, y sabía que tendría que aprovechar cualquier oportunidad para escapar. Si todos pensaban que su estado seguía siendo más débil de lo que era en realidad, tendría más posibilidades de éxito.

La ocasión se presentó una semana después, cuando Nikolas informó durante la cena que Andros y él volarían a Atenas a la mañana siguiente. Pasarían la noche en la ciudad y regresarían un día después. Jessica tuvo cuidado de no alzar la mirada, segura de que su expresión podía delatarla. ¡Era su oportunidad! Tan sólo tendría que colarse a escondidas en el helicóptero; una vez en Atenas, cuando Nikolas y Andros se marcharan para asistir a su reunión, ella saldría del aparato, se dirigiría a la terminal del aeropuerto y compraría un billete de avión para marcharse de Atenas.

Pasó toda la tarde preparando su plan; se retiró temprano y guardó las cosas esenciales que pensaba llevarse en la maleta más pequeña que tenía. Cuando hubo terminado, volvió a guardar la maleta en el armario. Revisó su bolso para cerciorarse de que el dinero que había llevado consigo seguía en su billetera; descubrió que aún lo tenía. Sin duda, Nikolas estaba convencido de que nadie en la isla era susceptible de recibir un soborno y, probablemente, tenía razón. Pero a Jessica ni siquiera se le había pasado por la cabeza intentar sobornar a nadie, y ahora se alegraba de ello, pues Nikolas le habría quitado el dinero con toda seguridad si hubiese intentado semejante táctica.

Contó el dinero cuidadosamente; cuando partió de Inglaterra para viajar a París con Nikolas, había llevado consigo dinero suficiente para permitirse algún capricho o cubrir alguna posible emergencia. Cada penique seguía allí. No sabía si tendría suficiente para comprar un billete de avión para Londres, pero sin duda podría salir de Grecia. Si lograba llegar hasta París, podría telefonear a Charles para que le girase más fondos. Nikolas tenía el control de sus asuntos financieros, pero no había retirado el dinero de su cuenta corriente y ella aún podía disponer de ese dinero.

Más tarde, cuando todos se hubiesen retirado, iría a esconder la maleta en el helicóptero. Sabía, por anteriores viajes, que había un pequeño espacio detrás de los asientos traseros, y pensaba que bastaría para la maleta y para ella. No obstante, para asegurarse, se llevaría una manta oscura y se acurrucaría debajo de ella, en el suelo, si le resultaba imposible esconderse detrás de los asientos. Recordando el interior del helicóptero, llegó a la conclusión de que una persona podía esconderse en él de ese modo. Estaba diseñado para transportar a seis pasajeros, y los asientos eran espaciosos y confortables. Nikolas pilotaría el vehículo personalmente y Andros se instalaría en el asiento delantero, junto a él; no tenían por qué mirar los asientos de la parte trasera.

El plan en sí presentaba muchos inconvenientes y dependía demasiado de la suerte y del azar, pero Jessica no disponía de ningún otro, ni de más oportunidades, así que tendría que correr el riesgo. No tenía intención de desaparecer para siempre, sino tan sólo el tiempo suficiente para aclararse con respecto a lo que sentía por Nikolas. Únicamente pedía un poco de tiempo y de distancia entre ambos, pero él se negaba a darle de buen grado lo que necesitaba. Ella se sentía incapaz de seguir soportando la presión. Desde el mismo momento en que lo había conocido, Nikolas la había utilizado y manipulado hasta hacer que se sintiera como una muñeca, y para

Jessica se había convertido en una necesidad fundamental recuperar el control de su propia vida.

En otros tiempos, había creído ingenuamente que el amor podía resolver cualquier problema, pero también ese sueño había quedado hecho pedazos. El amor no resolvía nada; tan sólo complicaba las cosas. Amar a Nikolas le había causado mucho dolor y le había reportado muy pocas satisfacciones. Algunas mujeres se habrían conformado con la satisfacción física que él ofrecía y, a cambio, habrían aceptado que no las amase, pero Jessica no estaba segura de poseer la fuerza necesaria para ello. Eso era lo que tenía que descubrir: si amaba a Nikolas lo suficiente para vivir con él fueran cuales fuesen las circunstancias, si podría obligarse a aceptar el hecho de que él la deseaba, pero no la amaba. Muchos matrimonios se basaban en sentimientos que no llegaban a ser amor, pero Jessica tenía que estar muy segura antes de dejarse arrastrar de nuevo a un rincón del que no habría escapatoria.

Conocía a su marido; planeaba dejarla embarazada, atándola así de forma irrevocable a la isla y a su persona. Jessica también sabía que disponía de muy poco tiempo antes de que Nikolas pusiera su plan en práctica. De momento, la había dejado tranquila, pero ya casi estaba recuperada por completo, y su intuición le advertía que Nikolas ya no se dejaba engañar por su farsa y que, en el momento menos pensado, acudiría a su cama. Sabía que tenía que escapar pronto si deseaba tener tiempo para pensar a solas y decidir con calma si podría seguir viviendo con él.

Después de guardar el bolso, Jessica se preparó para acostarse y apagó las luces, pues no deseaba levantar sospechas. Permaneció muy quieta en la cama, relajada pero muy atenta a cualquier ruido que pudiera oírse en la casa.

La puerta del cuarto se abrió y una alta figura de hombros anchos proyectó su larga sombra sobre ella.

—¿Estás despierta? —preguntó Nikolas en tono quedo.

En respuesta, Jessica alargó la mano y encendió la lamparilla de noche.

—¿Sucede algo? —se incorporó apoyándose sobre un codo, con los ojos cautos y muy abiertos, mientras Nikolas entraba en el cuarto y cerraba la puerta tras de sí.

—Necesito sacar unas cosas del armario —informó él, y Jessica sintió que el corazón se le paraba en el pecho mientras observaba, paralizada, cómo Nikolas se acercaba al armario y lo abría. ¿Y si agarraba la maleta en la que ella había guardado sus cosas? ¿Por qué no había insistido en que él se llevara sus cosas del armario? No, a la madre de Nikolas le habría extrañado y, en honor a la verdad, él no había intentado aprovecharse de la situación. Cuando necesitaba algo de ropa, iba a buscarla de día, y nunca en momentos en los que Jessica pudiera estar desvestida.

Nikolas sacó dos maletas negras de piel y ella dejó escapar un tembloroso suspiro de alivio.

—¿Te encuentras bien? Tienes mala cara.

—La jaqueca de costumbre —se obligó a responder

Jessica con calma y, antes de poder evitarlo, añadió–: ¿Quieres que te prepare yo el equipaje?

Una sonrisa surcó las sombras del rostro de Nikolas.

–¿Crees que no sabré doblar las camisas? Me las arreglo bastante bien, aunque te agradezco el ofrecimiento. Cuando regrese –agregó pensativo–, te llevaré al hospital para que el doctor Theotokas te haga otro examen.

Ella no quería que la examinaran, pero, como tenía pensado marcharse antes, no protestó.

–¿Por los dolores de cabeza? ¿No dijo que tardarían en desaparecer por completo?

Nikolas retiró una camisa de la percha y la dobló pulcramente antes depositarla en la maleta abierta.

–Sí, pero creo que tu recuperación debería ser más rápida. Quiero asegurarme de que no hay otras complicaciones.

¿Como un embarazo?, pensó Jessica de repente, y empezó a temblar. Cabía la posibilidad, desde luego, aunque seguramente era aún pronto para saberlo. Ella, al menos, no tenía ni idea. Pero ¿no sería irónico si lograba escapar de las garras de Nikolas y descubría que ya estaba embarazada? Ignoraba qué haría si se daba esa circunstancia, de modo que desterró el pensamiento de su mente.

La conversación cesó y Jessica se incorporó más sobre la almohada y observó cómo Nikolas terminaba de hacer el equipaje. Después de cerrar la maleta y ponerla a un lado, él se acercó a la cama y se sentó junto a Jessica. Incómoda por su proximidad, ella guardó silencio y lo miró con tensa fijeza.

Una media sonrisa se dibujó en los labios de Nikolas.

—Me marcharé al amanecer —murmuró—, así que no te despertaré. ¿Querrás darme el beso de despedida esta noche?

Jessica deseaba negarse, pero una parte de ella cedió, manteniéndola inmóvil mientras él se inclinaba y la besaba tiernamente en los labios. No fue un beso exigente, y Nikolas se retiró casi de inmediato.

—Buenas noches, cariño —dijo con suavidad; le colocó las manos en el tórax y la acomodó debajo de la ligera colcha; después empezó a arroparla. Jessica levantó los ojos para mirarlo y le dedicó una sonrisa, leve y tímida, que bastó para que las manos de él se detuvieran y dejaran lo que estaban haciendo.

Nikolas contuvo el aliento y sus ojos negros comenzaron a brillar, iluminados por el resplandor de la lámpara.

—Buenas noches —repitió, inclinándose sobre ella.

Esa vez su boca se detuvo más tiempo sobre los labios de Jessica, acariciándolos, estimulándolos para que se amoldaran a su presión. Dicha presión no era intensa, pero el contacto se prolongó, cálido y provocativo. El aliento de Nikolas era dulce y embriagador, impregnado del vino que habían tomado en la cena.

Inconscientemente, Jessica alzó una mano hasta su brazo y fue subiendo hasta aferrarse al hombro y luego a la curva del cuello. Nikolas hizo más profundo el beso, buscando la lengua de Jessica, provocándola, haciendo excitantes incursiones en los puntos sensibles que encontraba, y ella se vio arrastrada hacia una neblina de sensual placer, sin sentir miedo aún de sus caricias.

Con un lento ademán, Nikolas bajó la colcha lo suficiente para que las suaves curvas de los senos quedaran al descubierto ante su ávida mirada. Alzó la cabeza y observó sus largos dedos mientras se deslizaban debajo de la fina tela y se cerraban sobre la exquisita piel; después subieron para agarrar el tirante y retirarlo del hombro de Jessica. Ella hizo un leve gesto de miedo, pero los movimientos de Nikolas eran tan pausados y tiernos que no protestó; en vez de eso, sus labios lo buscaron con ansia, paladeando el sabor levemente salado de la piel de los pómulos y la curva del mentón.

Él giró la cabeza y, de nuevo, sus bocas se encontraron mientras Jessica cerraba los ojos. Con movimientos perezosos, Nikolas bajó aún más la tela de seda rosa, desnudando la curva superior de uno de los senos. El delicado pezón rosado escapó de la tela y Nikolas retiró la mano del tirante para capturar su expuesta belleza.

—Ahora te daré el beso de buenas noches —susurró antes de deslizar los labios por la curva de su cuello. Se detuvo un momento y su lengua exploró el sensible hueco situado entre el cuello y el omóplato, haciendo que Jessica se estremeciera, presa de un placer que escapaba rápidamente de su control.

A ella no le importó. Tal vez, si Nikolas se hubiese mostrado tan cuidadoso y tierno en la noche de bodas, sus problemas no existirían. Permaneció inmóvil debajo de su errabundo contacto, disfrutando con las delicadas sensaciones, con el calor que se propagaba por su cuerpo.

Los labios de Nikolas reanudaron su viaje, desplazándose hacia abajo para cerrarse sobre el palpitante pezón. Jessica jadeó en voz alta y arqueó la espalda, agarrando el espeso cabello negro de Nikolas para apretar la cabeza de éste contra sí. Los suaves tirones de su boca provocaban intensas punzadas de puro deseo físico que recorrían sus terminaciones nerviosas. Sus temblores se intensificaron y Jessica alargó las manos para abrazarlo; pero él soltó el pezón y alzó la cabeza, retirándose de ella.

Sonreía, pero su sonrisa era de triunfo.

—Buenas noches, cariño —murmuró subiéndole de nuevo el tirante—. Nos veremos dentro de dos días —y se fue, llevándose la maleta y cerrando la puerta tras de sí.

Jessica siguió echada en la cama, mordiéndose los labios para reprimir un grito de furia y frustración. Nikolas lo había hecho deliberadamente; la había seducido con su delicadeza hasta que ella olvidó sus miedos, y luego la había dejado insatisfecha. ¿Habría querido desquitarse por los anteriores rechazos de Jessica, o todo había sido una maniobra calculada para someterla? Jessica prefería pensar lo segundo, aunque estaba más que decidida a no rendirse a él. ¡No sería su esclava sexual!

Pensar en la huida la llenó de perverso placer. Nikolas estaba muy seguro de su victoria; pues bien, que se consumiera con la duda preguntándose qué había fallado cuando descubriera que su esposa había preferido huir antes que acostarse con él. Era demasiado egoísta y estaba demasiado pagado de sí mismo; le iría bien que alguien le plantase cara de vez en cuando.

Jessica puso el despertador a las dos de la madrugada y se acomodó en la cama, esperando poder dormir. Y logró dormirse, aunque había descansado pocas horas cuando sonó el despertador. Lo paró rápidamente y salió de la cama; después utilizó la linterna que tenía siempre en el cajón de la mesita de noche para buscar unos tejanos, una camisa y unos zapatos de suela de crepé. Fue hasta el armario muy despacio y sacó la maleta; después se dirigió hacia la puerta corredera que conducía a la terraza. Retiró el pestillo con un leve clic y deslizó la puerta lo justo para poder pasar por la abertura. Por último, se apresuró a apagar la linterna, esperando que a esas horas no hubiese nadie levantado para ver la traicionera luz.

No había luna, pero la tenue luz de las estrellas le bastó para orientarse mientras esquivaba el mobiliario de la terraza y se encaminaba hacia la parte delantera de la casa. Salió de la terraza y siguió el sendero de losas de piedra que subía por la colina hasta la pista de aterrizaje. Había avanzado poco cuando las piernas empezaron a dolerle y temblarle a causa del cansancio, un desagradable recordatorio de que aún no estaba completamente recuperada. El corazón le martilleaba en el pecho cuando al fin llegó hasta el helicóptero; hizo una pausa, respirando sin resuello.

La puerta del vehículo se abrió con facilidad; Jessica se introdujo a gatas, dándose un doloroso golpe en la cadera con la maleta y maldiciendo el pesado equipaje. Encendió de nuevo la linterna para deslizarse por los asientos hasta la parte de atrás. El espacio que había detrás de los asientos traseros apenas tenía medio metro de profundidad; Jessica descubrió enseguida que no cabría en él con la maleta. Colocó la maleta en el suelo, entre los dos últimos asientos, pero decidió que quedaba demasiado a la vista.

Examinó el interior del helicóptero un momento; luego volvió a acurrucarse en su escondite y puso la maleta delante de sí, apretada contra el respaldo del último asiento; el asiento se inclinó un poco hacia delante, esperaba que no se notase. Estaba muy apretujada y sabía que no podría moverse hasta que aterrizasen en Atenas y Nikolas y Andros se hubiesen ido, pero no tenía otra alternativa. Dejó la maleta en su sitio y salió a gatas, con las piernas ya rígidas por el breve tiempo que había estado acuclillada detrás de los asientos. Había olvidado la manta que tenía pensado llevarse, y se prometió que contaría con ella para amortiguar la dureza del frío metal cuando despegasen.

Eufórica, bajó por la colina, entró en su habitación y cerró la puerta corredera. Podría haber esperado en el helicóptero, pero tenía el presentimiento de que Nikolas se asomaría al cuarto para verla antes de irse, y ella pretendía estar acurrucada en su cama cuando lo hiciese. Debajo del camisón, sin embargo, estaría vestida.

Pero entonces vio que tendría que quitarse la camisa, porque resultaba visible debajo del camisón, y no tendría oportunidad de volver a ponérsela. Dispondría de muy poco tiempo para llegar hasta la pista de aterrizaje antes que los dos hombres, y no quería malgastar un solo segundo vistiéndose. Se dejaría puesta la camisa y se taparía con la colcha hasta la barbilla.

Se quitó los zapatos y los dejó junto a la cama, en el lado opuesto a la puerta, y luego se acostó. Tenía el pulso acelerado por la excitación; esperó con impaciencia a oír los tenues sonidos que indicarían que alguien se estaba moviendo por la silenciosa casa.

Apenas empezaba a clarear cuando Jessica oyó un ruido de agua corriente y supo que no tendría que esperar mucho. Se puso de lado, mirando hacia la puerta, y se subió la colcha hasta la barbilla. Obligándose a respirar profunda y regularmente, aguardó.

No oyó sus pasos; Nikolas se movía con el sigilo de un gran felino, y ella captó el primer indicio de su presencia cuando la puerta se abrió sin hacer ruido y un fino haz de luz cayó sobre la cama. Jessica se concentró en su respiración, observando a través de las pestañas cómo Nikolas permanecía inmóvil en la puerta, mirándola. Pasaron los segundos y el pánico empezó a atenazarle el estómago. ¿A qué esperaba? ¿Acaso presentía que pasaba algo raro?

Finalmente, él cerró la puerta con lentitud, y Jessica exhaló un profundo y trémulo suspiro de alivio. Retiró la colcha y se puso los zapatos; luego agarró la manta de color marrón oscuro que antes había olvidado llevar consigo, y salió por la puerta corredera.

El corazón se le subió a la garganta, dificultándole la respiración, mientras corría tan silenciosamente como podía alrededor de la casa y colina arriba.

¿Cuánto tiempo tenía? ¿Segundos? Si salían de la casa antes de que ella se hubiese subido al helicóptero, la verían. ¿Nikolas estaría ya vestido? Jessica no se acordaba. Jadeando, llegó a la cima de la colina y se precipitó hacia el helicóptero. Tiró de la puerta. Antes se había abierto con facilidad, pero ahora se negaba a ceder, y Jessica forcejeó con ella durante angustiosos segundos hasta que por fin se abrió. Se introdujo como pudo en el helicóptero y cerró la puerta, lanzando una apresurada mirada hacia la casa para ver si habían salido ya. No había nadie a la vista, y se derrumbó en el asiento delantero, aliviada. No había imaginado que la huida le destrozaría los nervios hasta ese extremo, se dijo cansadamente. Le dolía todo el cuerpo a causa del desacostumbrado esfuerzo, y empezaba a sentir palpitaciones en la cabeza.

Con movimientos más lentos, avanzó a gatas hasta la parte trasera del helicóptero y echó el asiento hacia delante para poder esconderse. A continuación, desplegó la manta en el suelo y se acurrucó en el exiguo espacio, con la cabeza recostada en un brazo. Estaba tan cansada que, pese a lo incómodo de la postura, se quedó adormilada; se despertó con un sobresalto cuando Nikolas y Andros subieron al helicóptero. No habían notado nada raro, al parecer, pero Jessica contuvo la respiración.

Cruzaron unas palabras en griego y ella se mordió los labios de frustración por no poder entenderlos. La señora Constantinos y Petra le habían enseñado unas cuantas palabras, pero no había progresado mucho en el aprendizaje del idioma.

Entonces oyó el chirrido de la hélice conforme empezaba a girar y supo que su plan había funcionado.

La vibración del metal hizo que se le erizase la piel, y ya se le había acalambrado la pantorrilla izquierda. Adelantó el brazo con cautela para frotarse el doloroso calambre, agradeciendo que el fuerte rugido de las hélices ahogase todos los sonidos. El ruido se convirtió en el característico silbido agudo y al fin despegaron. El helicóptero se inclinó ligeramente hacia delante mientras Nikolas se alejaba de la casa y se dirigía hacia el mar que mediaba entre Atenas y la isla.

Jessica no supo cuánto duró el viaje, pues la cabeza le dolía tanto que cerró los ojos e intentó obligarse a dormir. No lo consiguió del todo, aunque debió de adormilarse, porque fue la disminución del ruido de la hélice lo que la alertó de que habían tomado tierra. Nikolas y Andros hablaron un momento y después se apearon del aparato. Ella permaneció quieta, escuchando el moribundo chirrido de la hélice. Temía salir enseguida por si ellos seguían en la zona, de modo que contó lentamente hasta mil antes de abandonar su escondite.

Estaba tan agarrotada que tuvo que sentarse y darse un masaje en las piernas para que éstas le respondieran; sentía en los pies el hormigueo de la sangre que comenzaba a circular de nuevo. Después de sacar la maleta de detrás del asiento, se asomó al exterior y no vio a nadie que se pareciera a su marido, de modo que respiró hondo, abrió la puerta y se bajó del helicóptero.

Le extrañó que nadie le prestase atención mientras recorría con aire despreocupado la pista y se dirigía a la terminal del aeropuerto. Sabía, por propia experiencia, que en las terminales aéreas se controlaban cuidadosamente las idas y venidas, y el mero hecho de que nadie la parase para preguntarle qué hacía allí le inquietó.

Aún era temprano y, aunque ya había gente en el edificio, Jessica no encontró la aglomeración habitual en horas más tardías; el lavabo de señoras estaba casi vacío y ninguna de las mujeres presentes reparó en ella mientras entraba en uno de los aseos y cerraba la puerta. Una vez allí, abrió la maleta para sacar el bolso y el vestido que iba a ponerse. Admirada de lo poco que se arrugaban los tejidos modernos, se quitó el pantalón y la camisa y los colocó doblados en la maleta; después se puso unas medias y se metió el vestido por la cabeza. El contacto de la suave y sedosa tela resultaba agradable; Jessica se ajustó la prenda de color azul y después se llevó las manos a la espalda para subir la cremallera. Unos cómodos y clásicos zapatos de salón completaban el atuendo.

Metió dentro los otros zapatos, cerró la maleta y la levantó con la misma mano en la que llevaba el bolso.

Tras salir del aseo, se arregló rápidamente el cabello y se lo recogió con unas cuantas horquillas. Se dio un poco de brillo en los labios. Sus ojos la miraron desde el espejo, abiertos de par en par y llenos de alarma, y deseó llevar unas gafas de sol para poder ocultarlos.

Abandonando la seguridad del lavabo, se dirigió al mostrador para preguntar cuánto costaba un billete de avión en clase turista para Londres. Por suerte, tenía dinero suficiente para pagar la tarifa y compró un billete para el siguiente vuelo disponible, aunque tendría que esperar. El vuelo no salía hasta después de la hora del almuerzo, y a Jessica le daba pavor esperar tanto tiempo. En la isla la echarían en falta mucho antes; probablemente, ya habían reparado en su ausencia. ¿Registrarían la isla antes o comunicarían a Nikolas que su esposa había desaparecido? ¡Ojalá se le hubiera ocurrido dejarles una nota diciéndoles que se marchaba con Nikolas! De ese modo, nadie habría sabido que se había escapado hasta que Nikolas hubiese regresado sin ella.

Su estómago vacío empezó a protestar, así que se dirigió a la cafetería y pidió un desayuno ligero; instalada en una de las mesas, se obligó a comer pese al nudo que tenía en la garganta. La idea de que algo fallase a esas alturas resultaba aterradora.

Dejó gran parte de la comida en el plato y compró una revista de modas para tratar de sofocar su inquietud mientras pasaba las páginas, fijándose en los nuevos estilos que se llevaban. Un vistazo al reloj no hizo sino aumentar su ansiedad; seguro que ya le habían dado a Nikolas la noticia. ¿Qué haría? Poseía infinitos recursos; podía hacer que se extremasen las medidas de seguridad para impedir que saliera del país. Debía subir a ese avión antes de que él descubriera que se había marchado de la isla.

El tiempo fue pasando con una lentitud desesperante. Jessica se obligó a permanecer tranquilamente sentada, pues no deseaba llamar la atención paseándose de un lado para otro o haciendo algo que delatara su nerviosismo. La terminal estaba abarrotada de turistas que llegaban a Atenas, y ella intentó concentrarse en el gentío. ¿Cuánto faltaba? Ya era mediodía. Una hora y media más y estaría en camino, suponiendo que el vuelo no sufriera ningún retraso.

Cuando notó que alguien le rozaba el codo, no prestó atención inmediatamente, esperando que fuese algún desconocido, pero el profundo silencio le dijo que sus esperanzas eran vanas. Con resignación, giró la cabeza y miró con calma los duros ojos negros de su marido.

Aunque su semblante carecía de expresión, Jessica pudo sentir la fuerza de ira y comprendió que estaba furioso. Nunca lo había visto tan enojado, y necesitó un valor que jamás había creído poseer para levantarse y sostener su mirada; no obstante, lo hizo, irguiendo el mentón en gesto de desafío. Un brillo feroz iluminó los ojos de Nikolas durante un breve segundo; luego se contuvo y se inclinó para recoger la maleta de Jessica.

—Ven conmigo —dijo apretando los dientes, y cerró sus fuertes dedos sobre el brazo de Jessica para asegurarse de que obedecía su orden.

DOCE

Nikolas la llevó hasta los aparcamientos, donde aguardaba una limusina de color oscuro; para sonrojo de Jessica, Andros estaba sentado en el asiento trasero. El secretario se deslizó hasta el extremo del asiento; Nikolas ayudó a Jessica a subirse y después se instaló a su lado. Dijo algo en tono brusco al chófer y el vehículo se puso en marcha.

El silencio reinó durante todo el trayecto. Nikolas permanecía muy serio y callado, y Jessica no tenía ninguna intención de provocar su ira si podía evitarlo. En cierto modo, agradecía la presencia de Andros, pues gracias a éste su marido se veía obligado a contenerse. Jessica prefería no pensar en lo que pasaría cuando estuvieran los dos solos.

La limusina se detuvo ante la entrada principal de un hotel tan moderno que parecía más propio de Los Ángeles que de una ciudad con miles de años de antigüedad. Arrastrada como si fuera una niña, se vio forzada a seguir las zancadas de Nikolas mientras entraban en el hotel y tomaban el ascensor para subir al ático. Probablemente el hotel era de su propiedad, pensó Jessica con ironía.

Estaba preparada para lo peor y casi sufrió una decepción cuando Nikolas abrió la puerta y la condujo al interior del lujoso apartamento. Luego le dijo lacónicamente a Andros:

—No la pierdas de vista —y se fue sin siquiera mirarla.

Cuando la puerta se hubo cerrado, Andros emitió un silbidito bajo entre dientes y miró a Jessica con tristeza.

—Jamás lo había visto tan furioso —dijo.

—Lo sé —respondió ella, dejando escapar un profundo suspiro—. Lamento que te hayas visto envuelto en esto.

Él se encogió de hombros.

—No se enfadará conmigo a menos que te deje escapar, y no tengo ninguna intención de hacerlo. Le tengo demasiado cariño a mi pescuezo. ¿Cómo escapaste de la isla?

—Me escondí en el helicóptero —explicó Jessica, tomando asiento en uno de los confortables sillones y pasando los dedos por la regia tapicería azul—. Lo tenía todo planeado, y habría funcionado a las mil maravillas... si el avión hubiese salido antes.

Andros meneó la cabeza.

—No habría importado. ¿No sabes que Nikolas

habría dado contigo antes de que el avión aterrizase y que te habrían abordado y detenido nada más bajarte del vuelo?

Jessica no había pensado en eso y suspiró. ¡Si hubiese dejado una nota!

—No pensaba dejarlo para siempre —explicó con voz angustiada—. Pero necesito estar sola un tiempo para pensar... —se interrumpió, poco dispuesta a hablar de su matrimonio con Andros. El secretario se mostraba mucho más amistoso que antes de descubrir que amaba a Nikolas, pero cierto recelo natural impedía a Jessica abrirse a él por completo.

Andros se sentó frente a ella, con una expresión preocupada en su semblante moreno.

—Jessica, por favor, recuerda que Niko no es hombre de compromisos. Pero ha comprometido sus propias normas desde que te conoció. No sé qué es lo que ha ido mal entre vosotros. Pensé que, después de la boda, las cosas mejorarían. ¿Te sentirías más segura sabiendo que Nikolas debe de quererte mucho o no se comportaría como se comporta?

No, eso no la ayudaba. A veces, Jessica pensaba que Nikolas era incapaz de sentir nada por ella salvo lujuria, y culpabilidad por el fiasco que había sido la noche de bodas. Su relación se había complicado tanto que Jessica se preguntó si sería posible salvarla a esas alturas.

—¿Adónde ha ido? —inquirió, notando que el ánimo la abandonaba al recordar cómo Nikolas se había negado a mirarla. Lo había insultado, lo había engañado, y él no se lo perdonaría fácilmente.

–Ha vuelto a la reunión –respondió Andros–. Se trataba de algo urgente, o no habría regresado a ella.

Otro punto en contra de Jessica. Nikolas se había ausentado de una reunión importante para ir en su busca, y le habría enfurecido que otros supieran que su esposa había intentado abandonarlo.

–Nadie más se enteró –explicó Andros, adivinando sus pensamientos–. A mí me lo dijo cuando íbamos de camino al aeropuerto.

Gracias al cielo, se dijo Jessica, aunque dudaba que el enfado de Nikolas fuera menor por eso. No podía hacer nada salvo esperar su regreso; aunque en la habitación había muchos libros, no conseguía tranquilizarse lo suficiente como para leer. Andros pidió el almuerzo para ambos y de nuevo ella tuvo que obligarse a comer. Después, el tiempo pasó con desesperante lentitud. Jessica puso algunos discos en el estéreo e intentó relajarse, aunque fue en vano; se paseaba impaciente por la habitación, frotándose los brazos como si tuviera frío.

El magnífico sol se estaba poniendo cuando, finalmente, se abrió la puerta y Nikolas entró en el apartamento. Su rostro moreno seguía siendo una inexpresiva máscara que no dejaba traslucir sentimiento alguno. No le dijo nada a Jessica, sino que se puso a hablar con Andros en un rápido griego. Al cabo, Andros asintió y salió del apartamento, y Jessica se quedó sola con Nikolas.

Notó un nudo de anticipación en el estómago, pero él no la miró. Mientras se quitaba la corbata, musitó:

—Pide la cena mientras yo me ducho. Y no intentes irte; el personal del hotel te detendrá antes de que llegues a la calle.

Jessica lo creyó y se mordió el labio con consternación mientras él se retiraba a una de las habitaciones que se comunicaban con la sala de estar. Jessica no había inspeccionado el apartamento, pues había estado demasiado nerviosa como para interesarse por lo que la rodeaba, así que no sabía dónde estaban las distintas habitaciones. Obedientemente, descolgó el teléfono y pidió la cena a un empleado que hablaba un perfecto inglés, eligiendo inconscientemente los platos que sabía que más le gustaban a Nikolas. ¿Acaso era un instinto femenino tratar de aplacar la ira de un hombre ofreciéndole comida?, se preguntó. Cuando se dio cuenta de lo que había hecho, sonrió irónicamente para sí y sintió una extraña afinidad con las trogloditas de la Prehistoria.

Les subieron la cena justo cuando Nikolas regresaba a la sala de estar, con el cabello todavía mojado de la ducha. Se había puesto un pantalón negro y una camisa blanca de seda que se pegaba a su cuerpo en las zonas aún húmedas, haciendo que su piel morena resultara visible debajo del fino tejido. Jessica observó su semblante, tratando de calibrar la magnitud de su enojo, pero era como tratar de leer una pizarra en blanco.

—Siéntate —dijo él en tono ausente—. Ha sido un día muy ajetreado para ti. Necesitas reponer fuerzas.

Las chuletas de cordero y los corazones de alcachofa eran los mejores que Jessica había probado nunca; fue capaz de comer con más apetito pese a la hostil presencia de Nikolas al otro lado de la mesa. Casi había terminado cuando él volvió a hablar, y ella comprendió que había esperado hasta entonces para no disgustarla ni estropear su apetito.

–He llamado a *maman* –dijo Nikolas– y le he dicho que estás conmigo. Estaba desesperada, por supuesto; como todos. Cuando vuelvas a la isla pedirás disculpas por tu falta de consideración, aunque pude suavizarlo diciéndole a *maman* que te colaste a escondidas en el helicóptero para estar conmigo en Atenas. Se alegró de que estuvieras lo bastante recuperada como para perseguirme de una forma tan romántica –concluyó con sarcasmo, y Jessica se ruborizó.

–No se me ocurrió dejar una nota hasta que ya era demasiado tarde –confesó.

Él se encogió de hombros.

–No importa. Te perdonarán.

Ella soltó con cuidado el tenedor al lado del plato e hizo acopio de valor.

–No quería dejarte –dijo a modo de explicación–. Al menos...

–¡Pues tenías toda la pinta de querer hacerlo!

–No para siempre –insistió Jessica.

–En eso tienes razón. Habría conseguido traerte de vuelta en dos días, como mucho –Nikolas pareció a punto de decir algo más, pero reprimió las palabras y, en su lugar, añadió–: Si has terminado, será mejor que vayas ya bañarte. ¡Ahora mismo estoy tan furioso que acabaré rompiéndote el cuello si sigo escuchando tus excusas!

Jessica siguió sentada un momento con gesto desafiante; después apretó los labios y obedeció. Nikolas no estaba de humor para razonar, y ella misma acabaría perdiendo los estribos si seguía soportando sus sarcasmos, cosa que no deseaba. Sus discusiones se volvían violentas muy rápidamente y acababan siempre de la misma manera, con él besándola y acariciándola.

Se encerró en el gigantesco cuarto de baño y se duchó, pues no estaba de humor para darse un largo y relajante baño en la bañera. Mientras se secaba con la toalla, vio una bata de color azul marino colgada en una percha de la puerta; como no llevaba consigo ningún camisón, tomó prestada la bata y se la ciñó con el cinturón. Era enorme, y Jessica hubo de enrollar las mangas hasta que asomaron sus manos. El dobladillo de la bata arrastraba por el suelo, de modo que tuvo que recogérsela para caminar hasta la sala de estar.

—Muy atractiva —dijo Nikolas arrastrando la voz, reclinado en la cama.

Jessica de detuvo en seco y lo fulminó con la mirada. Había apagado todas las luces menos la de la lamparita de noche y había retirado la colcha. También se había desvestido.

Ella no fingió malinterpretar sus intenciones. Nerviosamente, se retiró el cabello de la cara.

—No quiero dormir contigo.

—Me alegro, porque no tengo intención de dormir.

La furia estalló en el semblante de Jessica.

—¡No me vengas con juegos de palabras! Sabes perfectamente lo que quiero decir.

Nikolas entornó sus ojos negros y la contempló desde los pies descalzos hasta el despeinado cabello.

—Sí, sé perfectamente que tienes aversión a compartir la cama conmigo, pero soy tu marido y estoy cansado de acostarme solo. Es obvio que, si tuviste fuerzas para viajar a escondidas hasta Atenas, también las tendrás para cumplir con tus deberes de esposa.

—Eres muy fuerte y me es imposible luchar contra ti —dijo ella con ferocidad—. Pero sabes que no estoy dispuesta. ¿Por qué no me escuchas? ¿Por qué te niegas a dejar que decida por mí misma lo que siento?

Él se limitó a menear la cabeza.

—No intentes escudarte con palabras; no te dará resultado. Quítate la bata y ven aquí.

Ella cruzó los brazos, desafiante, y lo miró con rabia.

—¡No pensaba dejarte! —insistió—. Necesitaba pasar algún tiempo sola... para pensar y recuperar un mínimo de estabilidad emocional. Sabía que tú nunca me dejarías ir si te lo pedía.

—Lamento que te sientas así respecto a nuestro matrimonio —repuso él con voz suave y expresión peligrosa—. Jessica, cariño, ¿vas a venir aquí o tendré que obligarte?

–Tendrás que obligarme –afirmó ella, sin ceder un ápice. Se tensó al pensar que pudiera repetirse su anterior experiencia sexual, y debió de traslucirse en su rostro el miedo que sentía, porque el semblante de Nikolas perdió parte de su severidad.

–No debes tener ningún miedo –dijo él levantándose de la cama con una gracilidad salvaje. Ella se quedó sin respiración al ver la indómita belleza de su cuerpo masculino desnudo, pero, al mismo tiempo, retrocedió alarmada.

–No. No quiero –dijo como una niña, alzando una mano para detenerlo. Él simplemente la agarró y la atrajo hacia sí, envolviéndola con su aroma masculino, haciendo que se sintiera rodeada por su presencia.

–No te resistas –murmuró Nikolas mientras le abría la bata con la mano libre y se la retiraba de los hombros hasta que la prenda cayó al suelo–. Te prometo que no te haré daño, cariño. Es hora de que aprendas lo que significa ser mi esposa. Y vas a disfrutar con la lección.

Jessica se estremeció, paralizada de inquietud, y notó que se le ponía la carne de gallina cuando él se inclinó para apretar la cálida boca contra la tierna piel de su hombro. Se acordó de la noche anterior, cuando Nikolas la había excitado delicadamente hasta estimular su deseo y luego se había marchado dejándola insatisfecha, una maniobra calculada que hizo que se sintiera tanto insultada como frustrada. El deseo físico de Nikolas era ardoroso y exigente, pero su mente siempre permanecía en calma y alerta, sin que le afectaran las salvajes emociones que, en cambio, tanto trastornaban a Jessica. ¿Era aquello otro intento deliberado de quebrantar su espíritu, de domarla para obligarla a aceptar su autoridad?

Jessica se retorció para zafarse de él y meneó la cabeza en un gesto de negativa.

—No —volvió a decir, aunque no esperaba que él aceptase su rechazo.

Nikolas se movió rápidamente, tomándola en brazos y llevándola hasta la cama. La dejó sobre la fría sábana y se echó sobre ella, sirviéndose de brazos y piernas para inmovilizarla.

—Relájate —dijo con voz dulce, depositándole suaves besos en el hombro y en el cuello para ascender luego hasta sus labios—. Te trataré bien, cariño. Esta vez no tienes nada que temer.

Jessica retiró la cabeza violentamente y él apretó sus labios contra la línea de la mandíbula y la sensible oreja. Ella emitió un jadeo sofocado de protesta, y Nikolas le susurró para tranquilizarla mientras continuaba dándole suaves besos y deslizaba los dedos por su cuerpo, descubriendo las suaves prominencias y curvas, asegurándole que esa vez no sería impaciente con ella.

Jessica intentó resistirse a la seducción de aquellas ligeras y escurridizas caricias sobre su piel, pero no era una mujer de naturaleza fría y, finalmente, su mente comenzó a nublarse y a tornarse difusa. Imperceptiblemente, empezó a relajarse entre los brazos de Nikolas y notó que la piel le ardía, adquiriendo el ruborizado brillo propio de una mujer que estaba despertando al deseo. Nikolas siguió encima de ella, tocándola y acariciándola casi como si fuera una gatita; al fin, Jessica exhaló un tembloroso suspiro y giró la cabeza para buscar sus labios.

El beso fue lento y profundo, apasionado sin llegar a ser exigente, y Nikolas continuó besándola hasta que Jessica perdió el último vestigio de control y se movió ansiosamente contra él. La excitación hacía que le hirvieran la piel y las venas, y sólo el contacto de las manos y el cuerpo de Nikolas le procuraban algún alivio.

Finalmente, no pudo soportarlo más y se aferró a él con manos desesperadas; Nikolas se movió sobre ella y la poseyó con su acostumbrada y apremiante masculinidad. Jessica contuvo la respiración con un sollozo y se arqueó contra su cuerpo, deleitándose con la sensación de completa unión con Nikolas, concentrada únicamente en la creciente y palpitante necesidad que embargaba su cuerpo y que él satisfizo con delicadeza.

Nikolas, sin embargo, no se satisfizo con tanta facilidad. Jessica había herido su arrogante orgullo griego al tratar de abandonarlo; por ello, pasó toda la noche obligándola a admitir una y otra vez que él era su dueño físico. No fue vehemente ni perdió el control en ningún momento; la excitaba con sus caricias insistentes y prolongadas, obligándola a suplicar que la aliviara. Jessica se hallaba tan inmersa en la sensualidad que nada le importaba salvo estar entre sus brazos y aceptar sus atenciones sexuales. Sólo cuando se despertó al día siguiente y miró a su esposo dormido, sintió un escalofrío y se preguntó cuáles habrían sido las motivaciones de Nikolas.

¿Acaso aquella noche había sido únicamente una demostración del dominio que ejercía sobre ella? Ni una sola vez, ni siquiera en los momentos en que su propia pasión había sido más profunda, había hablado de amor. Jessica empezó a sentir que aquella sesión de amor había sido otra maniobra calculada, concebida solamente para obligarla a aceptar su dominio; recordó también sus intenciones de dejarla embarazada.

Giró nerviosamente la cabeza sobre la almohada, consciente del nudo de gélida tristeza que le atenazaba el estómago. No quería creer nada de aquello; quería que Nikolas la amase igual que ella lo amaba a él; pero ¿qué otra cosa podía pensar? Clavó los ojos en el techo mientras las lágrimas resbalaban por sus mejillas. Charles le había advertido desde el principio que no desafiara a Nikolas Constantinos. Su instinto lo impulsaba a imponerse, a vencer; formaba parte de su naturaleza, y ella se había opuesto a su voluntad una y otra vez. ¿Era de extrañar, pues, que estuviera tan resuelto a sojuzgarla?

Jessica había estado sometida a un continuo vaivén emocional desde que había conocido a Nikolas y, de repente, la incesante tensión se había vuelto excesiva. Se echó a llorar en silencio, incapaz de parar.

Debajo de su cabeza, la almohada se humedeció con la lenta riada de sus lágrimas.

—¿Jessica? —oyó que decía Nikolas somnoliento, incorporándose sobre un codo. Ella se volvió para mirarlo, con los labios temblorosos y los ojos desolados. Un frunce de preocupación arrugó la frente de él mientras acercaba los dedos a su húmeda mejilla—. ¿Qué ocurre? ¿Qué es lo que va mal?

Ella no pudo responder; no sabía qué era lo que iba mal. Lo único que sabía era que se sentía tan desgraciada que deseaba morir, y siguió llorando quedamente.

Poco después, un serio doctor Theotokas le puso una inyección y le dio una palmadita en el brazo.

—Es un sedante suave; ni siquiera se dormirá —le aseguró—. Aunque opino que lo único que necesita para recobrarse es tiempo y reposo. Uno no se recupera de una conmoción grave en cuestión de días. Se ha forzado demasiado, tanto física como emocionalmente, y ahora está padeciendo las consecuencias.

—Lo sé —logró decir Jessica, dirigiéndole una suave sonrisa. Había dejado de llorar y el sedante ya empezaba a hacerle efecto, relajándola poco a poco. ¿Era su llanto una forma de histeria? Probablemente sí, y el doctor no era ningún estúpido. Jessica estaba desnuda en la cama de su marido; Theotokas tendría que haber estado ciego para no comprender cómo

habían pasado la noche, de ahí la discreta advertencia de que no se forzara demasiado.

Nikolas estaba hablando con el doctor en griego,
con voz dura y áspera, y el médico se mostraba muy
seguro en sus respuestas. Finalmente, Theotokas se
marchó y Nikolas se sentó en la cama junto a ella. Colocó un brazo al otro lado de Jessica y se apoyó en él.

—¿Te sientes mejor? —le preguntó suavemente, sus
ojos negros examinándola con atención.

—Sí, lo siento —Jessica suspiró.

—Chist —murmuró él—. Soy yo quien debe disculparse. Alexander acaba de reprenderme por haber sido
tan rematadamente estúpido y no haberte cuidado
mejor. No repetiré lo que me dijo, pero Alexander
sabe expresarse con claridad —concluyó irónicamente.

—Y ahora... ¿qué? —inquirió Jessica.

—Ahora volveremos a la isla, donde no harás nada
más agotador que tumbarte a tomar el sol en la terraza —Nikolas la miró directamente—. Me han prohi-
bido que comparta la cama contigo hasta que te re-
cobres por completo, pero ambos sabemos que la
conmoción no es el único problema. Tú ganas, Jessica. No volveré a molestarte hasta que tú quieras.
Tienes mi palabra.

Varias semanas después, Jessica se hallaba de pie en
la terraza, contemplando distraídamente el reluciente
yate blanco anclado en la bahía. De forma inconsciente, se llevó la mano al vientre y pasó los dedos por

la lisa superficie. Nikolas había cumplido escrupulo-
samente su promesa, aunque ya era demasiado tarde.
El estado de Jessica aún tardaría un poco en notarse,
pero ella ya se había percatado de las sonrisitas que in-
tercambiaban Petra y Sophia cuando veían que era incapaz de tomar el desayuno y que más tarde asaltaba
la cocina presa de un voraz apetito. Se había delatado
a sí misma de mil maneras: su somnolencia cada vez
mayor, el modo en que había aprendido a ralentizar
sus movimientos para prevenir el mareo que la asaltaba si se ponía en pie bruscamente...

¡Un hijo! Jessica se debatía entre la radiante felicidad de estar embarazada de Nikolas y el profundo
abatimiento que le causaba el hecho de que su relación no hubiese mejorado en absoluto desde el regreso a la isla. Él seguía mostrándose reservado, frío.
Jessica sabía que eso disgustaba a la señora Constantinos, pero era incapaz de acercarse a Nikolas, y él
tampoco había hecho ningún intento de aproxi-
marse a ella. Nikolas había dejado claro que era Jessica quien debía dar el siguiente paso, y ella se había
echado atrás. Estaba, si acaso, aún más confusa que
antes; saber que estaba embarazada había afectado
sus emociones de forma que se sentía desconcertada,
incapaz de decidir qué hacer.

En esos momentos, sin embargo, estaba recuperándose de un acceso de náuseas y detestando la facilidad con que Nikolas la había dejado embarazada.
Miró el yate con rabia.

Andros había llegado con el yate el día anterior.

Nikolas había trabajado a destajo durante las anteriores semanas, tanto para ponerse al día como para distraerse, y había decidido que un crucero constituiría un agradable cambio, de modo que envió a Andros a recoger el yate del puerto deportivo donde estaba atracado para llevarlo a la isla.

Nikolas tenía planeado zarpar dos días después, con Jessica y con su madre, y Jessica sospechaba que, una vez que estuvieran a bordo, intentaría resolver las cosas entre ambos, quisiera ella o no. Había dado su palabra de que no la molestaría, pero probablemente había sabido desde el principio que tal situación no duraría mucho.

Jessica se giró resentida, dejando atrás la vista del elegante yate, y se encontró con los risueños ojos negros de Sophia, que le tendió un vaso de zumo de frutas recién exprimido. Jessica tomó el vaso sin protestar, preguntándose cómo era posible que Sophia supiera siempre cuándo tenía el estómago trastornado. Cada mañana le servían una bandeja con una tostada sin mantequilla y un té suave, y sabía que los mimos aumentarían conforme avanzase su embarazo. Las mujeres aún no habían dicho nada, sabedoras de que Jessica todavía no había informado a Nikolas de su inminente paternidad, aunque tendría que decírselo pronto.

—Voy a dar un paseo —le dijo a Sophia al tiempo que le devolvía el vaso vacío; la comunicación entre ambas había mejorado hasta tal punto que Sophia la entendió a la primera y le sonrió.

Jessica echó a andar por el empinado sendero que llevaba a la playa, caminando con cuidado y evitando exponerse al sol en la medida de lo posible. Samantha se unió a ella enseguida, entre saltos y brincos. Nikolas había hecho las gestiones necesarias para que la llevaran a la isla, y la perra lo estaba pasando de maravilla, correteando con absoluta libertad. Los niños del pueblo la mimaban muchísimo. Samantha le había tomado un especial cariño a Nikolas y Jessica la miró con cara larga.

–¡Traidora! –le dijo a la perra, pero la perra ladró con tanta felicidad que ella no pudo sino sonreír.

Encontró una ramita y se distrajo lanzándola para que Samantha fuera a recogerla; no obstante, puso fin al juego en cuanto la perra empezó a manifestar signos de cansancio. Sospechó que Samantha se las había arreglado para encargar más cachorros; Nikolas había explicado, riéndose, que la había visto en actitud muy cariñosa con un perro nativo.

Jessica se sentó en la arena y acarició la sedosa cabeza de la perra.

–Las dos estamos igual, chica –dijo tristemente, y Samantha gimió complacida.

Finalmente, volvió sobre sus pasos por el sendero, concentrándose en cada pisada para no caerse. Estaba totalmente desprevenida cuando una voz ronca dijo a su espalda en tono bromista:

–¿Qué estás haciendo?

Jessica chilló sobresaltada y se dio velozmente la vuelta; el rápido movimiento fue excesivo. Apenas

captó un atisbo del rostro moreno y risueño de Nikolas antes de que una oleada de náuseas lo borrara
de su vista; agitó ambas manos en un intento de sos-
tenerse mientras caía hacia delante. No llegó a saber
si alcanzó el suelo o no.

Cuando se despertó, estaba en su dormitorio,
tumbada en la cama. Nikolas se hallaba sentado en
el borde del colchón, enjugándole el rostro con un
paño húmedo; su semblante aparecía surcado de severas líneas.

–Lo... lo siento –se disculpó Jessica débilmente–.
No sé por qué me desmayé.

Él le digirió una inquietante mirada.

–¿No? –preguntó–. *Maman* está bastante segura
del motivo, igual que Petra y Sophia. ¿Por qué no me
lo dijiste? Todos los demás lo saben.

–¿Decirte qué? –Jessica disimuló haciendo un
mohín, decidida a demorar el momento en que tendría que decírselo.

La mandíbula de Nikolas se tensó.

–No juegues conmigo –dijo con dureza al tiempo
que se inclinaba sobre ella con determinación–. ¿Vas
a tener un hijo mío?

A pesar de todo, Jessica experimentó un sentimiento de dulzura. Estaban los dos solos en la habitación y aquel momento jamás se repetiría. Una sonrisa lenta, de misteriosa satisfacción, curvó sus labios
mientras alargaba la mano para tomar la de él. Con
un gesto tan antiguo como el hombre, extendió la
palma de Nikolas sobre su vientre aún liso, como si

él pudiera sentir la diminuta criatura que crecía en su interior.

–Sí –reconoció con absoluta serenidad, alzando los brillantes ojos hacia Nikolas–. Vamos a tener un hijo, Nikolas.

Él se estremeció de pies a cabeza y sus ojos negros adquirieron una expresión de increíble suavidad; se tumbó en la cama al lado de Jessica y la tomó entre sus brazos. Le acarició la melena rojiza con dedos temblorosos.

–Un hijo –murmuró–. Eres una mujer imposible, ¿por qué no me lo dijiste antes? ¿No sabías lo feliz que me harías? ¿Por qué, Jessica?

La embriagadora sensación provocada por el contacto del cálido cuerpo de Nikolas nublaba la mente de Jessica hasta tal punto que era incapaz de pensar en nada. Tuvo que poner en orden sus pensamientos antes de poder responder.

–Pensé que te jactarías de tu triunfo –dijo con voz ronca, pasándose la punta de la lengua por los labios resecos–. Sabía que jamás me dejarías marchar si sabías lo del niño...

La mirada de él bajó hasta sus labios, como atraída por un imán.

–¿Aún quieres marcharte? –musitó–. Sabes que no puedes; tienes razón al pensar que jamás te dejaré marchar. Nunca –su voz se espesó cuando dijo–: Dame un beso, cariño. Hace mucho tiempo, y necesito sentirte.

Sí, hacía mucho tiempo. Nikolas había sido muy

estricto en su determinación de no tocar a Jessica, dudando tal vez de su propio autocontrol si la besaba o la acariciaba. Una vez que se hubo recuperado de la conmoción, Jessica también había empezado a echar de menos su contacto y sus ávidos besos. Temblando levemente, se volvió hacia él y elevó la cabeza.

Los labios de Nikolas rozaron los suyos ligera, dulcemente; aquel beso no era como los que había recibido de él anteriormente. Jessica se derritió bajo la caricia, suave como el pétalo de una flor, y se acurrucó más contra él al tiempo que alzaba la mano hasta su cuello.

Automáticamente, entreabrió los labios y adelantó la lengua para acariciar los labios de él, penetrando en su boca para buscar su lengua. Nikolas jadeó en voz alta y, de repente, la naturaleza del beso cambió. La boca de él se tornó voraz a medida que la presión aumentaba. Jessica notó un instantáneo calor en el bajo vientre, el mismo deseo irracional que Nikolas había despertado en ella antes de que el orgullo y la ira los hubieran obligado a separarse.

Jessica se moría por él; sentía que le faltaría la vida sin su contacto. Su cuerpo se arqueó contra Nikolas, buscando el alivio que sólo él podía darle.

Con un profundo jadeo, Nikolas perdió el control. Cada músculo de su poderoso cuerpo temblaba mientras le desabrochaba a Jessica el vestido y se lo quitaba. Ella comprendió, al ver el salvaje centelleo de sus ojos, que podía hacerle daño si se resistía, y por un terrible momento se acordó de la noche de bodas;

pero la espantosa visión se desvaneció, y Jessica se arqueó contra él. Con dedos trémulos empezó a desabrocharle los botones de la camisa, bajando con los labios por su velludo pecho, dejándolo sin respiración. Cuando llegó al cinturón, la mano de él ya estaba allí para ayudarla. Con impaciencia, Nikolas se quitó el pantalón y se colocó encima de Jessica.

Su boca era agua para una mujer que se moría de sed; sus manos provocaban el éxtasis allí donde la tocaban. Jessica se entregó a él dulcemente, sometiéndose a su capricho, y Nikolas la recompensó con generosidad y exquisito cuidado, gozando ávidamente con su cuerpo.

Jessica lo amaba, lo amaba con todo su corazón, y, de repente, eso era lo único que importaba.

Cuando regresó a la realidad, se hallaba entre sus brazos, con la cabeza recostada en su hombro, mientras él acariciaba su cuerpo perezosamente, como se acariciaría a un gato.

Sonriendo, Jessica alzó la cabeza para descubrir que él también tenía una sonrisa en el semblante, una sonrisa de triunfo y de satisfacción. Sus ojos negros aparecían somnolientos y satisfechos mientras la miraban.

—No sabía que las mujeres embarazadas fueran tan eróticas —dijo arrastrando la voz, y el rostro de ella se llenó de rubor.

—¡No te atrevas a burlarte de mí! —protestó; no deseaba que nada estropeara aquel resplandor dorado que aún la envolvía.

—No me burlo. Ya eras deseable antes, bien lo sabe Dios, pero ahora que sé que llevas en tus entrañas un hijo mío, no quiero dejarte libre ni un solo momento —la voz de Nikolas se tornó aún más profunda, casi espesa—. No creo que pueda alejarme ni un instante de ti, Jess.

En silencio, ella jugueteó con el vello rizado de su pecho. Esa tarde, todo había cambiado, incluida la actitud de Jessica hacia Nikolas. Lo amaba, y no podía remediarlo. Tendría que dejar a un lado su resentimiento y concentrarse en ese amor, o no viviría feliz, pues estaba atada en cuerpo y alma a aquel hombre. Le daría su amor, lo envolvería fuertemente con los tiernos lazos de su corazón hasta que, algún día, él también llegara a amarla.

Una angustiosa preocupación había desaparecido, asimismo, de su mente. Desde su regreso a la isla, la había aterrorizado la idea de que Nikolas le hiciera el amor, pues aún le atormentaban los contradictorios y amargos recuerdos de la noche de bodas y de la otra noche que había pasado con él. Esa tarde, a la dorada luz del sol, Nikolas le había demostrado que el sexo también podía ser dulce, y le había satisfecho con toda la destreza de un amante experimentado. Jessica sabía ahora que esos recuerdos amargos acabarían desapareciendo, borrados por los recuerdos de otras noches entre sus brazos.

—Se acabaron las noches solitarias —gruñó él, reflejando los propios pensamientos de Jessica. Se inclinó sobre ella, con una dura expresión de renovado deseo en su rostro moreno; por desgracia, ella aún estaba pensando en la noche de bodas, y jadeó alarmada al ver que su semblante tenía la misma expresión que había tenido aquella noche. Sin poder evitarlo, lo empujó para apartarlo de sí y gritó:

—¡No me toques!

Él se retiró de golpe, como si acabara de recibir una bofetada, y palideció.

—No te preocupes —dijo con voz tensa mientras se levantaba de la cama y recogía el pantalón—. He hecho todo lo posible por ganarme tu favor, y tú me has arrojado todos mis intentos a la cara. No habrá más discusiones, Jessica, ni más intentos de persuasión. Estoy cansado, maldita sea, cansado de... —se interrumpió mientras se ponía con ademanes bruscos el pantalón, y Jessica salió del horrorizado trance provocado por lo que acababa de hacer.

—Nikolas, espera... No es lo que tú...

—¡Me importa un bledo! —repuso él ferozmente, su mandíbula rígida como el granito—. No volveré a molestarte —salió del cuarto sin mirarla siquiera, y Jessica permaneció echada en la cama, aturdida por la violencia de su reacción, por las crudas emociones reflejadas en su voz. Le había hecho daño, algo que jamás creyó posible. Nikolas se había mostrado siempre tan duro, tan inmune a cuanto ella hacía o decía... Pero también él tenía su orgullo; quizá había acabado cansándose de una mujer que se resistía a él una y otra vez.

Jessica se levantó de la cama y se puso la bata.

Luego se paseó por la habitación, sintiéndose inquieta y desgraciada. ¿Cómo podía haberle hecho aquello a Nikolas? Justo cuando acababa de admitir que lo necesitaba, había dejado que sus estúpidos miedos lo apartaran de su lado, y ahora se sentía perdida sin él. ¿Qué haría sin su arrogante fuerza para infundirle ánimos cuando estuviera deprimida o disgustada? Desde el día en que se conocieron, Nikolas la había apoyado y protegido.

Notó que empezaba a dolerle la cabeza y se frotó distraídamente las sienes. Al menos, logró hacer acopio de las energías necesarias para vestirse con manos temblorosas. Tenía que buscar a Nikolas, lograr que la escuchase, explicarle por qué lo había apartado de sí.

Cuando entró en la sala de estar, la señora Constantinos alzó la mirada del libro que estaba leyendo.

–¿Te encuentras bien, cariño? –preguntó a Jessica en su suave francés; una expresión de inquietud se dibujó en su dulce semblante.

–Sí –musitó Jessica–. Yo... ¿Sabe dónde está Nikolas?

–Sí, se ha encerrado con Andros en el estudio y ha ordenado que no se le moleste. Andros viajará a Nueva York mañana y están ultimando una fusión empresarial.

¿Andros iba a encargarse de un asunto así? Jessica se pasó una trémula mano por los ojos. Sabía que Nikolas debería haberse hecho cargo personalmente de esa fusión, pero había delegado en Andros para poder pasar tiempo con ella en el yate. ¿Cómo podía haber estado tan ciega?

—¿Sucede algo malo? —preguntó la señora Constantinos con preocupación.

—No... Sí. Hemos tenido una pelea —confesó Jessica—. Tengo que verlo. Malinterpretó algo que yo le dije.

—Mmm, comprendo —dijo la madre de Nikolas. Miró a Jessica con sus claros ojos azules—. ¿Le has dicho lo del niño?

Era evidente que todas las mujeres de la casa conocían su estado, se dijo Jessica. Se sentó y dejó escapar un profundo suspiro.

—Sí. Pero Nikolas no se ha enfadado por eso.

—No, claro que no. Nikolas nunca se enfadaría por la perspectiva de ser padre —reflexionó la señora Constantinos—. Sin duda, se sentirá orgullosísimo.

—Sí —admitió Jessica roncamente, recordando la expresión que había puesto cuando ella le dijo lo del niño.

La señora Constantinos desvió la mirada hacia las puertas de vidrio de la terraza, sonriendo un poco.

—Así que Niko está enojado y disgustado, ¿eh? Déjalo solo esta noche, cariño. De todas formas, probablemente se negaría a escucharte ahora. Deja que sufra un poco a solas. Es un pequeño castigo por todo lo que te ha hecho pasar. Nunca llegaste a decir por qué bajaste a la playa tan temprano esa mañana, cariño, ni yo he querido preguntártelo. Pero puedo imaginar perfectamente lo que sucedió esa noche. Sí, deja que Niko sufra.

Los ojos de Jessica se llenaron de lágrimas.

—Él no tuvo toda la culpa —dijo en defensa de Nikolas. Se sentía como si fuera a morirse. Lo amaba y lo había apartado de su lado.

—Tranquilízate —aconsejó la señora Constantinos en tono sereno—. Ahora mismo no puedes pensar con claridad. Mañana todo irá mejor, ya lo verás.

Sí, pensó Jessica, tragándose las lágrimas. Por la mañana intentaría resarcir a Nikolas de la frialdad con que lo había tratado en el pasado, y no se atrevía a pensar en lo que haría si él la rechazaba.

TRECE

A la mañana del día siguiente, Jessica estaba pálida y angustiada. Tan sólo deseaba curar la herida existente entre Nikolas y ella, y no sabía con seguridad como lo lograría o si él desearía que las cosas se arreglaran entre los dos. Le atormentaba la necesidad de verlo y explicárselo todo, de tocarlo; más que ninguna otra cosa, necesitaba sentir sus brazos estrechándola, oír su voz musitándole palabras de amor.

¡Lo amaba! Tal vez no tuviese ninguna lógica, pero ¿acaso importaba? Jessica había sabido desde el principio que Nikolas era el único hombre capaz de vencer las defensas que ella había erigido a su alrededor, y estaba cansada de negar ese amor.

Se vistió presurosa, sin preocuparse por los resultados, y se limitó a cepillarse el cabello y a dejárselo suelto sobre la espalda. Al entrar corriendo en la sala de estar, vio que la señora Constantinos estaba sentada en la terraza y salió para saludarla.

—¿Dónde está Niko, *maman*? —preguntó con voz temblorosa.

—A bordo del yate —contestó la mujer mayor—. Siéntate, hija; desayuna conmigo. Sophia te traerá algo ligero. ¿Has tenido náuseas esta mañana?

Sorprendentemente, no. Era lo único bueno que había ocurrido esa mañana, pensó Jessica.

—Pero tengo que ver a Nikolas —insistió.

—Todo a su debido tiempo. Ahora mismo no puedes hablar con él, así que más vale que desayunes. Debes pensar en el niño, cariño.

Jessica se sentó a regañadientes y, un momento después, Sophia apareció con una bandeja. Sonriendo, le sirvió a Jessica un desayuno ligero. En el titubeante griego que había aprendido durante sus semanas en la isla, Jessica le dio las gracias, y se vio recompensada con una maternal palmadita de aprobación.

Mordió un panecillo y se obligó a tragar pese al nudo que tenía en la garganta. Mucho más abajo podía divisar el blanco brillo del yate; Nikolas estaba allí, pero era como si se encontrase a miles de kilómetros de distancia. Jessica no podría llegar hasta él a menos que algún pescador la llevase, y para eso tendría que caminar hasta el pueblo. El trayecto no era tan largo y, en otras circunstancias, lo habría recorrido sin pensárselo dos veces, pero el embarazo había minado seriamente sus fuerzas y no creía poder alejarse tanto a pie con un calor tan implacable. Como había dicho la señora Constantinos, tenía que pensar en la preciosa vida que albergaba en su interior. Nikolas la odiaría si hiciese algo que pudiera perjudicar a su hijo.

Después de haber comido lo suficiente para que su suegra y Sophia quedaran satisfechas, y cuando hubo retirado la bandeja, la señora Constantinos le preguntó con calma:

—Dime, cariño, ¿amas a Niko?

¿Cómo podía preguntarlo siquiera?, se dijo Jessica afligida. Su amor debía de haber resultado evidente en cada una de las palabras que había dicho después de que Nikolas saliera violentamente de su cuarto el día anterior. Pero los claros ojos azules de la señora Constantinos estaban clavados en ella, de modo que admitió en un tenso susurro:

—¡Sí! Pero lo he estropeado todo... ¡Jamás me perdonará lo que le dije! Si me amara, sería diferente...

—¿Y cómo sabes que no te ama? —preguntó la mujer mayor.

—Porque, desde que nos conocimos, tan sólo le ha interesado irse a la cama conmigo —confesó Jessica profundamente deprimida—. Dice que me desea, pero nunca me ha dicho que me ama.

—Ah, comprendo —dijo la señora Constantinos, asintiendo con su cabeza de blancos cabellos—. ¡Y como nunca te ha dicho que el cielo es azul, no crees que pueda ser de ese color! ¡Jessica, querida mía, abre los ojos! ¿De verdad crees que Nikolas es tan débil de espíritu como para dejarse esclavizar por la lujuria? Te desea, sí... El deseo físico forma parte del amor.

Jessica no se atrevía a esperar que fuese cierto que Nikolas la amara; había maltratado sus sentimientos en demasiadas ocasiones, y Jessica así se lo dijo a la señora Constantinos.

—Nunca he dicho que sea un hombre afable —contestó la otra mujer—. Hablo por experiencia propia. Niko es la viva imagen de su padre; podrían ser el mismo hombre. No siempre me resultó fácil ser esposa de Damon. Tenía que hacerlo todo según su parecer o montaba en cólera, y Niko es igual que él. Es tan fuerte que a veces no comprende que la mayoría de las personas no poseen esa misma fuerza, que debe ser más blando con los demás.

—Pero su esposo la amaba —señaló Jessica suavemente, con los ojos fijos en el lejano brillo del yate que se destacaba en el cristalino mar.

—Sí, me amaba. Pero no me lo dijo hasta que llevábamos seis años casados, y sólo porque sufrí la pérdida de nuestro segundo hijo, que no llegó a nacer. Cuando le pregunté desde cuándo me amaba, él me miró asombrado y respondió: «Desde el principio. ¿Cómo puede una mujer estar tan ciega? No dudes nunca que te amo, aunque no te lo diga con palabras». Y lo mismo le pasa a Niko —serenamente, con sus claros ojos azules clavados en Jessica, la señora Constantinos volvió a decir—: Sí, Niko te ama.

Jessica palideció aún más, sacudida por la súbita ráfaga de esperanza que la recorrió de repente. ¿La amaba? ¿Podría amarla, después de lo ocurrido el día anterior?

—Te ama —la tranquilizó la madre de Nikolas—. Conozco a mi hijo, igual que conocía a mi marido; me he fijado en cómo te mira, con un anhelo en los ojos que me dejó sin habla cuando lo vi por primera vez. Porque Niko es un hombre fuerte que no ama a la ligera.

—Pero... las cosas que me ha dicho —protestó Jessica trémulamente, sin todavía a albergar esperanzas.

—Sí, lo sé. Es un hombre orgulloso, y está furioso consigo mismo porque no puede controlar la necesidad que tiene de ti. El problema que hay entre vosotros es, en parte, culpa mía. Niko me quiere, y yo me disgusté mucho cuando creí que mi querido amigo Robert se había casado con una buscona. Niko deseaba protegerme, pero no conseguía dejarte. Y tú, Jessica, eras demasiado orgullosa para decirle la verdad.

—Lo sé —dijo Jessica en tono quedo mientras las lágrimas afluían a sus ojos—. ¡Y ayer lo traté tan mal! Lo he echado todo a perder, *maman*; ahora jamás me perdonará —las lágrimas comenzaron a caer de sus pestañas mientras recordaba la expresión de Nikolas cuando se había marchado del cuarto.

Deseaba morir. Sentía como si hubiese destrozado el paraíso con sus propias manos.

—Tranquilízate. Sí tú puedes perdonarle su orgullo, cariño, él te perdonará el tuyo.

Jessica tragó saliva, reconociendo la verdad. Había utilizado su orgullo para alejar de sí a Nikolas, y ahora estaba pagando el precio.

La señora Constantinos le colocó una mano en el brazo.

—Niko sale ya del yate. ¿Por qué no vas a reunirte con él?

—Yo... Sí —dijo Jessica tragando saliva mientras se ponía de pie.

—Ten cuidado —le aconsejó la señora Constantinos—. Acuérdate de mi nieto.

Con los ojos puestos en el pequeño bote que se dirigía hacia la playa, Jessica bajó por el sendero que conducía hasta el agua. Caminaba con el corazón acelerado, preguntándose si la señora Constantinos tenía razón y era cierto que Nikolas la amaba. Al recordar los momentos vividos, le pareció que sí, que la amaba... O que, al menos, la había amado. ¡Ojalá ella no lo hubiese estropeado todo!

Nikolas había sacado el bote del agua y lo estaba asegurando contra la marea cuando Jessica caminó por la arena hacia él. Llevaba tan sólo unos vaqueros recortados y los músculos de su cuerpo casi desnudo se ondulaban con felina gracia conforme se movía. Jessica contuvo el aliento, admirada, y se paró en seco.

Nikolas se enderezó y la vio. Era imposible leer la expresión de sus ojos negros mientras permanecía allí, mirándola, y Jessica tomó aire trémulamente. Sabía que él no daría el primer paso; tendría que darlo ella. Haciendo acopio de todo su valor, dijo en tono quedo:

–Nikolas, te quiero. ¿Podrás perdonarme?

Algo titiló en la negras profundidades de los ojos de él, y luego desapareció.

–Claro que sí –dijo Nikolas simplemente, y echó a andar hacia ella. Cuando estuvo tan cerca que Jessica podía oler el limpio sudor de su cuerpo, se detuvo y preguntó–: ¿Por qué?

–Tu madre me ha abierto los ojos –respondió ella, tragando con cierta dificultad. Sentía el corazón en la garganta, latiéndole con tanta fuerza que apenas le permitía hablar–. Me ha hecho ver que estaba dejando que mi orgullo arruinase mi vida. Te... te amo y, aunque tú no me ames, quiero pasar el resto de mi vida contigo. Espero que me ames. *Maman* dice que sí, pero si... si no puedes amarme, no importa.

Nikolas se pasó los dedos por el cabello negro; su expresión era súbitamente seria e impaciente.

–¿Es que estás ciega? –preguntó ásperamente–. Toda Europa se dio cuenta de que me volví loco por ti nada más verte. ¿Crees que soy tan esclavo de la lujuria?, ¿que me habría empeñado tanto en conseguirte si te hubiese querido sólo por el sexo?

Jessica notó que el corazón se le salía del pecho mientras él se expresaba en unos términos tan parecidos a los que había utilizado su madre. ¡Y tanto que la señora Constantinos conocía a su hijo! Como ella había dicho, Niko se parecía mucho a su padre.

Jessica alargó las manos y cerró los dedos sobre la cálida piel que cubría sus costillas.

—Te quiero —susurró temblorosamente—. ¿Podrás perdonarme por haber sido tan ciega y tan estúpida?

Un estremecimiento recorrió el cuerpo de Nikolas; con un jadeo profundo, la atrajo hacia sí y enterró el rostro en su enredado cabello.

—Claro que te perdono —musitó ferozmente—. Si tú puedes perdonarme, si puedes amarme después del modo tan implacable en que te he acosado, ¿cómo podría guardarte algún rencor? Además, para mí la vida no valdrá la pena si te dejo marchar. Te quiero —alzó la cabeza y volvió a decir—: Te quiero.

Jessica tembló de pies a cabeza al oír cómo su voz profunda pronunciaba aquellas últimas palabras; una vez que lo hubo confesado, Nikolas siguió repitiéndolo una y otra vez, mientras ella se aferraba a él desesperadamente, con el rostro enterrado en el cálido vello rizado que cubría su pecho. Nikolas le agarró la barbilla y la obligó a alzar la cabeza para mirarlo antes de devorarla con un beso hambriento y posesivo. Ella notó que un hormigueo recorría sus nervios y se puso de puntillas para apretarse contra Nikolas, entrelazando los brazos alrededor de su cuello. El tacto de la firme y cálida piel bajo sus dedos hizo que se sintiera embriagada, y ya no deseó resistirse; respondía a él sin reservas. Por fin pudo satisfacer su propia necesidad de tocarlo, de acariciar su piel bronceada y morder sensualmente sus labios. Un profundo jadeo brotó del pecho de Nikolas mientras ella le hacía exactamente eso; al cabo de un instante, la había tomado en brazos y avanzaba a grandes zancadas por la arena.

—¿Adónde me llevas? —susurró Jessica, deslizando los labios por su hombro, y él respondió con voz tensa:

—Aquí, donde podamos escondernos detrás de las rocas.

Un momento después, estaban completamente rodeados por las rocas y Nikolas soltó a Jessica en la arena calentada por el sol. Pese a la urgencia que ella percibía en él, fue tierno mientras le hacía el amor, conteniéndose, como si temiera hacerle daño. Sus atenciones, diestras y pacientes, la hicieron alcanzar el éxtasis. Y, cuando Jessica regresó a la realidad, supo que aquella sesión de amor había sido limpia y curativa, que había borrado todo el dolor y el peligro de los meses anteriores. Había sellado el pacto del amor que se habían confesado mutuamente, los había convertido verdaderamente en marido y mujer. Presa entre sus brazos, con el rostro enterrado en su agitado pecho, Jessica susurró:

—¡Cuánto tiempo hemos desperdiciado! Si te hubiese dicho...

—Chist —la interrumpió él, acariciándole el cabello—. No te recrimines a ti misma, cariño, porque yo tampoco estoy libre de culpa, y no se me da nada bien admitir los errores —su fuerte boca se arqueó en una sonrisa irónica mientras le colocaba una mano en la espalda, acariciándola como si fuese un gatito—. Ahora comprendo por qué recelabas tanto de mí; pero, en aquel entonces, cada rechazo era como una bofetada en la cara —siguió diciendo suavemente—.

Quería dejarte en paz; jamás sabrás hasta qué punto deseaba alejarme de ti y olvidarte, y me ponía furioso no poder hacerlo. No estoy acostumbrado a que nadie ejerza esa clase de poder sobre mí —confesó como burlándose de sí mismo—. No podía admitir que, finalmente, me habían derrotado; hacía todo lo posible por recuperar la ventaja, por dominar mis emociones, pero nada funcionó. Ni siquiera Diana.

Jessica emitió un jadeo ahogado ante el atrevimiento por parte de Nikolas de mencionar ese nombre y alzó la cabeza para mirarlo con celos.

—Eso, ¿qué me dices de Diana? —preguntó en tono áspero.

—Ay —Nikolas hizo una mueca mientras le daba un golpecito en la nariz con el dedo—. He abierto la maldita boca cuando debería haberla mantenido cerrada, ¿verdad? —pero sus ojos negros brillaban, y ella comprendió que disfrutaba con sus celos.

—Sí —convino—. Háblame de Diana. Esa noche me dijiste que sólo la habías besado una vez. ¿Era cierto?

—Más o menos —respondió él, tratando de salirse por la tangente.

Furiosa, ella cerró el puño y le golpeó en el estómago con todas sus fuerzas, que en realidad no bastaron para hacerle daño, pero que le arrancaron un gruñido.

—¡Oye! —protestó Nikolas, sujetándole el puño y echándose a reír. Era una risa despreocupada que Jessica jamás había oído en él. Parecía eufórico y feliz, lo que hizo que ella se sintiera aún más celosa.

—Niko —dijo con rabia—. Dímelo.

—Está bien —accedió él, y su risa se convirtió en una leve sonrisita. Observó a Jessica atentamente con sus ojos negros mientras confesaba—: Tenía intención de poseerla. Diana estaba dispuesta, y habría sido como un bálsamo para mi ego herido. Diana y yo tuvimos una fugaz aventura unos meses antes de que me conocieras, y dejó claro que deseaba reanudar la relación. Me tenías tan confundido, tan frustrado, que sólo podía pensar en romper el dominio que ejercías sobre mí. No me dejabas poseerte, pero yo seguía insistiendo en estrellarme contra ese frío y delicado hombre tuyo, y estaba furioso conmigo mismo. Te comportabas como si no pudieras soportar mi contacto, mientras que Diana sugirió a las claras que me deseaba. Y yo quería tener a una mujer receptiva entre mis brazos; pero, cuando empecé a besarla, me di cuenta de que algo fallaba. No eras tú, y no la deseaba. Sólo te deseaba a ti, aunque en aquel momento fuese incapaz de reconocer que te amaba.

La explicación apenas aplacó a Jessica; sin embargo, como le tenía el puño sujeto y la otra mano inmovilizada con el brazo con que la rodeaba, no podía descargar físicamente su furia contra él. Siguió mirándolo con rabia mientras le ordenaba:

—No volverás a besar a otra mujer nunca más, ¿me oyes? ¡No lo soportaría!

—Te lo prometo —murmuró Nikolas—. Soy todo

tuyo, cariño; lo he sido desde el momento en que entraste en mi oficina y te acercaste a mí. Aunque reconozco que me gusta ver ese fuego verde en tus ojos; estás preciosa cuando te pones celosa.

Acompañó sus palabras con una sonrisa perversa y encantadora que logró su propósito, pues Jessica se derritió bajo la mirada cariñosamente posesiva que él le dirigía.

—Supongo que a tu ego le gusta que me sienta celosa —preguntó mientras se relajaba y se apoyaba contra su cuerpo.

—Por supuesto. He pasado una tortura. Sentía que me consumían los celos, así que es justo que tú también te sientas un poco celosa.

Nikolas remató su confesión con un intenso beso que hizo que la pasión de ella se desbordara; era como si el deseo que sentía por Nikolas, tan largo tiempo reprimido, hubiese estallado sin control y Jessica fuese incapaz de refrenar su placer. Como un animal, Nikolas lo percibió y se aprovechó de ello, profundizando el beso, acariciando su cuerpo con manos seguras y sabias.

—Qué hermosa eres —susurró entrecortadamente—. He soñado tantas veces con tenerte así; no quiero soltarte ni siquiera un momento.

—Pero es necesario —contestó ella, sus ojos verdes iluminados por un brillo de amor y de necesidad—. *Maman* nos estará esperando.

—Entonces será mejor que volvamos —gruñó Nikolas, incorporándose y ayudándola a levantarse—.

No quisiera que enviase a alguien a buscarnos. Además, tienes sueño, ¿verdad?

–¿Sueño? –inquirió Jessica, sorprendida.

–No podrás permanecer despierta, ¿verdad? –prosiguió él, sus ojos negros centelleando–. Tendrás que echarte un rato.

–¡Oh! –exclamó ella, abriendo mucho los ojos al entender por fin–. Creo que tienes razón; tengo tanto sueño que no podré permanecer despierta hasta la hora del almuerzo.

Nikolas se echó a reír y la ayudó a vestirse; luego, con las manos enlazadas, subieron por el sendero. Mientras apretaba la fuerte mano de Nikolas, Jessica sintió que el resplandor del amor que sentía en su interior crecía hasta abarcar el mundo entero. Por primera vez en su vida, todo era como debía ser; amaba a Nikolas y él la amaba a ella, y ya iba a darle un hijo. Le contaría la historia de su anterior matrimonio con detalle, le explicaría por qué se había ocultado detrás de las mentiras que otros habían propalado, por qué se había escondido incluso de él, aunque sabía que eso no influiría para nada en su amor. Llena de una profunda satisfacción, preguntó:

–¿Cuándo reconociste que me amabas?

–Cuando estabas en Cornualles –confesó él con voz ronca, intensificando la presión de sus dedos. Se detuvo para mirarla con una sombría expresión en el rostro mientras recordaba–. Pasaron dos días hasta que Charles se dignó decirme adónde habías ido, pensando que ya había soportado bastante castigo;

creí que iba a volverme loco. Llevaba dos días intentando contactar contigo por teléfono, esperando delante de tu casa durante horas para ver si regresabas. No dejaba de pensar en todo lo que te había dicho, de recordar la expresión de tus ojos cuando te marchaste, y me entraban sudores fríos al pensar que te había perdido. Fue entonces cuando comprendí que te amaba, porque la idea de no volver a verte era un tormento.

Jessica lo miró sorprendida. Si ya la amaba entonces, ¿por qué había insistido en imponer las insultantes condiciones de su acuerdo prematrimonial?

Se lo preguntó con voz trémula y, en respuesta al eco de dolor que vio en sus ojos, Nikolas la estrechó entre sus brazos y descansó la mejilla en su cabello.

—Estaba dolido y arremetí contra ti —musitó—. Lo siento, cariño, ordenaré que rompan ese maldito acuerdo. Pero seguía creyendo que me exigías una alianza de matrimonio para poder acceder a mi dinero, y eso me ponía furioso, porque te amaba tanto que debía tenerte, aun pensando que mi dinero era lo único que te interesaba.

—Nunca he querido tu dinero. Incluso me alegré cuando te hiciste cargo del mío; estaba furiosa contigo por haberme obligado a aceptar una suma tan elevada por las acciones de ConTech, sin yo querer.

—Ahora lo sé, pero en aquel momento creí que era precisamente eso lo que querías. Se me abrieron los ojos en la noche de bodas, y cuando me desperté y vi que te habías ido... –Nikolas dejó la frase a medias y cerró los ojos con expresión angustiada.

–No pienses en eso –dijo ella suavemente–. Te quiero.

Él abrió los ojos y la miró; la clara profundidad de los ojos de Jessica brillaba con el amor que sentía.

–Incluso cuando estoy loco de celos y frustración, conservo una chispa de cordura –dijo Nikolas, sus labios curvándose en una sonrisa–. Fui lo bastante sensato para casarme contigo –se inclinó y la tomó en brazos–. *Maman* nos está esperando. Vamos a darle la buena noticia y después echaremos ese sueñecito. Te llevaré a casa, amor mío –y subió a grandes zancadas por el sendero que conducía hasta su hogar, llevando a Jessica sin esfuerzo.

Ella le rodeó el cuello con los brazos y se recostó sobre él, sintiéndose a salvo y protegida por la fuerza de su amor.